新号外 叁
闻道

新京报传媒研究院 编著

新星出版社 NEW STAR PRESS

图书在版编目（CIP）数据

新号外·叁：闻道／新京报传媒研究院编著 . —— 北京 ： 新星出版社，2012.1
ISBN 978-7-5133-0407-8

Ⅰ . ①闻… Ⅱ . ①新… Ⅲ . ①新闻 – 作品集 – 中国 – 当代 Ⅳ . ① I253

中国版本图书馆 CIP 数据核字 (2011) 第 229606 号

新号外·叁：闻道
新京报传媒研究院　编著

责任编辑：许　璇
责任印制：韦　舰
装帧设计：九　一

出版发行：新星出版社
出 版 人：谢　刚
社　　址：北京市西城区车公庄大街丙 3 号楼　100044
网　　址：www.newstarpress.com
电　　话：010-88310888
传　　真：010-65270449
法律顾问：北京市大成律师事务所

读者服务：010-88310800　service@newstarpress.com
邮购地址：北京市西城区车公庄大街丙 3 号楼　100044

印　　刷：北京京都六环印刷厂
开　　本：660×970　1/16
印　　张：23
字　　数：310 千字
版　　次：2012 年 1 月第一版　2012 年 1 月第一次印刷
书　　号：ISBN 978-7-5133-0407-8
定　　价：38.00 元

新京报·新号外丛书编委会

8
★
新京报
2003.11.11—2011.11.11

论"持久战"

戴自更

一、关于新京报

去年年底开始,我就想着怎么来纪念报社成立八周年,为此还专门成立了新京报传媒研究院,目的是总结过去八年的经验,展示成绩、鼓舞士气,同时给新京报人一个抒发情感、规划未来的机会。当初定的方案是出一套书,包括:新京报八年来刊登的重要报道,传媒界著名学者对新京报的研究文章,本报有关人员阐述办报理念、营销理念和实战案例,本报员工八年的工作、生活记忆。后来在一次讨论会上,同事问应该给这套书取个什么名字,我脱口而出,叫"论持久战"——八年,正好是打一场抗日战争的时间。大家都笑了。

不过这确实是我的心里话。在内部会议上,我曾经说过,新京报能够存在,本身就是个奇迹,能做到今天这样的局面更是个奇迹,毕竟它有着特立独行的"不合时宜",因此办这张报纸真的如同打一场持久战,并且是每天都在发生的战争。不仅做新闻像打仗,内心矛盾的交织更像打仗,在我,包括很多新京报人,总纠结于:是遵循新闻规律还是屈从利益集团，是坚持新闻理想还是得罪广告客户，是执着新闻人的良知还是向人情社会妥协……八年来，我们有过无奈，有过失落，但更多的是在坚持，日复一日，年复一年，打着持久战。

八年前，有许多人预言新京报不可能成功。他们说北京报业市场已经饱和，没有机会了；他们说新京报会水土不服，在现实环境下是死路一条；他们说新京报只是小报，办一份与首都地位相称的报纸纯属痴人说梦；他们说新京报的版面架构有致命缺点，不可能熬过第一个冬天。但是在他们的猜疑中，新京报从无到有，从小到大，从弱到强，走着一条高速发展的道路。如今无论社会影响力还是经营业绩，新京报已是北京地区同类媒体之首，并连续两年被权威研究机构评为引导舆论热点的主要媒体，与国内最大的通讯社和最大的门户网站并驾齐驱。

新京报的成功是遵循新闻规律的成功。新京报的最高标准，也是最基本的标准，就是"尽可能真实报道，尽可能说真话"。这有两层意思：一是对新闻事件的报道必须是真实的，是经过充分求证还原的，刊登的评论是理性的，是基于基本常识的；二是要"尽可能"地把稿件发出来，在现有体制框架内，最大限度地满足读者的知情权、表达权、参与权、监督权，在判断不会带来重大风险的前提下，让稿件见报。凭借扎实的调查、客观的报道、理性的评论、贴近民生的服务意识和矢志不渝的创新激情，新京报赢得了读者的认可和赞赏。

新京报的成功是坚持文化品位的成功。新京报始终保持"有尊严的报格"。作为媒体，我们一向坚持独立自主的办报理念，就算是"工具"，也是维护国家和人民根本利益的"工具"，而不是为某地、某人服务的"工具"；其次，新京报具有积极向上的价值观，坚守法治精神、人文情怀，遵从进步的、美好的价值取向。第三；新京报的报纸形态是有内涵的而不是肤浅的，是高雅的而不是媚俗的，是适合阅读的而不是为难读者的。

新京报的成功还是自由创新的成功。新京报发轫于《南方都市报》，但又在很多方面进行了改良。在借鉴传统都市报和传统党报优势的基础上，我们提出了"走第三条道路"的办报理念。新京报重视对现实的批判，更强调报纸的责任，重视对权力的制衡，更强调秩序的重建。新京报有着较为广泛的、专注于新闻本身的自由，在理念一致的前提下，具有较大的新闻操作空间。在新京报，没有不能报道的新闻，只有不会报道的记者。

二、关于新京报人

我曾在很多场合形容过新京报人："他们是可爱的自我完美主义者，对生命、对生活、对事业有自己独特的理解。他们张扬个性，但是协作互助；他们挥洒激情，但是恪守责任；他们筚路蓝缕，但也乐天向上。他们纯粹如永不长大的孩子，深刻如度尽劫波的智者。他们有诗人的情怀，学者的专注，僧徒的虔诚，也有政治家的敏感。"在我眼中，新京报人好像就是作为真正意义的新闻人而存在的。

新京报人简单，他们不需要知道社会潜规则，唯一要面对的就是把工作做到极致；新京报人正直，他们可以坦诚地表达自己的意见，不用拐弯抹角小心谨慎；新京报人职业，无论什么情况都把自己应该承担的责任放在首位；新京报人充满激情，他们觉得一个新闻人活着的意义，就是要尽最大的努力去真实地报道这个世界，并推动其不断进步。

是新京报的制度和文化铸成了新京报人。新京报是个充斥民主精神的地方，上到总编，下到记者编辑，只有岗位不同，没有人格高低，在新京报永远是对事不对人。这里没有拉帮结派，没有阿谀奉迎，没有整人搞事，没有繁文缛节，没有无事生非，没有文山会海，特别是不会在业务上逼着大家去做不想做的、违背职业准则的事情。新京报有清晰的制度规范，但没有违背人性的人身约束，大家相处的基本准则就在于价值观的趋同。当然即便如此，也不是所有人都满足，他们可能有更理想化的期望，甚至要突破"报社共同利益"的底线，那就只能合则留，不合则去。

八年来，新京报的人走了一茬又来一茬，差不多有上万人来来去去。以前我也曾为此叹息，但现在已经看淡很多。因为文化在，报纸的灵魂就在，变的是面孔，不变的是精神。退一步说，即使报纸没了，那些在新京报呆过的人，不是依然带着新京报的烙印吗？9月初，报社有些变故，一些从新京报出去的人夤夜从千里之外赶来探问究竟，让我深为感动。我说过，新京报就是一所没有围墙的学校或军营，能够永久相处固然最好，但人总在进步，新京报不可能为所有人提供更高的职位，何况外面的世界也很精彩，我唯一希望的就是，曾经的新京报人，是带着美好、带着充实、带着感情离开的。

新京报的民主氛围和新京报人的职业感，是这份报纸能够有今天成就的一大原因。很多时候，为了一篇稿子的刊发，我和王跃春等人要没完没了地挨批评，而我们很少跟记者说，甚至也不会跟中层说，为什么？就因为记者、编辑、中层都各司其职，写稿、编稿、内容核实是他们的事情，但发不发稿、发多大篇幅、会不会有风险，是我们的事情。常常是我们一边为一篇很有影响力但被有关部门批评的稿件写检讨，一边还要在报社内部肯定这篇稿件采编人员的职业精神。新京报培养了一大批名记者，在他们最有影响力的稿件背后，往往有我们一干人的检讨，甚至要付出更大的代价，但这是我们应该担当的职责。为此，我也常想起鲁迅的话："肩住了黑暗的闸门，放他们到宽阔光明的地方去。"这八年，我能起到的作用就是一柄雨伞，或一块铺路石。

三、感谢的话

借此机会，我要感谢为新京报的创办和发展付出心血、做出贡献的人。

程益中，新京报首任总编辑，他是新京报文化的奠基人之一。尽管与新京报相处的日子只有几个月，但他在推动南方与光明合作、选派和培训团队、确立新京报报纸形态方面发挥了重大的作用。他是一个有才华、有激情、有领导力的人，也是一个有原则也懂合作的人。

喻华峰，新京报首任总经理，他是新京报经营的奠基人之一。最初合作办报方案，就是我跟他在一个咖啡厅达成的。他是个务实的、顾大局的人。新京报的经营人才大多是他带出来的，经营模式也基本沿袭《南方都市报》的模式。让我感动的是，在他身陷囹圄的时候，依然让人带来有关市场经营的建议。

还有杨斌、韩文前、王跃春、孙献涛、孙雪东、李多钰、郑万洪、罗旭、迟宇宙等，他们是新京报第一任班子成员，他们都有才华，都很职业，都很真诚，都很正派。新京报有句广告词，叫做"做什么事情很重要，与什么人一起做事更重要"。现在我还是很诧异，怎么会有这么多优秀的新闻人集中在一起办一份报纸。记得那时有点事就开会，无论夜里还是周末，从没人缺席。对有关报社的任何事情，大家都当仁不让，由于个性都强，甚至争得不可开交，但丝毫不会影响彼此的感情。八年来，他们有人出去创业，有人另谋高就，也有人坚守至今，但大家对新京报的支持、关心、爱护一如既往，因为这里留有他们的智慧、心血、理想，有他们可歌可泣的经历。

还要感谢曾经在新京报工作过的所有新京报人。白手起家，从头开始，那种艰难困苦、难堪境遇，只有亲自经历过才知道，可以说是新京报人的青春、热血和必胜的信念，支撑新京报走过八年，走向荣光。他们是最值得骄傲的，也是新京报的价值所在。

还要感谢《光明日报》的袁志发、苟天林、胡占凡三位总编辑，和薛昌词、赵德润、李春林、刘伟等编委。他们有的是创办这份报纸的直接决策人，有的为这份报纸承担了很大的压力，有的为报纸的生存委曲求全。感谢《南方日报》范以锦、杨兴锋两位社长，和王春芙、张东明、钟广明等社委。他们在新京报创办的关键时期调动很多人力和资金，给予了决定性的支持，在后来外部环境不如意的情况下，依然义无反顾地信任新京报、扶持新京报。最后要感谢主管单位的有关领导。在新京报有些成绩的时候，他们总给予充分的肯定；在新京报出现问题、受到批评的时候，他们多以一个读者的身份给予善意和帮助，没有他们，也不会有新京报的今天。

四、关于丛书

由于各种原因，这套书最后只有四本，少了有关介绍本报经营的那本。现有的四本大致内容如下：

一是《写在新闻纸背面》，这本书的前半部分讲"新京报是一张怎样的报纸"，以访谈的形式，由报社评论、时政、经济、文娱、消费、视觉等各板块的负责人来谈相关的内容特色和采编经验。后半部分讲"新京报何以成为这样的报纸"，由多位对传媒业有深入研究的专家学者，采用一定的方法论，通过对新京报及"新京报现象"的解剖式观察，形成更有普遍意义的报业指导理论。

二是《影响中国》，这本书希望说明"新京报有怎样的影响力"，影响力体现在我们八年来倾尽心力制作的许多堪称经典的新闻报道。这些新闻曾经引发广泛的社会反响，曾经改变了很多人的命运，曾经见证许多重要的历史时刻，甚至或多或少影响了中国的社会进程。

三是《闻道》，展示"新京报做了怎样的报道"。我们每年都会在报社内部评选年度新闻奖，这些获奖作品既凝聚了新京报编辑记者的聪明才智，也基本可以代表中国都市报媒体的最高职业水准。

第四本书叫做《从光明顶到幸福大街》，这个需要稍稍解释一下：新京报创办初期的办公场所，是在光明日报社的老办公楼顶上，所以俗称"光明顶"。"幸福大街"则是现在新京报社所在地。八年间，有一万多名员工在光明顶和幸福大街奋斗过、成长过，希望以此书记录他们的故事，记住"新京报有一群怎样的人"——他们一起成就了这张报纸的光荣与梦想。

最后要感谢武云溥和张寒。我因为忙，没有更多的时间来接受他们的访谈，但他们查阅了很多材料，不仅写得很认真，而且写得很准确，不失为本报优秀记者的名头。

2011 年 11 月 8 日

（作者为新京报社长、总编辑、新京报传媒有限责任公司总裁）

【序】

今天，我们怎样做新闻

王跃春

国庆假期访问了《华尔街日报》，正赶上该报实行四色全彩印刷的首日。对于一百二十二年历史、版式一向严肃到保守的《华尔街日报》而言，这里面充满了象征意味。他们说：读者在视觉上的阅读需求越来越多，增加投入是为了报纸的未来。那天参观了该报的编辑部，集报纸、网站、视频、通讯社为一体的"编辑中心岛"设计让我很震撼：各路主编坐在完全开放的编辑台前，"调度指挥"各路稿件，报纸、网站、视频和通讯社同步编辑。我现场发了一条微博介绍这个"编辑岛"，竟被转发评论了一千余次。

随后又访问了谷歌和Facebook。谷歌通过对搜索关键词的分析，跟踪各国的流感趋势，得出的曲线图竟然与各国卫生部门提供的统计数据基本一致。在Facebook安静甚至空旷的厂房式办公区内，完全无法想象，八亿人正同时在这个平台上发布各种信息与数据。

目光所及，正是我们今天的焦虑。前两年大家热衷于讨论互联网时代报纸的生存，现在我们要讨论的是，社会化媒体时代，新闻如何生存？

所有从业者都在感叹，新闻越来越难了。新闻业活在体制环境和社会喧嚣的夹缝之中，一方面仍有禁忌和限制，另一方面却是新技术所带来的自由、混乱、喧嚣，不断吸引公众的注意力，让从业者焦虑和浮躁。

今天的新闻应该怎么做？我想首先还是要专业与专注。今天的报纸一定得是"精华"，才能在喧嚣之中给人们一个读报的理由；今天的新闻一定得是"精品"，才能在"人人是记者"的社会化媒体时代给新闻一个传播的理由。精华与精品是专业、是深度、是价值、是选择、是特色、是文化、是精致，归根结底是思想。

现在的热门话题是媒介融合，但这个话题的本质不是跨媒介或者同时拥有多少不同的媒介，我相信其本质仍然是专业内容的生产能力。我们面临的最大挑战，从来都不是外部的竞争，而是我们自身与内部的专业能力是否足够强大。这也是华尔街日报编辑中心岛的真正内涵：如果没有专业的采访、调查，没有高品质的报道、观点，没有高标准的理念和流程支撑，这个编辑岛只是几十台高科技大屏幕电脑而已。

今天，微博等社会化媒体对媒体与媒体人的冲击超过了过去任何一种新媒体形式，从新闻内容到新闻操作，从舆论影响到制度操守，无一不面临挑战。对于从业者而言，最要紧的是不能浮躁，社会化媒体不是敌人，也不是指挥棒，而是工具、是手段、是渠道、是创新，我们要拥抱它并驾驭它。说到创新，这其实是传统媒体最该向新媒体借鉴的。新闻专业主义不等于保守主义，不断地坚持与不断地创新从来都是一个硬币的两面。社会化媒体所代表的信息传播革命，正在成为专业新闻媒体的创新源泉，尽管这个过程中充满了焦虑与不适。

这本书里是一年一度新京报新闻报道奖的获奖作品，它们代表着新京报办报理念的传承与发展，记录了过去一年新京报在坚守新闻专业主义与不断创新中的实践。我们希望用这些实践以及今后不断的实践来证明：我们所从事的行业依然充满了活力与希望。

2011 年 10 月 9 日

（作者为新京报执行总编辑）

目　录

新京报

品质源于责任

第一章

日常新闻报道奖

政协常委痛批:"官员说真话越来越难"

2010 年度日常新闻报道·金奖
刊发日期:2010 年 3 月 6 日、3 月 7 日、3 月 9 日
作　　者:李静睿　李立强

『颁奖辞』

　　——个难以用新闻报道方式描述的转型期社会时弊,被记者机智地捕捉到并写成报道。能够将一个大追求放到日常新闻报道中去,充分体现了新京报记者的专业素养和现实情怀。

　　用人问题最关键的是如何建立有效管用的体制和机制,选拔德才兼备,具有群众公认优秀素质的人才,这是高层需要下决心的问题。

　　　　　　　　——张维庆

张维庆：我的底线是不说假话

六十六岁的全国政协常委、人口资源环境委员会主任张维庆前日抨击官场不正风气，读者反应强烈。截至昨日十九时，新浪转载本报报道的评论跟帖已经超过六千五百条，网友对他真诚坦率的发言给予了极高评价，称其言论体现了真正的两会精神。

张维庆是新中国最早的一批年轻干部之一。1983年他当选山西省副省长，年仅三十九岁，随后在部级职位上工作，直到2008年3月，他卸任国家计划生育委员会主任，转为在全国政协任职。

昨日，张维庆接受了本报独家专访，内容依然围绕当前官场风气。张维庆说，作为党的高级干部，他的底线是在任何工作场合都不说假话，但是"看条件说真话"。

现在官员系统少数人以权谋私、公权私用，带来的危害太大了。小平也讲过，经济发展了，强盗横行，这就失去了意义。

发言前没有草稿

新京报：在那场开放的讨论会上，你为什么选择有关批评官场的发言？

张维庆：那天李金华副主席发言说我们政策的落实问题，主要是受到他的启发，我最后讲了八点意见。我事先也没有什么草稿，边想边说。我会经常思考一些问题，政协的任务是"建睿智之言，想务实之策"。我也一直在想，什么是睿智之言，我想无非就是对当前国家社会面临的问题提出一些积极的建议。

新京报：你从国家计生委主任的职位上退下来之后，就一直在全国政协任职，感觉两者有什么区别？

张维庆：政协是个非常好的舞台，它的任务就是政治协商、参政议政、民主监督。我来政协以后，感觉大家都是朋友，没有部门之间的权力和利益冲突，所以都能保持一个客观公正的态度来观察问题了解情况，提出一些对党和国家的发展有益的办法措施。

政协听取民意的渠道相对我在权力部门也要好一些，感觉政协这个舞台还是相对宽松的，我参加政协两年，受益匪浅，这个平台上大家都比较敢讲话，而且讲的都是为了让国家搞得更好，让人民福祉不断改善。有些话虽然尖锐，但大家都有对国家、对未来负责任的态度。

会风改善需要一个过程

新京报：那天你还说到了改善会风的问题，中央领导对此怎么看？

张维庆：会风的改善要真正形成氛围，需要一个过程。我感到中央领导确实想了解到真实的情况，想真正听听来自基层的声音。但为什么渠道不畅通，一下也很难说清楚。

我们的决策机制是开会决定问题，要少开会有两个办法，一个是把中央的东西形成法律法规文件制度，形成之后就抓紧落实检查督促，这就会减少一些会议。第二是开会讨论重要问题，最好的办法是让大家充分发表意见。一些真正重要的会议应该更充分地让大家发表意见和看法，提出问题让大家讨论，要结合大家讨论的情况去统一思想。但是，现在领导一讲话，大家就想领导都定了，要是讲不同的看法似乎不太好。

少数人公权私用危害大

新京报：你怎样看待当前自己的干部身份？

张维庆：作为一个党培养起来的高级干部，权力是属于人民的，我也一直思考怎样为人民掌好权。现在官员系统少数人以权谋私、公权私用，带来的危害太大了。小平也讲过，经济发展了，强盗横行，这就失去了意义。

我们希望国家文明复兴目标能够实现，但要实现，必须正视存在的若干矛盾和问题，这样才能前进，如果我们自己的事情做不好，那么最终是站不住的。

中国社会发展到新的阶段，需要新的思想解放，需要真正的内部改革，特别是推进政治体制改革。改革的核心就是公权力的法制化。首先还是加强民主，改进作风，风气变好，社会风气就会变化。

——牟新生

牟新生：有干部想说真话不敢说

近日，全国政协常委张维庆发言时，对一些地方的用人不正之风、不讲真话、难听到真话的会风等问题逐一批析，见诸媒体后引发网民强烈共鸣。

六十七岁的牟新生以直言而闻名。为了说真话，他付出了不少代价。到全国人大第一次发言就捅了娄子，在三鹿奶粉事件中"放炮"。

昨日，本报围绕"说真话"对其进行了专访。

说真话　我一直比较敢讲真话

为何真话少、官话多？中国几千年的皇权意识作怪，官本位的思想太厉害了。

新京报：你看到张维庆委员关于"官员说真话越来越难"的言论吗，

有什么感受？

牟新生： 看到了他的讲话，很赞同，很有同感。

新京报： 现在在一些地方，真话少、官话多，这是为什么？

牟新生： 我个人的看法，现在一些地方的工作作风、文风、思想作风都存在比较严重的问题。腐败问题成为社会焦点，中央反腐败的力度不断加大，但每年抓出来的省部级干部还是很多。改革开放成就很大，但社会发展不平衡，上层建筑和经济基础不协调，政治体制改革滞后，这是根本的问题。

另一个，也是中国几千年的皇权意识作怪，官本位的思想太厉害了，一些领导干部自觉不自觉就有这样的想法。

新京报： 你当时在海关总署当署长时，敢不敢讲真话？

牟新生： 我一直比较敢讲。我补充一点，腐败问题解决不好与用人机制也有关系。我曾给组织部门提过意见，本来各项法规规章都很不错，但没有执行到位，在目前体制下，地方和单位一把手的权力高度集中，特别在用人上。我在海关十年，当一把手八年。感觉就是一把手权力太大，尤其在用人上，说一句话，别人很少敢说不。后来发现这个问题，就很注意了。

领导视察　　**应对领导地方有"规则"**

有的领导去视察，周围几十个人前呼后拥，大部分都是民警和干部化装的。

新京报： 一把手的话对干部选拔有多大的作用？

牟新生： 决定作用。干一把手时间长了，如果一把手有点意思，都不用直接表白，下面的人马上顺着你来，这种机制很危险。我发现这个苗头后就特别注意，后来就发现有的人不是我看到的那样，有的干部是两面人，领导面前一套，群众面前一套，群众评价和我的评价完全不一样，我就特别注意，领导人的决定起关键作用。

这个问题不解决的话，好多问题解决不了，表现在用人上特别明显，制度是制度，说一套做一套——靠小集体定名单，靠主要领导定名单，视野不开阔。

新京报：张维庆还讲到领导下基层视察、调研的真实性问题，你怎么看？

牟新生：这个问题是存在的，譬如有领导下去视察，当地都预先进行了周密部署，安排得非常具体，领导人成为了一个"机器"，这是很可悲的。还有的领导去视察，周围几十个人前呼后拥，大部分都是民警和干部化装的，全是假的。这都是真实的事情。有的领导知道这个规则，所以经常搞突然袭击，但总是有限的。

文风　　用一段话说一句话的事

现在一些领导讲话、报告前半部分全是套话。"党八股"太厉害了，本来一句话说的非常明白的，一定要绕来绕去说上一段。

新京报：文风也是社会反映强烈的问题。

牟新生：我在文风上意见提的很尖锐，现在一些领导讲话、报告前半部分全是套话，只有后半部分有点实在的，云山雾罩的，"党八股"太厉害了，本来一句话说的非常明白的，一定要绕来绕去说上一段。现在有些领导的讲话和报告都是秘书坐在屋子里编的，总会有江郎才尽的时候。

新京报：你当署长时，自己写讲话稿吗？

牟新生：说实话，一般开党组会都是自己写，开全国关长会，那不是自己写，因为是总体报告，我和助手先开几个座谈会，搜集意见，研究出一个提纲，再听取司局级干部的意见，先发表意见，我口述一个提纲，秘书写完后再发回去听取意见，写完以后再发给大家讨论，修改，最后成稿。但一般的会议从来都是我自己写。

新京报：其他领导干部的情况呢？

牟新生：我了解到的一些领导干部还是不错的，比较务实，发言都是自己写，甚至就写在一个破的小笔记本上；有的领导虽然用准备好的发言稿，但能看得出其中有自己的东西；但是也有一些干部发言，都是事先准备好的打印稿。总的来看，估算一下，大概三分之一的领导干部坚持自己写发言稿吧。

新京报：如何改变这种状况？

牟新生：我赞成张维庆的建议，倡议领导干部带头说实话，说真话，只有他们带头，下面才敢说，同时要批评不讲实话的、不讲真话的现象，这个风气才能够有所改变。应该说，多数干部是想说真话的，但存在不敢说、没办法说的情况。

工作作风　　**加强民主，畅所欲言**

在十六届四中全会上征求意见时，我当时提意见说要认真解决一件事：让大家畅所欲言。

新京报：你提到过有一次工作人员篡改你的发言，导致你当场撕掉简报？

牟新生：是在一次会议上，我发言后，工作人员给我出了简报。简报上说我赞成什么，全是那些套话，都不是我说的话，而我说的话却一句没有，当时我就把简报撕了，弄的别人也挺尴尬，但我实在忍不住。我始终觉得，应该听取不同意见，不然开会干什么呢？官场不正之风的一个表现就是没有民主的气氛。现在到全国人大常委会开会的氛围我就喜欢，你讲什么，简报录什么，觉得自己的话起作用了。

新京报：对这种风气你有什么药方？

牟新生：首先应该是加强民主，加强作风建设，不能搞官样文章，文书就是思想的反映。在十六届四中全会上征求意见时，我当时就提意见说要认真解决好一件事情：让大家畅所欲言。现在社会环境已经大不一样了，不能还是一个封闭的系统。

我的看法，中国社会发展到新的阶段，需要新的思想解放，需要真正的内部改革，特别是推进政治体制改革。改革的核心就是公权力的法制化。首先还是加强民主，改进作风，风气变好，社会风气就会变化。其次，政治体制改革要有新的思路，要有作为。现在经济发展得很好，社会问题更要解决好，我看现在中央已经意识到了，比如重视收入分配问题，下决心扭转收入差距。我感到很欣慰，眼下的关键是需要具体的措施去落实到位。

【记者手记】

说真话的代价
李立强

两会会场，能听到几句大白话、大实话是很奢侈的。

2010 年的全国两会，因几个"大炮"的言论而增色不少。

首先"开炮"的是全国政协常委、人口资源环境委员会主任张维庆，他在小组讨论会上痛批官场存在的不正之风，赢得代表委员的欢呼。

第二天一大早，接到部门主编短信，希望有更多代表委员站出来讨论这一话题。我脑袋中蹦出一个名字：牟新生。

前一天北京团的小组讨论上，牟新生已经"开炮"了，从三聚氰胺奶粉追责，到官场文风会风。

我希望听到这位高官能解答一个疑问：为何官员们摆脱官话、套话、假话这么难？

牟新生此前任海关总署署长，曾参与查办"厦门远华走私案"，赖昌星曾经想要"灭了他"，也是有名的敢说敢干的官员。

小组会议结束，代表们挪步往外走，我快步跟上牟新生，他边朝房间走，边听我的采访意图，二三十米到门口了，他掏出门卡打开门，说，进来吧。

我知道,这次找对人了。

老牟的爽快让我意外,说实话,这是个敏感话题,其他记者反馈采访难度大,基本上没有代表委员愿意谈。

我小心翼翼地抛出问题,与有些浸淫官场的代表委员不同,牟新生如传说中一样,心直口快,观点鲜明,单刀直入。

他说:"我说出来是要负责任的!"

他说,我同意张维迎的看法,党风、文风和生活作风都存在很大问题。

采访中的两个案例印象深刻:有领导到基层调研时,当地农民对答如流,事后了解,那个农民是当地县委常委化装的。原来,在领导去之前,县委常委会开会研究方案,县委书记指着其中三个常委说,你们三个长得最黑,就化装成农民吧。而真正的农民站在远处说不上话。

另一个案例是,某省的高级官员向他透露,另一位领导去当地视察安保情况,周围环绕着他的几十名"群众"基本都是民警和当地政法干部装扮的。

很没有必要,牟新生长叹一声。

作为高级干部,也是屡次向组织和上级"放炮"的直言型官员,牟新生因说真话说实话吃过亏,难得的是,牟没有把矛头指向某些人,而是体制。

他说,权力高度集中,政治体制改革滞后是根源。

改革路径就是公权力的法治化,从党内开始,领导要有这种政治胆略。如果党的系统封闭,空话假话连篇,整个政府系统也会是这样,因此需要一场新的思想解放运动。

而要改变这种状况,高级领导干部要带头讲真话实话,不要照着稿子讲话。上行下效,因为中国的体制就是从上而下主导的,领导带头讲真话了,下面才敢讲。

四天后,北京团小组讨论上,又一位代表也"放炮"了。北京市人大常委会主任杜德印在发言中，面对高涨的房价，一语道破天机，政府卖地才是根源。

他追问：哪里是房价高，明明是地价高。北京的房子建筑安装成本才三千多一平米。就应该政府出地，老百姓掏房钱，房价才能降下来。道出了土地财政，与民争利的根源。

但即使是人大代表，高级官员，这两位也"因言惹祸"。

牟新生的访谈见报后，他淡淡地说了句"让我压力很大啊"。此后小组讨论，甚少听到他犀利的言论。

而杜德印的发言见报后，两会工作人员找到记者们说，杜主任的发言以后不能再炒了。此后多次小组发言上，杜德印也恳请记者"别写我的话"。

2011年全国两会，我坐在编辑部编稿子，看着那些年年相似的稿子，想起了老牟，给还在会场的记者打了个电话，那头说，今年老牟沉默了很多，基本上很少发言。

暗战：网络公司无序竞争黑幕调查

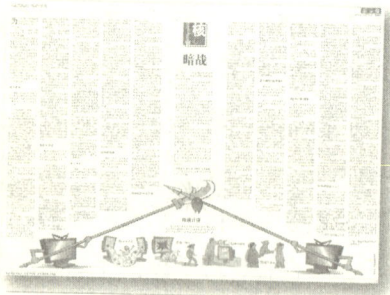

2010 年度日常新闻报道·优秀奖
刊发日期：2010 年 12 月 15 日
作　　者：崔木杨

这是一个无数网线构造的世界。这里充斥着有关财富、阴谋和暴力的各种故事。

在这里，一些公司裹挟着数以亿计的网民，与对手展开争斗。另一些公司则依靠黑客和谎言赚钱。

4.2 亿的网民，数以千亿计的财富资源，让网络公司的无序竞争如日出月落，周而复始。

"只要我想，我就可以把你的裸照公布到网上，然后在你痛苦的时候，等待钞票流进我的口袋。"一名黑客说,怕什么呢？我付出的仅是一台电脑。

在任何行业，没有底线的行为都会引来公众的愤怒，而在这里，当人们的尊严、隐私和财富被流进陌生人口袋的那一刻，却很难换来一台摄像机的关注。

实施近二十年的《反不正当竞争法》对约束这些恶性竞争显得软弱无力，许多公司不愿意靠法律维权，而选择"以恶制恶"；当无数 QQ 用户被腾讯强令下线后，《反垄断法》则在一边静默无声。

近年来，监管部门管理在不断加强，但有法学专家认为，互联网商家仍以丛林法则解决纠纷。或许我们无力展现互联网世界的全貌，但我们力图为你呈现这里一些不为人知的碎片。

为了钞票，肖俊会说谎话，这位不介意公众愤怒的男人，是一位水军头目。为了财富，田鹏会入侵很多陌生人的电脑，二十一岁的他是一名黑客。

田亚葵与警察之间的故事是互联网的一个奇闻，五年前，后者为四百二十万钞票把他送进了看守所。

王丰昌在经历着各种挫折后，这位七零后网站站长的最大愿望是，通过维权让互联网业内的事正常一些。

张浩坚持早起，冬季的清晨把一个充好电的热宝放在车座下，因为车女友要开。这位网友不想有任何麻烦，只想过平静的生活。

在互联网世界里他们经历了一个个有关财富、阴谋与牢狱的故事。

谣言惑众

旁白：制造谣言，诋毁对手，成为互联网企业竞争的常用手段，网络公关公司和水军构成上下游，一同为客户服务。

天色有些暗，电脑上六个 QQ 窗口交替闪烁。

京城西部一栋办公楼里，卷发的肖俊指着屏幕说，"看见没？这些 QQ 后面至少三万人。如果你需要，并愿意付钱。他们都将为你效力。"

"我不管对错，只要有钱，你想怎样我就怎样。"肖俊把食指和拇指捏在一起，眯起眼睛说，"就算一粒沙，我也能说成一片沙漠。"

11 月 3 日晚，奇虎 360 与腾讯爆发了一场战争。

那晚，肖俊一直忙到天亮。他指挥人骂完腾讯骂 360，然后再转骂腾讯。"反正谁给钱少就骂谁。"他说，一条帖子七毛钱，那晚涨到一块五。

肖俊是一名善于经营的商人，在一些企业陷入危机时，他总能找到赚钱的机会。前不久，贝因美奶粉陷入了一场风波。有人说，吃了这种奶粉，会出现便秘、头大等症状。在这起风波中，肖俊和他的水军一直致力于在网上传播上述传言。为此他们得到了数万元的报酬。

后来，质检总局出面证明，贝因美奶粉无质量问题。对此，肖俊不以为然，他认为自己的行为是在坚持一个商人应有的道德——收钱办事。

肖俊知道自己的行为会引起公众的愤怒，对此他并在乎。"怕什么呢？工商和警察都管不到我，"他说，"我只在乎银行的房贷还欠多少。"

对于肖俊从事的业务，李潮白显得不屑一顾。他说，"他在我们这个行业处于最底端，真正的公司需要通过策划帮助客户度过难关。"

李潮白是一家网络公关公司的老板。

不久前，李潮白就曾通过一系列策划，帮助一家企业度过难关。

陷入危机的企业是一家笔记本电脑企业。它的一款电脑连续出现了质量问题，并拒不承认，为此引发公众声讨和一系列诉讼。

随后，李潮白的公司展开了一系列行动。首先他们联系各大门户网站科技频道及 IT 类专业网站的版主或论坛管理员。一场秘密交易后，该企业的大部分负面帖子消失了。

接着，几十名在校大学生、下岗职工、残疾人，被聚集在一间出租房内，他们以该笔记本用户的名义四处发帖，称赞该品牌笔记本质量好，并说原告在对该企业"企图敲诈勒索"。

最后，李潮白花钱，请来几位 IT 行业知名专家。这些人在个人博客中对该纠纷进行深刻"剖析"，当然，立场是偏向该笔记本企业。

中国的网络公关业发展迅猛，早在三年前市场业务就已达到 8.8 亿，并且愈来愈能把控公众的感情。

"今天，中国的亿万网民中已经很少有人能逃脱网络舆论的操纵。你每点一次鼠标，都很可能被欺骗——那些你关注的'热点'很多都是精心炮制的。"今年北京一家杂志对网络里一些现象这样总结。

黑你不商量

旁白：盗取资料，击溃网站，网络企业竞争中常闪现黑客身影，而警方对黑客修改 IP 地址有时无能为力。

一双手在键盘上飞舞，各种字符成串地钻进网络，一台被入侵电脑的摄像头被打开。电脑的主人微胖，正在聊天。硬盘被打开，里面的文件被逐一查看。

"没什么东西，看来是个'小白'"。入侵者田鹏，用十五秒完成了上述一切。"要是有些私密照片或许会好玩点。"退出攻击后，他开始抽烟，吐烟圈。

田鹏是一名黑客，初中尚未毕业他就进入了互联网。当时，这位少年的愿望是偷回自己丢失的网游账号。在经历单腿跪地向师傅敬茶后，少年变成了一名黑客，如今依靠窃取他人隐私或帮一些公司搞垮竞争对手赚钱。

他的第一桶金源于一场持续六小时的 DDOS 攻击（即拒绝服务式攻击）。雇主命令他让一家游戏网站瘫痪六小时，任务完成后，五万元堆在他面前。还有一次，雇主开价二十万，要求他进入一家企业的网站，寻找一些关于工程竞标底线的文件。

这次任务耗时一周，在绕过层层防火墙后，田鹏做到了。他摸着腕上的名士手表说，"生意做成后，我奖励了自己这块很有品味的手表。"如今二十一岁的田鹏在北京已经拥有了三套房。

"怕什么呢？只要我想，我可以把你的裸照放到网上，在你痛苦的时候等着大把的钞票流进我的口袋，"田鹏说，"警察根本抓不到我。"

警官余义则常为这事苦恼，按照被锁定的可疑 IP 地址，去抓黑客。"但很多情况下，白扯。"余义说。

抓捕黑客时，余义常会抓到"僵尸电脑"。有一次警察冲进"黑客"的家，出现在他们面前的是一位连鼠标都用不顺手的老人。他的电脑被黑客用病毒变成了僵尸电脑。也就是说，黑客在利用老人的电脑上网攻击他人。

"我们花了好长时间才和老人说明白，黑客用他的电脑上网产生的费用，警察管不了。"一警员回忆说。

即便抓到了黑客，大量的未成年黑客也可以免于刑事处罚，黑客低龄化让不少警员感到焦躁。

一些技术手段更为高超的黑客还会修改 IP 地址，有些警察给这种技术手段起了个绰号叫"隐身斗篷"，"就好比黑客在上海上网，却把 IP 改成美国。"警官余义解释说。

你上当了

旁白：网络企业会利用各种负面新闻制作假合同假网页，诋毁对手商誉，减少对手公司的市场份额。

白天，钱长峰一身西装与客户大谈理想；晚上，他背心裤衩躺在床上大骂，这个行业里处处是陷阱，"你一不小心就上当了。"

已过而立之年的钱长峰是一家搜索引擎的雇员。他的工作是通过企业黄页寻找一些急于出名的制药企业做广告。

"我告诉他们只要多付钱，你的排名就会提前。"他说，"那些商人很重视网络对客户的影响。"

为此，一些二三流的药品代理商，成为公司和钱长峰的重要客户。

苦恼同样来自这些大把扔钞票做广告的商人，两年的推销生涯让钱长峰发现，那些商人总是对自己的药品功效夸大其词，甚至信口开河。

有一次，钱长峰发现，客户投放到市场的保健药，让很多市民出现了小便疼痛的不良反应，于是他建议领导，"能否稍微核实下这些厂商的话。"后者听后压低了声音说，"好吧，那下次这类厂商的提成，你不要拿。"

"他们眼里只有钱，"阿里巴巴网站的一名员工，如此表述了自己对钱长峰所在公司的看法。

据这名员工表述，为了消除阿里巴巴的中小企业排名对钱长峰公司"企业竞价排名"的影响，后者的搜索结果里会时常出现这样一种情况——搜索结果中"伪支付宝"网站置于"支付宝"网站之上，不谙门道的人便会误入"伪支付宝"网站，被骗取钱财。

"支付宝的信誉受到了很大伤害。"该员工说，他们还会屏蔽像三鹿奶粉这样企业的不良信息，据说还收了钱。

对于上述说法，钱长峰感到愤怒。他以自己亲人的名义发誓，在三鹿奶粉事件中，广泛在网上流传，并配有照片的自己公司与三鹿奶粉之间签订的合同，是有人伪造后，散播到网上的。

"那里的人（阿里巴巴）擅长落井下石。"他说。

送你进监狱

旁白：有时一些不良竞争者，不只是通过造假进行诋毁，甚至会买通警察，把自己的对手送进牢房。

田亚葵曾是北京东方微点信息技术有限公司（简称微点公司）的副总裁。

今年2月4日，北京上空卷起零星小雪。早八点，头发花白的他赶到北京市一中院传达室门口，他想旁听一小时后在这里举行的一场公开审判。被审判者叫于兵，曾任北京市公安局网监处处长。2005年，这名官员在接受瑞星公司四百二十万的贿赂后，以网上传播病毒为由将田亚葵羁押了十一个月。

事情发生于2005年初，瑞星公司与公司股东刘旭产生纠纷。刘旭，同时又是微点公司总经理，该公司也开发杀毒软件。

北京市公安局网监处处长于兵受瑞星公司所托，帮助解决纠纷。

他先让北京金山等几家公司出具一份《关于2005年上半年我市爆发病毒情况的说明》，报告2005年5月至6月北京市病毒高发；随后又找来专家，论证病毒传播的地址是ADSL用户"62116828"。

而"62116828"就是田亚葵办公桌的电话号码。

北京市公安局网监处副处长赵某在事后说，病毒每年都有，他没听说2005年上半年有病毒高发。国家计算机病毒应急处理中心出具的"病毒疫情监测月报"也显示，当时病毒疫情稳定，六月份还有所下降。

"现在看，那些说明都是为这个事做的。"该副处长在证词里说，这个案件从来没正式在处里讨论过，是于兵一手抓的，几个处领导都不清楚这个案件。

检察院终因证据不充足，未对田亚葵刑事起诉。田亚葵从看守所出来放声大哭。而案发后，刘旭则逃亡福州，他原本正准备推出一种主动防御的杀毒系统，这种系统在当时被誉为杀毒软件的革命性变革。但因为这起诬告案，软件"革命"流产。

"为了利益他们可以绞杀一切。"一业内人士说。

如今，于兵因受贿罪、滥用职权等罪被判死缓。

田亚葵旁听的愿望没有实现，与他一同离开法院的还有几十名媒体记者。"没办法，法院把门一关，谁都进不去。"一记者说，不让旁听可能是案件影响力太大。

田亚葵的经历在互联网业内被认为是，一起恶意竞争引发的冤案。

用绣花针对付大象

旁白：虽然《反不正当竞争法》已实施近二十年，但少有网络企业愿意法律维权，业内律师反映，法律对恶性竞争约束力很弱。

室内有些凉，一杯热水不一会就会发凉。亦庄经济开发区的一栋办公楼里，法易网 CEO 王丰昌和自己的七八名员工挤在一间六十平米大的屋子里。

王丰昌是七零后，他踏入 IT 行业已有十年。这名戴着眼镜面颊消瘦的男子，希望通过法律手段让业内的竞争规范些。

"我想用行动告诉那些不守规矩的公司，什么能做什么不能做。"王丰昌说，"当然，有些时候我显然过于理想化"，他猛抽了几口十块钱一包的利群烟，然后把烟屁股用力在烟灰缸里捻灭。

2009 年，王丰昌发现国内一家著名搜索引擎对不做广告的网站进行了屏蔽。于是，他开始组织一些利益受损网站维权。在律师的帮助下，这场耗时半年涉及近百家网站的维权进展顺利，法院立案后律师告诉他，胜利不远了。不过，王丰昌至今也没见到所谓的"胜利"。

该搜索引擎解除屏蔽后，联盟里的一些网站放弃了诉讼。

"有些人说，对不起，为了生存没办法。"王丰昌回忆说，更多的人则是不辞而别。

《反不正当竞争法》颁布于 1991 年，而现实中，互联网企业则不愿意通过法律维权。

对外经济贸易大学竞争法中心主任黄勇教授这样分析，法律维权时间漫长，即便赢得诉讼，很多网络公司也已被淘汰，所以都宁愿采取恶性手段竞争。"这说明，执法体系和程序都需要完善。"

业内的一名律师说，很多时候法院判决对一些企业的约束就好比，你拿着绣花针告诉大象不要乱来。

对那些试图让互联网规范起来的人来讲，现在即便一些案件进入司法程序也难以达到他们预期的效果。2009 年，一个经典案件发生在 QQ

输入法和搜狗输入法之间。QQ和搜狗均在用户电脑上卸载对方的软件。随后，他们又相互把对方诉至北京市第一中级人民法院和第二中级人民法院。起诉理由均是：对方有不正当竞争行为。

数个月后，审判结果出来。在一中院，法官支持了腾讯的诉求，判定搜狗赔偿腾讯二十四万元。在二中院，搜狗赢了官司，腾讯被判定赔偿二十一万元。

在这里，一些不正常的事情像日出月落一样，频繁且周而复始。一名资深IT业记者说，"没有这些乱象，3Q大战不会爆发。"

"最大规模"战争爆发

旁白：360与QQ之争爆发，双方告知用户，他们互不兼容对方软件，随后水军、黑客纷纷参与两者的争斗。

暮色中，刘峻在奔跑。他跑向四方形的奇虎360总部。

"都什么时候了，还问我感受，我告诉你，原子弹已经爆炸了。"他对着手机大喊。11月3日，员工们记得，副总裁的声音有些颤。

11月3日，被业内人士称为中国互联网史上一场最大的纷争爆发了，腾讯和360因不兼容事件开始互相指责。

时间转至2010年10月29日，马化腾四十岁生日当天，这位拥有六亿注册用户、资产数以千亿计网络帝国的管理者和他的帝国，受到了挑战。

挑战者是奇虎360网络安全公司，它在北京一个种满槐树的院子里，公布了一份腾讯"偷偷"扫描用户硬盘的黑名单。

在公布这份黑名单之前，奇虎360发现腾讯新推出的软件"QQ管家"，也具有与360相似的杀毒功能。

在公布这份黑名单之后，奇虎360推出软件"扣扣保镖"。360解释，该软件既可保护用户隐私，又可屏蔽QQ的弹窗。而腾讯2009年的年报显示，含弹窗在内的广告业务为该公司带来了九个多亿的收入。

这样，一场中国互联网史上最大的斗争展开了。

11月3日，回到公司后，刘峻三天两夜没合眼。他发现，公司的服务器在黑客的攻击下出现网页打开迟缓，近似死机的状况。他对抵御黑客的员工大喊，一定不能垮掉。

在刘峻大喊的早些时候，田鹏和他的朋友加入了这场争斗。

事先，田鹏并不知道自己已卷入这场战争，他只是按雇主要求，对一家网站进行攻击。

黑客们调用了上万台肉机——肉机即为感染病毒后被黑客控制的僵尸电脑，涌向被攻击网站。

"几万台机器一起访问，会造成对方服务器因过度繁忙死机，好比一台车最多拉一吨货，我放上十吨，自然跑不动了。"一黑客说，他们只是攻击团队中的一小部分。

那次，田鹏所获报酬，每小时一万元。

QQ 用户被"绑架"

旁白：拥有数亿用户的腾讯禁止装有360的消费者使用QQ，这在互网联网企业竞争中首次出现，被认为腾讯在挟持用户。

11月3日晚，一连串的程序命令从腾讯公司服务器传出，奔向数亿台QQ注册用户的电脑。这串命令会让用户的QQ自动下线，如果电脑上装了360。

在北京，张浩的QQ遭强行下线时正在和女友聊天。"情况糟透了"，他说，自己搞不懂那些公司凭啥干涉我的电脑里装了什么软件。

在黑龙江，一家网吧的老板听见叫骂声不断传来，几十名《穿越火线游》（QQ游戏的一种）的玩家，因为被强行下线，把鼠标摔得啪啪作响。

"我的一百台机器都装了360。"网吧老板说，承诺对受影响用户减少收费后，混乱才得以消除，即便这样还有十几个鼠标和键盘被搞得缺东少西。

在燕郊，一位 QQ 的黄钻用户，因为被强行下线，把一桩生意谈丢了。数天后，这位穿着黑风衣的女孩当着媒体和专家的面，声泪俱下。她说，这笔生意对自己很重要。

在西藏，一位驴友发现自己的 QQ 空间无法打开，沉迷于将旅行照片在 QQ 空间与大家分享的驴友愤怒了。为此，他将两块砖头从西藏带到了深圳腾讯总部门前，万里的旅途中，只要每到一地他就会用砖头拍打一只企鹅玩具，拍照留念，"只有这样，我才能表达我自己的愤怒"。

接受采访时，刘峻当着记者的面睡着了。此时，这场弥漫着口水的争斗已经进入了第四天，漫长的争斗让公众开始反思这场事件。

"除了利益，我看不见他们对事实的坦诚及对公众的尊重。"一位央视的记者说，这场争斗发生期间，他们曾试图做一期谈话类的节目，希望腾讯和 360 高层能在台上，当面锣对面鼓地把这件事说清楚。但这一想法却引来一场闹剧。

那天，观众席上一名消瘦男子的发言，是这场闹剧的爆发点。

据参加节目录制的人士回忆，为了加强互动性，这档节目，安排了场下观众提问的环节，消瘦男子引发的混乱正源于这个环节。

他记得，这名自称是群众的男子，数次举手发言，诉说腾讯的苦衷。不过接下来，台下的观众在主持人播放的一段录像中找到那名男子。"录像里他是腾讯的高管。"一参与节目的人士说，混乱随之而来。

节目现场，双方公司的几十名员工开始互相大骂，有些人还把手戳在对方鼻尖上。

最终，有观众离席，留下吵成一团的双方员工。

漫长的争斗终止于 11 月 21 日。

在这天，刘峻接到一个电话，对方在电话里说，关于不兼容事件，腾讯和奇虎之间不要再以保护客户利益为由，相互攻击。

在工信部的要求下，360 与腾讯两公司分别向公众就不兼容事件引发的混乱进行了道歉。两公司的道歉信里反复强调自己的无奈和苦衷。为此，中央电视台评论员叶海林在节目中说，不要让道歉变成自我辩护。

反垄断法怎么了

旁白：专家针对360与腾讯之争开展研讨，发现挟持用户的腾讯已近似处于垄断地位，而如何运用《反垄断法》规范竞争依旧是个难题。

11月19日，午后的阳光有些昏黄，在北京盈科律师事务所一场针对"中国互联网反垄断与反不正当竞争的专题研讨会"正在召开。

会议室不大，里面挤满了来自人民大学、政法大学等高校的教授和数十家媒体的记者。

"专家们试图通过法律手段让这个行业里不好的现象得到整治。"一名与会记者说，"可惜并没有找到什么好办法"。

事实是，在学者和媒体对网络的种种乱象给予关注的同时，政府部门也展开了自己的行动。

11月8日，受国家工商总局邀请，王丰昌和律师姚克枫就QQ涉嫌垄断一事，与工商总局的反垄断执法处、反不正当竞争处等官员进行了近一小时的沟通。

沟通中，王、姚两人强调，一些公司之所以敢做出胁迫用户的丑行，根本原因就是利用了垄断地位。而这种垄断模式的成功，又成为一些公司不择手段效仿的对象。

"官员们听得很认真"，王丰昌说，"但没明确回复。"

"怎么调查反垄断？我们有着自己的难处。"一工商系统的官员说，反垄断先要认定垄断，而在国内尚无一家官方权威机构，对互联网企业的市场占有率有一个全面的调查。他说，这是工商部门在认定互联网企业是否具有垄断地位时，无法突破的瓶颈。

官员所述的瓶颈，律师李长青深有体会。这名独臂律师在2009年以百度涉嫌滥用市场支配地位封杀低投入者为由将百度公司诉至法庭。如今他输了官司，因为法院无法认定百度具有垄断地位。

"我拿出中国互联网信息中心的报告，证明百度占有搜索市场份额76.8%，法官说无效，我又拿出百度自己宣称占有市场70%的证据，法官同样说无效。"李长青说，我不知道该怎么办。

QQ用户张浩没有参与到维权中，但他把两公司道歉信的页面保存在电脑上。

商人肖俊感觉不怎么舒服。他说，政府这么重视，今后生意可能会有些冷清，不过也没有关系，只要还有互联网就还会有争斗，那么自己也就有生意。

路上车少，田鹏把凯美瑞轿车油门踩得嗡嗡作响，车速一百，并不影响这位年轻人在电话里和别人聊天。"你丫牛，开'莲花'跑，过几天我生意好了，换个奔驰 SLK，震死你。"

"但愿一切都会正常起来，"刘峻说，"现在，我们的工作重点放在解决三线城市里个别不兼容的案例上。"

11月26日，360公司办公楼里，年轻的员工们讨论的话题不再是争斗，而是近期热映的《哈利·波特7》，笑声不时回荡。

（注：应受访者要求部分人物有化名）

北京电大现史上最严重舞弊事件

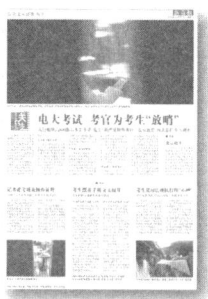

2010 年度日常新闻报道·优秀奖
刊发日期：2010 年 7 月 11 日、7 月 12 日、
10 月 25 日
作　　者：展明辉

- ●考生：上电大是花钱买证，平时不上课，考试靠"小抄"
- ●考官：站在门口"放哨"防巡考，发现情况就发"暗号"
- ●考点：至少发现二十名作弊学生，今后将引进监控探头

目前，北京广播电视大学（下简称北京电大）五十余所分校、工作站正在进行统一的期末考试。昨日，记者暗访中国人民银行电化教育中心教学点（下简称人行教学点），发现数百名学生存在作弊情况，但监考老师熟视无睹。

对此，北京广播电视大学负责人表示，此事为该校有史以来最大舞弊事件，分校存在诸多漏洞，他们将进行调查，处理违规的学生和校方人员。

北京统一期末考试

据人行教学点负责人史先生介绍，该教学点租用西城教场胡同北京

四中东校区几幢教学楼，每周对学生授课，主要进行金融人才的培养。7月2日开始，该教学点同北京电大五十多个教学点、工作站，同时组织各年级进行统一的期末考试。

"我们这近千名学生，十号考试结束。"昨日下午两点左右，四中东校区，数百名学生按照公告牌上考号，陆续步入校方租用的十余个考场内。

几乎每个考场都作弊

开考后，记者走访了每个考场，发现2号楼六七个考场都是闭卷考试，但几乎每名学生都将"小抄"或纸条放在大腿上、或是试卷下方。

而南侧教学楼半开卷考场内，学生们也并未按要求，携带正规材料（按规定，每人可带一张A4纸）进场，纷纷看着多张纸条作答。对于这些作弊情况，监考老师们均未予以制止。

考试结束后，史先生证实，当日，该校共六百多人应试，每个考场有两个监考官，此外，楼道也有巡查老师。考试完毕后，发现至少二十名作弊学生。

"史上最大"舞弊事件

随后，北京电大负责人闻讯赶到现场了解情况。该负责人表示，作为总校，北京电大将调查具体的作弊考生人数，"以前从没发生过类似的情况。"该负责人表示，但可以肯定，此事是该校有史以来最大舞弊事件，校方工作人员也存在监管失误的问题。一旦掌握证据，校方将根据考生考试前所签的协议，对违规的学生和校方人员严惩。

昨日，北京市教委高教处负责人表示，他们将核实此事，下周一给出答复。

"文凭工厂"荼毒师生

展明辉

2010年7月10日，北京电大五十余所分校、工作站将进行统一的期末考试。前一晚，记者接到报料，得知人行教学点数百名学生准备集体作弊。

"怎么混进考场？怎么暗访获得确凿的证据？做哪些准备？"种种问题摆在记者的面前，让记者彻夜难眠。

当晚，在报料人和同事的帮助下，记者连夜"搞定"了一张假学生证和一台偷拍机，随后上网搜索、研究考场所在地——北京四中东校区的地图。直到入睡前，记者的脑海中，仍不自觉地演练着进考场时如何应对工作人员的排查，以及被发现后抽身的说辞。

次日中午，赶在下午考试开始前两小时，记者提前与摄影搭档来到考场踩点，发现四中北门对面的复印店，已经被众学生挤爆。几乎人手一份小抄，让我们坚信了报料的真实性。

下午一点五十五分，"严峻"的考验来临。望着门口四五名工作人员，记者牢牢攥着口袋中的假证，混进了考生队伍，向学校内走去。

原本以为最为艰难的一关，竟然在几秒钟内安然度过。没人查学生证！没人核对考试信息！感觉对方只是瞥了一眼，记者就顺利走到了考场旁的操场。在又惊又喜中，记者赶紧向搭档挥手示意，让其也迅速进校。随即，我们二人小心走到教学楼的一处角落"潜伏"，等待着考试铃声的响起。

回忆起之后的情景，更是出乎意料，只能以"肆无忌惮"一词形容。

十多个考场内，数百名考生们肆无忌惮地看着小抄答题，而我们则在过道里肆无忌惮地走来走去，无人过问。

整个考试期间，任凭搭档的相机快门声响起，没有一名监考老师出来询问制止。就这样，在一切"配合"的情况下，"暗访"工作顺利完成。

随后，面对考试遗弃的数十份小抄，电大领导不得不向记者承认，这是该校史上最大的舞弊事件。

"这真的是最大的一次吗？只有这个分校有集体舞弊的情况吗？"相信很多人都不同意上述的说法。记者认为，这只是电大史上被媒体抓住现行的最大舞弊事件。

近年来，随着普通高等教育的扩招以及其他教育形式的多元化，电大教育受到巨大冲击，其生源的质量和数量不断降低，已成为不争的事实。一些电大为了摆脱窘境，在利益的驱使下，逐渐转变为文凭工厂。"只要花钱，就能轻松获得文凭。"这逐渐成了老百姓对电大的主要印象。

究其原因，记者认为，教育主管部门的监管存在严重缺失。"平时的上课率不到20%，考试通过率却是89%。"只是询问一些学生和校方工作人员，即可发现的问题，如果教育主管部门平时多留意些，多下点功夫，"电大史上最大舞弊事件"可能就不会发生。

在此次事件中，大家可以看到，作弊之风荼毒的不仅是学生，还包括形同虚设、帮忙放哨的监考老师们。

道德是做人的根本。作为一名老师，相比怎样教好书，如何以身作则，教学生做人，引导他们向正确的方向发展，更是教育的重点。如果只是以金钱为先，埋没良知道德，这样的老师连做人的尊严也没有！

在事件曝光的几个月后，教育主管部门一直未公布对相关责任人的调查结果。但记者无意间获悉，人行教学点已经被取消，教师被遣散，学生由其他分校接收。

记者认为，纵然教育是国家的根本，如此办学的电大分校，关一家少一家，实为幸事。

盘古大观违法加建"空中四合院"

2010 年度日常新闻报道·优秀奖
刊发日期：2010 年 2 月 23 日
作　　者：马　力

位于水立方西侧的"盘古大观"擅自在楼顶加建十二组四合院建筑，共增加违法建筑面积 11297.62 平方米。昨日，市规划委公布了十三家企业违反《城乡规划法》的行为，对其已进行了处罚。

"空中四合院"未经规划许可

此前媒体曾报道，位于鸟巢西侧著名的"盘古大观"，由一幢超 5A 级写字楼、三幢国际公寓、一座盘古七星酒店等组成。在部分楼栋的顶层，建设了十二座空中四合院，这些四合院距离地平面的高度都超过了八十五米，在四合院的中厅下方可以种草、养鱼。房间的装修风格也极度奢华，不仅有一个可开合的透明天幕，连上楼的步行梯选材都是从非洲进口的加蓬红木，房间内部还配备了一个小型电梯，可以方便地上下。

据报道，售楼人员称"空中四合院"只租不售，租金为一天一百万，一年一个亿。2008 年奥运会时，有不少媒体报道称比尔·盖茨为了看奥运，花一亿元租下了一座空中四合院，后被证实为假新闻。

市规划委昨日公布的信息显示，北京盘古氏投资有限公司在朝阳区建设 B 座等项工程时，未经规划许可，擅自在公寓、酒店、商业三座楼顶部加建两层坡屋顶复合式四合院建筑十二组。共增加违法建筑面积 11297.62 平方米。

烂尾楼重建擅增商业走廊

在这份名单中，还有朝内大街的"森豪公寓"。该项目曾为北京著名的十大烂尾楼之一，去年，该项目更名为"朝阳首府"重新开工，更名入市后开盘均价达 3.5 万元／平方米。

市规划委表示，北京龙洋房地产开发有限责任公司在建设该项目时，未按规划许可内容进行建设，擅自增加商业走廊，并将阳台圆改直建设，违法增加建筑面积 968.22 平方米。

此外，北京市邮政公司在东城区北京站前街 1 号建设业务楼时，未按规划许可内容进行建设，擅自增加建筑规模，违法增加建筑面积 4618.65 平方米。

iPad 征税过千　商务部咨询海关总署

2010 年度日常新闻报道·优秀奖
刊发日期：2010 年 11 月 9 日
作　　者：胡红伟　何晨曦

近日，个人境外购买 iPad 入境时需缴进口税一千元，引发关注和争议。商务部有关部门为此发送了一份咨询函，给海关总署相关部门。针对 iPad 征税引发的争议，以及该税种的来龙去脉，本报记者专访了商务部相关人士。该人士称，缴税是每个公民的义务，打击走私也是海关应尽的职责，但对个人自用物品征税的原则应当适度宽松，不能有惩罚性。

昨日，海关总署办公厅新闻办主任王桦接受本报记者采访时表示，针对近日消费者关心的 iPad 进口税等问题，海关总署计划近期举办一次在线访谈，对消费者感兴趣的话题答疑解惑。

（报道正文略）

市政市容安全会议十五负责人缺席

2010 年度日常新闻报道 · 优秀奖
刊发日期：2010 年 11 月 24 日
作　　者：杜　丁

昨天，北京市市政市容委针对冬季特点召开部署安全生产工作会议，十六区县市政市容委中，除了海淀区到会的是"一把手"外，其他十五区县"一把手"集体缺席，代由下属工作人员出席。"会后书面报告'一把手'未参加的原因。"市市政市容委副主任母秉杰当场对此进行批评。

数据显示，今年 1 至 10 月份，市政市容领域内发生的事故五百三十七起，其中燃气一百一十六起。

书面形式上报缺席原因

据了解，之前北京市市政市容委给各区县以及所属企事业单位下发了"会议通知"。通知要求，市城管执法局、各区县市政市容委主要领导和主管部门负责同志、各直属事业单位主要负责同志到会参加。当天，会议规模并不大，参加会议人数不足百人，主席台上坐着市市政市容委主任陈永跟副主任母秉杰，会议由母秉杰主持。

母秉杰先向在坐人员通报了国家以及北京市当前的安全形势，说着说着，他话锋一转，直指台下的在坐人员，"今天到会的除了海淀管委（市政市容委）'一把手'外，其他十五区县'一把手'都没来。"母秉杰对着台下十五区县到会的其他工作人员指出，"回去转告各位'一把手'，会后以书面报告形式把未参加会的原因解释一下。"

"我还不信，其他什么事情比这个更重要，比安全生产更重要，这是关系人命关天的事情，含糊不得。"会后，母秉杰也坦承，各个区县管委（市政市容委）主任确实工作繁忙，"很多不同领域的活都集中在管委（市政市容委），工作确实很多。"

"一把手"没到属无故缺席

对于"一把手"缺席，北京市市政市容委主任陈永在会上也表达了自己的看法。他说："今天的会议规模不大，但重要性很高。'一把手'没有原因不来，这属于无故缺席，一旦发生事故追究责任就没话说了。"

陈永分析了北京市政市容委当下面临的工作压力，他提醒参会人员"不能有盲目、侥幸心理，更不能盲目乐观。"他认为，安全工作"一把手"不重视，下面的工作人员也不会重视，"'一把手'应该亲自过问安全责任和安全工作。"

唐家岭拆迁六十天

2010 年度日常新闻报道·优秀奖
刊发日期：2010 年 6 月 4 日
作　　者：傅沙沙

唐家岭村突然新增的监控探头让村民老赵很不习惯，"说不出来的别扭"。之前为拆迁方案四处奔走的村民也"消停"了。

从 3 月底拆迁安置房奠基开始，唐家岭地区整体改造全面启动已过了六十天，"忐忑不安"、"一头雾水"，村民们如此总结这些日子里所发生的事情。至于那些"签字"通过拆迁方案的村民代表，则成了全村的"公敌"。

与四十多天全部拆完的"大望京奇迹"相比，唐家岭村的腾退改造刚启动即遭到村民质疑。对此，专家认为，在腾退改造过程中确保信息透明、沟通顺畅，才能顺利推进北京城乡一体化。

空荡的"蚁巢"

5 月 29 日中午，周末的唐家岭村已没有了往日的喧嚣。

主街上行人寥寥，尽管店铺"大让利、大甩卖"，仍无法招徕顾客。饭店厨子们聚在房后聊天，说"下个月就撤了"。车站也不挤了，365 路的售票员举起大半杯水说，"以前跑一个班得喝见底儿，嗓子还冒烟。"

一两个月前，这里还人山人海。出门跟赶集一样，车挤得像沙丁鱼罐头，饭点儿吃顿麻辣烫也得排大队。

　　如今，白天村里除了做生意的租户，很难见到村民。只有当夜幕降临，他们才三五成群地聚在五六层高的小楼前，话题自然离不开拆迁以及备受村民争议的腾退方案。他们认为，补偿的面积不够、金额也少，这还能被高票通过？

　　最后，在一片埋怨和叹气声中，大家各自散去。家家户户的灯亮了，然后灭了。而在唐家岭村西北方向，村民安置房已奠基了两个月，即将全面动工。

　　（报道正文略）

新京报

品质源于责任

第二章
突发新闻报道奖

伊春空难：VD8387 的最后七分钟

2010 年度突发新闻报道 · 金奖
刊发日期：2010 年 8 月 26 日
作　　者：崔木杨

『 颁奖辞 』

　　　　六个小时的星夜兼程，二十八个小时的持续战斗，从残骸狼藉的现场到号啕悲泣的跑道，从严防死守的塔台到神秘的雷达室，从戒备森严的医院到充满悲恸的殡仪馆，记者以精确到分钟的记录方式，客观、冷静地再现了失事航班的最后七分钟。

8 月 24 日，21:31，VD8387 出现在机场上空。

这架河南航空公司的客机，从哈尔滨起飞，提前四分钟飞抵伊春林都机场。身材修长的客机轰鸣着，在机场塔台工作人员眼中，掠过机场 30 号跑道上空。飞机下方，伊春市市长王爱文已经进入站坪，准备迎接机上即将抵达伊春的要客。七分钟后，VD8387 坠落在机场跑道，断成两截。

21:38　坠落　　有人喊先救孩子

飞机先是急速下降，撞地后断成两截；飞机中部的一些乘客连人带椅被甩出去，像被弹射出的战斗机坐椅。

在伊春林都机场停车场等人的张先生看见飞机的时间在 21:31。让他印象深刻的是，飞机正式进入跑道前，飞行姿势很舒畅，就像天空中一只翱翔的鸟。

21:33，准备降落的 VD8387 航班舱内灯光略显灰暗。在空姐的提示下机舱内的九十一名乘客纷纷拉起遮光板并调直了坐椅靠背。

此时，坐在九排 C、D 两座的江苏商人蒋先生和他的同伴周彩凤，正在聊着家常。

"说着说着，她（周）忽然问我，飞机怎么停了。"二十五日躺在伊春康复医院的蒋先生说，周彩凤说完话后自己下意识地向四周环顾。昏暗的灯光下，过道两侧的乘客正在收拾自己身边的物品。略显嘈杂的私语声中，不时传来小孩子兴奋的笑声。

让蒋先生感到恐惧的是，上述这一切在瞬间就发生了颠覆性的改变。

21:38，感到急速下降的蒋先生先是听见机腹传来一声闷响。接下来机体撞地受阻产生的冲击力，让他开始反复在两排坐椅之间碰撞。

事故发生时，另一名乘客王先生坐在飞机尾部。他说，飞机落地后，机身随即从中间断开。

"位于飞机中部的一些乘客，连人带椅子都被甩了出来，像被弹射出去的战斗机坐椅。后来不知谁喊，先让孩子出去，接下来就有女人哇地一下哭了起来。"

乘客蒋先生回忆说，舱里一下就黑下来，当时有人喊，别慌。舱里的人不断地从后排跑到前排，然后再从前排跑向后排。最先起火的是飞机中间，有一个乘客身上着起了火，一转眼人就成了火人。

"喊声，救命声，呻吟声响成一片，不过很快就被四处冒出的浓烟吞噬了。"蒋先生说。

飞机起火一分钟后，位于机舱前部的蒋先生在逃生人流的簇拥下，从机头前部的一个裂口逃出。随后，他发现，飞机已经断成了数截。

21:41 搜索　**市长专用车参与**

飞机坠落后,机场启动一级救援预案,恰好在机场的伊春市长王爱文,大吼着安排救援,21:50 发现失事飞机。

机场巡视员王雨森记得，在 VD8387 即将飞抵伊春时，他和灯光队巡视员孙亮，巡视过跑道和助航灯光。"当时一切正常。"

随后，机务队与特种车队接到航务部通知后，21:20 进入一号停机位，并按照规定检查巡视。

一切完毕后，机场等待 VD8387 降落。机场塔台在 21:35 看见 VD8387 在机场上空，确认机组看见跑道的消息后，向飞机发布了落地许可。

"落地许可发布后，飞机就自东向西降低高度。"塔台一工作人员说，当时 VD8387 的情况和以往的降落并没有什么不同。而转瞬间，大家意识到灾难发生了。

"飞着飞着，飞机发出的灯光，一下不见了，我心里一沉，意识到出事了。"他说，随后塔台开始用所用频率呼叫机组，但没有丝毫反应。

"好像（飞机）一下就被黑黢黢的天给吃了。"在机场停车场的张先生说，飞机降落时自己的车头向东，飞机掉下去之初，他曾一度认为自己眼睛花掉了。等他用力擦了几下前风挡玻璃后才意识到可能要出大事。

"我连滚带爬地下车，隐约地听见一声闷响。"他说。

据机场值班记录显示，21:47——VD8387 消失后的三分钟，伊春机场就启动了一级应急救援预案。机场驻地的民警和消防官兵迅速前往 30 号跑道正东方向进行搜索。

随后九分钟，在机场跑道正东一千米处，搜索人员发现了失事飞机。

一位参与搜索的官员说，飞机坠落的消息传出后，恰巧在现场的伊春市市长王爱文显得很焦急。平时说话平稳舒缓的市长一面大吼着安排各部门前来救援，一面把自己的两辆专用车安排进了搜索队伍。

"从 VD8387 第一次飞临机场上空，到从天上消失共计七分钟"，他说，这七分钟里机组没有发出任何预警。

22:00　救援　　**消防员含泪营救**

飞机在持续爆炸，每一次爆炸像黑夜中升起一个太阳；一名十来岁的女孩胳膊皮肤被烧伤。

21:43，伊春机场消防中队副中队长徐鹏和他的七个战友接到救援要求。随后，他们第一时间赶到事故现场。

"太惨了，四处都是火光，飞机在草地上摔成了好几截。看上去就像一条被剁碎了的鱼。"他说："22:00 我们赶到现场，当时飞机还在不断爆炸。为了控制火势我们只好用泡沫枪灭火，好些乘客的遗体都淹在泡沫里了。"

从机场跑道尽头，到飞机坠毁的草地，救援人员需要翻过一个土坡。

24 日那一夜，消防队战士邹文吉翻过这座土坡后险些流泪。

他说，发生坠机以前这里到处是青草和野花以及挺拔的白杨树。可在 24 日，他能看见的只有散落在四处喷吐着蓝色火苗的飞机残骸和挂在树上的衣服。

"一个小女孩，十来岁，两个胳膊上的皮都烧没了，我问她疼不？她对我说疼。当时心就和针扎的一样。"他说，在自己抱起小女孩以前，女孩被一名穿黑衣的妇女抱在怀里，女孩刚被抱走，那位妇女就瘫在别的战士怀里。

"妇女一定不是女孩的母亲，但我想一定是母爱让她抱了孩子这么久。"邹文吉揉着鼻子说，这很让他感动。

22:10，伊春的武警官兵等救援人员陆续赶到现场。

"我没有受伤，但是眼前的场景太恐怖了，飞机在持续地爆炸，每一次爆炸就像在黑夜里升起了一个太阳。"一名参与救援的工作人员说，尽管消防队员在奋力地压制火焰，但他还是能经常看见腾空而起的烈焰和浓烟。

22:20许　救治　**医生赶路三百公里支援**

佳木斯市调来三十多名医护人员，有的长途跋涉三百多公里赶来；当地官员表示，有信心把幸存者从伤痛中拯救出来。

沿机场向北可来到伊春市康复医院，"8·24"坠机事件发生后，这里在第一时间内收治了十三名伤员。

"就像打仗一样，一刻都不敢松懈，"康复医院烧伤科黄主任说，医院收治的坠机患者都是大面积烧伤患者。这些幸存者在烈焰和浓烟的灼伤下入院，都呈现体内液体溶入到组织间隙的症状。有些人肿胀的像一个皮球。

"不过幸运的是，出事后前来支援的医生从四面八方赶来，比如佳木斯市就调来了三十多名医护人员。"他说"这些医生都是坐着120急救车，长途跋涉三百公里赶来的。"

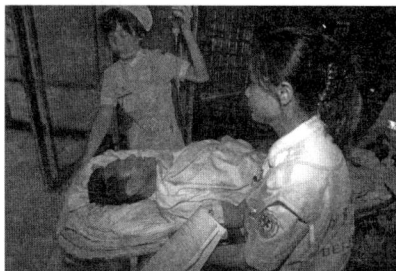
医护人员在抢救伤者

"毫无疑问，我们在尽最大努力挽救每一名患者的生命。"医生纪春明挥舞着沾满鲜血的乳胶手套说，有一名女性患者入院的时候身上的烧伤面积达到了99%，换句话说就是除了腋下的皮肤没有受损，其余的皮肤都已消失了。

为了拯救这名患者，十个小时内，纪春明为这名女士身上切开了十三个口子，输进了一万三千毫升的各种药液。"尽管我们知道这名患者的情况不是很乐观，但我们一定要让她坚强地活下去。"

"全国各地的医生都在帮我们，我们有信心把幸存者从伤痛中拯救出来。"伊春市卫生局一位官员说。

25日 寻亲　　靠手表认出哥哥遗体

阳光下，一字排开的不锈钢担架，摆在伊春市殡仪馆的停尸房前。

"大个子的被烧成小个子，小个子被烧成一团了。"一位殡仪馆的女员工说，现在已不让女员工插手此事。

空难发生后，遇难者的家属纷纷赶到殡仪馆。

● 赴母亲葬礼途中遇难

事发时，白女士正在飞机场等候侄儿乘坐的飞机。"我来接他（侄儿）是担心他会很难过，因为今天是他母亲出殡的日子。"25日，伊春市殡仪馆内，白女士抹着眼泪说，侄儿在深圳做生意，这次刚回来原本要参加母亲的葬礼，见老人家最后一面。

"我那个侄子可好了，平时笑嘻嘻地。"她说，短短几天两位亲人相继撒手人寰。

● 遗体焦糊很难辨认

"要不是看见手腕上的那块手表，压根就没法认出来那具遗体是我哥哥。"在殡仪馆门前，一位死者家属说，即便认出了手表，也不敢确认面前这具焦煳的遗体，就是自己失去的亲人。"以前他（遇难者）植入过心脏起搏器，可在遗体里我们并没发现，如果不是烧化了，那就是我们认错人了。"

赵女士的女儿在这次空难中遇难。她没有找到女儿的遗体，"孩子以前是在外地读书学跳舞的，一回家就搂着我的脖子亲，现在我不知道怎么把她带回家。"

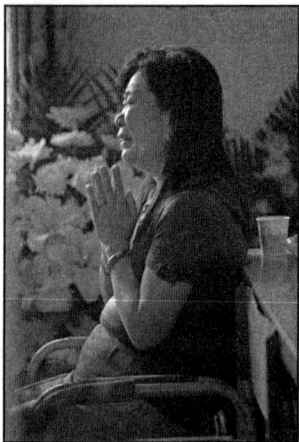

遇难者亲人在哀悼逝者

8 月 24 日

20:51　客机 VD8387 从哈尔滨起飞。

21:00　伊春林都机场上空天气晴好，能见度八千米。

21:09　机场上空起雾，能见度下降至两千八百米，但无重要云团。

21:35　客机找到降落跑道，获得落地许可。

21:38　客机在跑道正东一千米处，断成两截。

21:41　伊春机场启动一级应急救援预案。

21:50　机场消防员发现失事客机。

22:10　伊春武警等救援队赶到。

22:55　林都机场能见度六百米，即将关闭。

8 月 25 日

3:00　确认遇难者四十二人。

"私挖管线"　南京化工厂气爆成灾

2010 年度突发新闻报道·优秀奖
刊发日期：2010 年 7 月 30 日
作　　者：崔木杨　刘　刚

7 月 28 日晚十点，距离爆炸已过去十二个小时，南京市上空弥漫着淡淡的薄雾，在通往原南京市塑料四厂（以下简称塑料四厂）的栖霞大道上，不时有警车、军车、消防车等特种车辆急驰而过。

十二个小时前，四周高楼林立的塑料四厂爆炸了。

爆炸的核心位于塑料四厂中部。如今，在那儿，碎砖、断壁残垣、龟裂的楼房，以爆炸管道为半径向四周扩散五百米，目所能及之处，尽是连绵不断的建筑废墟和被砸毁的汽车。

事实上，塑料四厂所处的迈皋桥地区的居民，已与地下的化工管线、地上的众多化工设施毫无防备地共存了很长时间。曾经也有过丙烯管线泄漏的征兆。

事发之前，就有当地网友发帖称，"这是早晚要发生的事。"

（报道正文略）

上海大火烧伤的四十小时

2010 年度突发新闻报道·优秀奖
刊发日期：2010 年 11 月 18 日
作　者：吴　伟　钱昊平　孔　璞
　　　　刘　刚　张　静　段修建

目睹大火的一名女孩，一直以为自己在一个梦里。在这梦里，她看到火光，看到泪水，看到死亡。她陪着一个个家属寻找，寻找。

一名在大火中失去妻子的老人，至今在自责留下妻子在家……

大火烧伤了时间，带走了许多的生命，灼伤了许多人的身体，也烧伤了更多爱他们的人的心。

15日14点　火起　　开始"一个圆"

做网吧管理员的小袁，11月15日这天，刚刚搬到上海静安区胶州路728号楼对面居住。

约下午两点，小袁被嘈杂的人声吸引到窗口，一眼看见烈火与浓烟。"风很大，火很快在外墙烧成了一片。"

17日下午，小袁的目光再次扫过那栋楼，楼体焦黑、插满钢管。她觉得，像个中了乱箭的黑巨人。

这个八十五米高的钢筋混凝土"巨人"，竣工于1997年12月。11月15日下午两点左右火灾发生前，登记入住的有一百五十六户约四百四十余人。

江苏人陈必华之前承包了该楼的一些内装工程。他的弟弟陈必健回忆，哥哥曾说，楼外面也正在装修，在搞节能保温改造。

一些楼内居民回忆，约一个月前，施工队开始陆续进驻小区施工。

含728号楼在内，这个小区共有三座二十八层的高楼。11月15日前，另两座楼的脚手架也搭建到了二十余层。

"谁也没想到这是个要命工程。"11月16日，陈必健搓着手，双目发直。哥哥在大火中失踪了，至今没消息。

在11月15日之前，工程已让一些住户不满。

楼内居民张女士说，感觉生活隐私被窥探，许多居民改变了生活方式，关紧门窗，拉起窗帘。"门窗紧闭后，外面喊叫的声音，听起来就像说悄悄话。"

按照官方通告，15日下午两点左右，四名施工人员在外墙脚手架上用电焊作业，火花引燃了附近尼龙网。而风力较大，加速了火势。

小袁听一些人说，开始时起火点很小。"像这么大。"她在空中划了一个足球大小的圆。

11 月 16 日下午四点，躺在静安区中心医院的病床上，陈六妹小声咒骂着大楼设计师，"为什么不设计两个对称的通道？"

火灾发生时，在大楼南向的 1004 房间内，陈六妹正在午休。她被一股浓烟呛醒。慵懒中她并未立即起身，想先等等看，但情况似乎越来越糟。她摸索着向消防通道靠拢，但两个通道都在北侧，烟与火把路封死了。

地面越来越烫，消防队员架起了云梯，但水枪只能射到十层左右高度。火势超过灭火速度，大火蹿上了十层上方。

"灭火的水进楼后，水温感觉都有四五十度。"火包围了大楼，陈六妹跑上阳台，纵身跳下。

七楼燃烧着的脚手架，阻住了她下坠的势头。她赤着的右脚，被烧红的钢管烫伤了。有人抓住她的手臂，大喊"你不能再跳了"，一把将她推进七楼房间。

"当时伤脚没感觉。"她说仿佛不再属于身体了。之后，她和其他八九个居民一起往楼下冲。

一楼，大火封住了大门，他们往地下室跑。地下室也是大火和浓烟。女人们哭了起来，但嗓子被烟尘呛得只发出嘶叫声。

陈六妹说，地下室大门处烧着大火。他们一群人拼死从火中冲了过去，终于见到了地面和天空。

在医院，陈六妹与从十五楼沿脚手架爬下来的李秀云一个病房。

"美国大片《火烧摩天楼》，你看过没？"李秀云比划着："火像瀑布一样冲了进来。"

伤者分散在当地七八家医院救治。对于火灾，大部分人不愿回忆。

15 日 15 点多　救援　　**"人影若隐若现"**

"烟像被一个个大鼓风机吹出来的。你想象一下，很多大窗户同时向外面鼓出十多二十米远的浓烟。"事发时，刘女士看到了烈焰，也看到了滚滚烟尘。

当天下午两点半，她和丈夫在街对面看到，陆续有居民顺着脚手架磕磕绊绊地往楼下爬。

她看到楼顶上有二十多人，"戴着头盔像是建筑工人"，朝地面疯狂挥舞衣服，"身影在浓烟中若隐若现"。

有目击者说，下午两点四十分左右，警用直升机曾试图飞赴楼顶，但没成功。

刘女士说，三点半左右，大楼的墙面砖以及玻璃发生了很集中的爆裂。

烧成空壳的空调、碎墙面砖、碎玻璃，砸在脚手架的钢管上，叮叮作响，掉在地下厚厚一层。"警察把警戒线又扩大了，我当时担心楼会倒下来。"

据刘女士介绍，下午三点五十分左右，她看到三架警用直升机顶着浓烟飞抵大楼顶部，实施索降救援。浓烟中，楼顶的人几次试图抓住绳索都失败了，飞机被迫放弃救援，四点飞离了顶楼。

"直升机飞走后，就只能祝愿楼顶的工人们好运了。"刘女士说，她留意到，旁边楼顶伸出几支水枪，开始朝着火大楼楼顶喷水。

15 日夜　搜救　　**手电筒彻夜扫描**

15 日晚六点左右，三座大楼的居民，都接到了禁止在家过夜的命令。他们被分散到附近安置点。

晚六点半，着火四个小时后，上海消防宣布大火已基本扑灭。消防人员进入楼道，收拾残火，搜救居民。

入夜，数百失踪者家属聚集在离大楼一两百米远的临时救援指挥中心、上海市静安区第二少年业余体校。

小袁陪着他们。透过窗户，她眺望黑色大楼里闪着的点点手电筒光。

消防员用手电筒，彻夜扫描着大楼各楼层的各个角落。

从15日晚十点开始，警方联络处开始提供失踪者、伤者、逝者名单及照片。失踪者家属都聚集在此，守候消息。

16日凌晨，淡灰色的烟尘向西南方飘进黑色天幕。警戒线内的街道，挤满了消防车，随处可见消防带破裂喷射出的水幕，景象有些朦胧。

焦黑色的大楼上，不时有硬物坠下，敲击着脚手架钢管叮叮作响。

一些消防员从楼内疲惫出来，由其他队员替换。

大楼内部，到处滴着水。地面积水浸泡着黑黢黢的不明物品，被烧变形的自行车停在黑洞洞的房间外。

凌晨五点左右，两具遗体被抬出，穿过楼下聚集在一起的消防员们沉重的目光，抬到了大楼正门待命的救护车上，被送往龙华殡仪馆。

16日凌晨　呼唤　　**"我知道你能听到"**

16日凌晨四点，夜空飘着毛毛细雨。

张传伟老人跪在业余体校的地面上，面朝着焦黑的大楼方向。

"宋学斌，不管你在天堂，还是在人间，我知道你都能听到，我在喊你。"在场的一些失踪着家属见状，哭了起来。

宋学斌是张传伟的妻子，六十七岁，在起火楼的1106房。火灾发生时，张传伟在杭州出差。"如果当初叫上她一起过去……"事发后他自责不已。

他说，两人携手走过了"文革"，一同经历了很多苦难，"怎么这一次就熬不过了呢？"

15日夜，小袁一夜没睡，倾听着一个又一个故事。

"1405房间的一个人，顺着脚手架往下爬的时候，一个老太太站在窗台上向他呼救，但他无能为力，眼睁睁看着老太太晕倒。"

15 日一夜，临时救援指挥中心，失踪者家属在一楼休息区和二楼警方办公室间，来回往返。

小袁也跟着家属们来回跑，试着劝慰没等到消息的家属。

小袁说，那一夜，她所知道的，警方收到四次照片、名单。"第一二次，主要是伤者名单。"

第三四次，分别是凌晨四五点左右，记者也跟着跑了几个来回。这两次通告的名单、照片都很少，有人开始绝望。

16 日凌晨五点左右，一名男子对记者说，他还在等他女友母亲的消息。收治伤者的七八家医院他们挨个去过了，但一无所获。

17 日晨　泪水　"愿逝者安息"

16 日白天，临时救援指挥中心进门处，贴着六张名单。

左边是仍失去联系的失踪者，约五十余人，大多是六七十岁的老人。右边是已入院或转院的伤者。

在伤情备注中，烟尘吸入性损伤，远多于烧伤的。

许多人站在名单前默默流泪，也有人陆续用笔将失踪者或伤者信息，主动添加到名单空白处。

17 日早晨七点，新公布的名单上，出现了十四名遇难者的身份，以及三十六名失踪者的姓名。宋学斌在其中。昨晚，张传伟老人电话中向记者确认，他的妻子遇难了。

在 16 日白天，临时救援指挥中心已很少看到失踪者家属。大家纷纷赶往邻近各个收治伤者的医院，或去龙华殡仪馆认尸。

在焦黑的大楼下，人头攒动，受管制的街道挤满了围观的市民。菊花，百合，很多人捧着鲜花来，摆放在大楼正门处。

就读于东华大学的二十三岁俄罗斯学生 Victa 和同伴献上了鲜花。他说自己是通过新闻了解到灾难，他祈祷逝者安息。

"也许再过一周,我才能睡着。"小袁耷拉着眼皮,脸色焦黄。"这个灾难我会记一辈子。"她说至今觉得像在梦里,"那么点小火,为什么就烧了这么大一座楼呢?"

目睹了大火,火灾后小袁一直无法睡眠,她总觉得那是个"残酷的梦",她希望自己赶紧从梦中醒来。

德阳火车坠江　民兵敲碎车窗乘客逃生

2010 年度突发新闻报道·优秀奖
刊发日期:2010 年 8 月 20 日、8 月 21 日
作　　者:杨万国　汪庆红

K165 是一列从西安开往昆明的普快旅客列车。

昨日下午六点,记者在四川广汉石亭江铁路大桥看到它时,这列红皮列车已断成四截。其中,第十五和十六两节车厢被冲到铁路大桥下游五百多米远的河中央,半边陷泥中,半边露出水面。火车头到第十一节车厢已经过河,停在江南边的路基上。而第十二到十四节车厢停在大桥断裂的南部,剩下的第十八节车厢停在断裂大桥的北部。

火车里面已不见行李,火车窗户玻璃可以看到被敲碎的痕迹,晚八点,天黑下来时,停在桥上的第十二节车厢里面灯还可以打亮。现场的铁路工作人员介绍,开灯是便于观察,防止火车继续滑入江中。

两节车厢成 V 字形卡在铁路上

德阳军分区政治部主任竹中强介绍，因为连日暴雨，德阳全市加强了防汛巡查力度。当日上午，当地民兵巡查中发现石亭江铁路大桥南边岸基处江堤出现溃坝，广汉市小汉镇人武部长郑本禹受命带领五十多个民兵在此处加固江堤。

三十多岁的郑本禹说起当时的紧张时刻，依然难掩激动。他是挥舞榔头敲碎火车窗户，救出遇险旅客的八勇士之一。

郑本禹说，当日下午三点十五分左右，他们正在加固江堤，离他们十多米远的铁路大桥上，由北向南开来一列红皮火车，他们看着火车前十节车厢已经过桥，突然铁路大桥中间两个桥墩垮塌，火车后部第十五和十六两节车厢掉下，成 V 字形卡在铁路上。

"紧急！"郑本禹说，当时大家看得目瞪口呆，几秒钟后他们反应过来，立即带领五十多个民兵冲上铁路桥。只有八名民兵手上有榔头，他们顺着铁路桥边一人多宽的人行道赶到垮塌处。"火车内的人乱成一团，哭喊声，求救声嘈杂一片。"郑本禹回忆说。

火车头被拉断后滑上路基，失去动力的中间几节车厢车门无法打开，车窗无法砸开，乘客不断求救。眼看 V 字形的两节车厢即将坠入江中，郑本禹带着八个手持榔头的民兵砸碎玻璃，开始救人。

里面推外面拉，近四百旅客成功逃生

郑本禹介绍，有榔头的民兵负责砸玻璃，剩下的民兵在外面拉被困乘客，里面旅客从里面推。两节车厢里近四百名旅客很快被救出车厢，郑本禹估计，总共花了约二十分钟。约十分钟后，人员全部转移安置，两节车厢也掉入江中。

宝成线是一条复线铁路，断裂大桥西边是另外一条铁路线。郑本禹说，

近四百人被救出不久，一列从南往北开出的火车驶过，"估计引起了震动，第十五和十六节车厢彻底断裂，掉入滚滚石亭江"。

郑本禹说，他们往两节车厢内仔细观望过，"确认里面已经没有旅客了"。

武警消防支队防止车厢冲到下游阻塞河道

昨日下午六点，断桥现场的旅客被全部转移。石亭江北边靠近铁路桥的江底有十多米宽的溃堤，五百多米远处，两节车厢被在建的成都到乐山高速铁路桥墩挡住。

昨晚，德阳武警消防支队支队长黄强，带领六十多个消防战士正架起大型探照灯，他们负责监视两节车厢，防止车厢被冲到下游，阻塞河道引起二次灾害。

黄强介绍，他们是下午三点十九分接到报警，随后派人携带冲锋舟赶到现场。他介绍，到现场后两节车厢已被淤泥掩埋一半，没有发现遇险人员，铁路部门人员向其确认无人落水。

无牌三轮司机遇检查跳河溺亡

2010 年度突发新闻报道·优秀奖
刊发日期：2010 年 6 月 4 日
作　　者：段修健　孟祥超　刘　洋

前日上午十点左右，房山区一村民驾农用三轮车行驶至佛子庄乡西班各庄路口时，遇到燕山交通队民警和协管员驾车检查。其后，男子被发现在路边河水中溺亡。

多名目击者称，男子接受检查时弃车奔跑，协管员在后紧追数百米。随后，男子跳入河中，挣扎了几下便沉了下去，溺水时交警、协管二人均在现场。对该说法，当事交警予以否认。昨日，交通部门未作出回应。

尸体被打捞上时双拳紧握

前晚十一点左右，西班各庄村，连同警车在内的数十辆车停在附近的108国道一条辅路上，两名蛙人身背氧气瓶下到路南侧的河水中，在约二十米宽的河面上搜寻。

被搜寻者名叫王庆兴，佛子庄乡北峪村人，今年四十七岁。据其妻王桂花称，丈夫上午九点左右驾驶一辆农用三轮车离家，准备到十几公里外的亲戚家中，搬运家具。"以前我们曾经住那。"王桂花说，但直至前晚九点，王庆兴仍未回家。又过了一个小时，村里的喇叭便开始询问"村里是否有开三轮的人还没有回来"。她随后才得知，丈夫在河里溺水，就赶紧赶了过来。

昨日凌晨五点左右，蛙人在先后几次补充氧气后，最终在贴近河南岸的深水区打捞出王庆兴的尸体。"他的双拳紧握着，手里和嘴里都有水草。"现场救援人员说。

目击者称协警紧追数百米

据目击者黄力（化名）介绍，前日上午十点左右，王庆兴驾车行至该处，遇到燕山交通队的一辆警车检查驾照，车里坐着一名交警和一名协警。王庆兴停车后，在检查过程中其突然向对面山坡跑，警车随后绕行至山坡，协警下车紧追。当王庆兴被追至附近河岸时，纵身跳下河，在水中挣扎几次后便沉了下去。

另两名目击者表示，曾见到交警驾车、协管跑步对王庆兴进行追赶，在王庆兴沉入水中时，当事交警和协管均在现场。

报警人佟先生称，前日十四点四十分左右，他在附近听到有人落水的消息，确认属实后，拨打电话报警。

当事交警称已交汇报材料

王庆兴家属称，当事交警名叫解春雨（音）。昨日，记者就此事拨通了解春雨的电话，其表示刚刚下班，并称查车时并不知道三轮车主（王庆兴）的名字。溺亡事件发生后，他已将汇报材料交给领导。对于目击者指其曾和协警追赶王庆兴，且王溺亡时他们均在现场的说法，解春雨称"肯定不属实"。

昨日上午，王庆兴家属到燕山交通大队要求解决此事，但未得到确切回复，随后被佛子庄乡政府安置到某民俗度假村等待。家属称，他们从佛子庄乡政府处得知，今日上午，房山区委政法委主管领导将牵头召开各部门的协调会，商讨此事的解决方案。

昨日，房山警方表示，包括交管、公安等多部门已介入此事调查，具体情况将由市交管局发布。但至记者发稿时，北京市交管局未就此事做出回应。

■ 讲述

司机溺亡时交警协管均在场

据目击者黄力介绍，前日上午十点左右，一辆车牌号为"京 A9486 警"的警车停在 108 国道西班各庄路口，王庆兴的农用三轮车停在一旁。警车上一名协管走下车，要王庆兴出示驾照，接连几次询问，王庆兴始终未发一言。

黄力说，大约几分钟后，当协管拉开警车门时，王庆兴突然下车跑向路边河道。在绕过河中间的铁皮拦水坝后，王庆兴先后穿过两条马路，朝对面山坡上疯狂地奔跑。

此时，站在山坡上的目击者王华看到，王庆兴慌不择路地在自家田地中穿行。随后，一辆警车停在了山坡下的马路上，从上面下来一个穿绿背心的三十多岁男子在后面紧追，并喊着让对方站住。

王华说，他当时以为穿绿背心的男子是公路管理部门的人，见到王庆兴没命地跑，他感觉"可能要出事"。几分钟后，王庆兴再次出现时，已经站在了河沿上，"跟着那男的（王庆兴）朝前一迈腿，就跳进河里。"

目击者刘明回忆，当王庆兴刚刚跳下河时，他听到协管问王"你有本（驾照）么"，王庆兴语气有些愤怒地说"你管我"，还说"不要逼我"。随后，王庆兴往河中心走去。

一名不愿具名的村民称，王庆兴溺水的位置是河道中的深水区，水深约为三米。

数名目击者表示，王庆兴"在水里挣扎了四五次，随后就沉入水里，水面上冒出一连串气泡"。而此时，交警已经将车开至王庆兴跳水的斜对面位置，协管则刚离开原地。附近有多人围观，但没人敢救。

目击者杨中春回忆，就在王庆兴在水中挣扎的时候，协管准备抽身离开。但对面一个钓鱼的老人说，"你敢走，我就报110"。

黄力说，此后，协管回到了查车时的地方，上了警车。过了一会，一辆轿车赶到，车上一人将王庆兴的三轮车开走。几分钟后，警车也离开现场。

据了解，最终现场无人报警，直到下午两点四十分，西班各庄一村民路过此地，听说此事并确认有人溺水后报警。

"要知道他跳河了还不会水，我拼出老命也会去救他"。前晚，得知王庆兴数小时仍未上岸，王华很后悔。

新京报

品质源于责任

第三章

人物报道奖

农民陈凯旋给总理带路之后

2010 年度人物报道·金奖
刊发日期:2010 年 7 月 15 日
作　　者:崔木杨

『颁奖辞』

　　　　一次偶然的经历,改变了他的命运。与国家总理的邂逅,让他的回家之路愈发艰难。记者以超强的突破能力,生动并且深刻地刻画出具有时代特征的人物心理,反映出新闻报道背后丰富的社会关系,产生极大的象征意义。

　　因给总理带路,陈凯旋在当地出名了。

　　7 月 1 日,温家宝在湖南宁乡县考察防汛抗洪工作,临时停车与百姓交谈,这时农民陈凯旋向总理反映当地出现塌陷,大家提心吊胆。随后,温家宝让他带路去了塌陷现场。

　　那个下午陈凯旋兴奋不已。事后,他说自己是一时心热,他对自己的举动会带来什么,没有任何预料。不过,生活还是渐渐发生了变化。

　　7 月 1 日,湖南长沙市宁乡县大成桥镇,阴雨连绵的天空终于放晴了。

这天下午，陈凯旋望着门前的马路，琢磨起心事。

陈凯旋是卖菜的，他的菜店位于镇中心广场，属于镇上的商业区。

四十岁的陈凯旋，在这里"知名度"并不高。邻居们说，陈凯旋不识字，不过卖菜时账算得很快。他很勤劳，还是个热心肠。他的心思，则都在供儿子念书上。

7月1日下午，陈凯旋的心思，是想看到温总理。

"总理在峨山坝上视察，车队回来时肯定路过这条路。"陈凯旋说，他想一定要看看车里的总理。他希望能站在路边，向总理挥挥手。

陈凯旋决定，在马路边等候总理车队到来。

镇上的人都知道温家宝在当地考察抗洪防汛工作。车队尚未到来，守候的人群已水泄不通。

陈凯旋觉得，在这里，想隔着车玻璃看一眼温总理都很难。

他决定"另辟蹊径"——在他邀请下，镇上一名骑摩托车的小伙子带着他，从田间小路，奔向了峨山坝。

陈凯旋的"凯旋路"

当地老百姓跟陈凯旋说，他给温总理做向导去看大坑的路，是"凯旋路"。

约下午五点十分，陈凯旋站在田埂里，距总理车队将要驶过的马路，不足二十米。

二十分钟后，陈凯旋看到车队驶来。车队没有像他预想的那样"疾驰而过"，而是停了下来。

陈凯旋看到，温家宝走下了车，与守候田间的农民聊了起来。

"总理一边挥手一边走过来，当时大家把掌鼓得很响。"陈凯旋在人群中挤，发现自己离总理"可近了，最多三米"。他听到总理问一名农民，今年粮食有没有减产。

陈凯旋还听到身后有村民小声向自己嘀咕："你看总理多亲咱农民啊。

要不你把镇上受灾、学校、医院、民宅都掉进坑里的事，和总理讲一下。"

"温总理，我想向您反映一个问题。"陈凯旋说，他当时心里一热，上前说，附近塌陷出大坑，大家提心吊胆。

陈凯旋说，自己当时是被总理的亲民作风感染，之前没有任何准备。自己家也并不在灾区范围。"总理说我反映的是一个大事情，涉及群众的生命安全。"陈凯旋回忆，温总理问了他一些情况。他跟总理说"我们想请您去看看"，温总理"马上叫我为他带路"。

陈凯旋上了总理的车，感到"局促不安"，不知坐到哪里好。温家宝让他坐在自己身边，在车里第一排。

陈凯旋说，路上总理还跟他聊天，问了他一些个人情况。路两边有群众时，总理会向窗外挥手致意。

"一点架子也没有，有时候他还握着我的手一同向窗外挥呢。"陈凯旋说，他感觉特别幸福。他说，总理的手很软，很暖。

约十多分钟后，车到了青泉村口。温家宝下车步行，让陈凯旋带路。

当地半年来频发塌陷，陈凯旋带总理看的，是一个直径六十米深约三十米的大坑。总理视察的过程中，陈凯旋没跟上。他说，自己想再次回到总理身边时，现场有干部拦住了，不让他再靠近。

据新华社报道，温家宝视察完大坑要离开时，四处打量人群，还问了一句："我的那个向导呢？"这成为陈凯旋的遗憾。7月9日，陈凯旋说，"当时要是能跟总理告个别就好了。"

那天下午，陈凯旋反映问题和给总理当向导，前后二十多分钟。陈凯旋说，别看时间短，村民们都说他走的是"凯旋路"。

"误会"与"出逃"事件

听到有人敲门不止，陈凯旋以为是来抓自己的，借道邻居家楼梯，跑了。

陈凯旋上了总理的车后，一些乡亲涌向了陈凯旋家的菜店。

正在卖菜的陈凯旋妻子听说丈夫的事，说："你们别说笑了，他一个卖小菜的，还能上总理的车？"

7月9日，陈妻说，后来她给骑摩托车的小伙子打电话，才相信丈夫真的见到了总理。她觉得"还是很自豪的"，不过听说丈夫反映了问题，她又有些怕。

给温总理带路后，陈凯旋带着"幸福和兴奋"，回到了菜店。

妻子说，"见总理是好事，可你不该乱讲话，你又不是塌陷户。万一今后生意做不成了咋办？"陈凯旋没太在意。

这时乡亲们三五成群到来，纷纷说，陈凯旋把总理带到现场了，问题一定会很快解决。大家都乐呵呵的。后来，不知谁说了一句：不对啊，你这是给政府惹麻烦了，你要小心些。

当晚七点左右，一名在政府工作的亲戚来访。亲戚训斥了陈凯旋，认为他随便向总理反映问题很冒失。亲戚建议他出去躲躲。

陈凯旋紧张了。店里的人走后，他关上了卷帘门。

坐在板凳上，陈凯旋越想越害怕。陈凯旋回忆说，在他向总理反映问题和带总理去看大坑的途中，曾先后两次有人在身后拽自己的衣服。

此外，陈凯旋称，在总理视察塌陷现场时，有一个穿衬衣的中年人低声对他说，你把总理带到这里，今后你没好日子过。还有一名穿警服的人也凑过来，说了同样的话。

7月1日当晚，镇上流传说，派出所要抓陈凯旋。

夜里约十二点，菜店的门被敲得叮咚响。他跑到店面的二楼，透过窗户看到楼下是镇上的干部，旁边还停着一辆小车。敲门声让陈凯旋心惊。妻子楼上楼下地走，眼泪汪汪，说"你看你这闲事管的"。"我当时对我老公讲，不能开门，一定是来抓你的，你看车都来了。"7月9日，陈妻说。见来者敲门不止，陈凯旋借道邻居家的楼梯，跑了。

陈凯旋后来说，干部们半夜来，敲门时屋里没回应还敲了半个小时，"架势和抓人一模一样"。

7月10日，大成桥镇一名朱姓干部说，陈凯旋出逃是个误会。"他多虑了，我们当时就是想去了解一下，他是怎么见到总理的，不是抓人。"这名干部说，因知道陈凯旋在，就多敲了一会儿门，不过没敲半小时。

出名后的烦恼

陈凯旋不想接受采访了，一听有媒体要来，立即从家里跑掉了，夜里都没回。

陈凯旋出逃后，三天没敢露面。

这期间，镇上的干部频繁给他打电话，叫他到镇政府一趟。

陈凯旋在电话里吼："你们把我的门都砸烂了，你们一定是来抓我的。我不回去！"后来陈凯旋又说"要回去我只见张书记"。

张书记在电话里说，敲门事件是个误会。三天后，陈凯旋走进了镇政府，"书记说了一些安慰我的话，让我放心生活"。之后，陈凯旋回了家。

陈凯旋的日子，发生着变化。

"你看总理在这里，我在这里，这张是我在向总理汇报情况。"如今，有客来访，陈凯旋会用手指戳向报纸上的照片，讲自己的故事。

不断有电话打来，很多记者要采访他。开始，陈凯旋很高兴。他开始收集报纸，并让人念给他听。

陈凯旋的儿子今年高考，成绩不理想，考了三百多分，他担心儿子上不了大学。在接受采访时，他总提到自己的心愿是儿子能上大学。陈凯旋以为，或许能帮儿子完成大学梦，不过他每次提完心愿，没看到有什么发生。他也就不想这茬了。

有一天，他听说新闻里说他告诉总理塌陷是挖矿造成的。陈凯旋说这话他没说，他觉得这样会让很多人恨自己。

"电话一个接一个，接受采访，搞得我嗓子都说哑了。"陈凯旋不想接受采访了，他又怕得罪人，白天干脆不在家待着。

陈妻说，有一次县委宣传部来电话，说一家中央媒体要来采访。陈凯旋听后马上跑掉了，夜里都没回家。除了记者，不断有周边村民来找陈凯旋。他们带着材料，希望能够替他们向总理反映情况，"解决问题"。

"收人家的材料吧，我压根没能力办。不收吧，又抹不开脸面。"陈凯旋说，现在一想这些事情"就冒火"。

改变的生活

陈凯旋还是感到压力。他把菜店转让了，他打算回家种地。

向来早睡早起的陈凯旋，最近开始失眠。

有一次，街坊们看见，陈凯旋一晚上都在屋子里喝茶。

陈凯旋的一个朋友说，陈凯旋最近变得小心翼翼。"以前说话大嗓门，现在说话低声低气，还四下张望。"

县里干部也注意到了陈凯旋的情绪。宁乡县委宣传部副部长袁国华说："坊间的传言很多，各式各样什么都有。"

袁国华说，县里已注意到各种传言对陈凯旋的影响。为此，县委还开了会，要求大成桥镇党委书记务必与陈凯旋面谈一次，希望陈凯旋不要有思想包袱，希望他重新过回正常生活。

"谈了两个多小时，不过陈凯旋的情绪一直挺激动。"大成桥镇一名干部回忆。

7月11日，位于塌陷区的村民获悉，新的受灾补偿标准即将推出了。

这一天，陈凯旋以五万元的价格，将自己经营了多年的菜店转让给了别人。他认为至少赔了五万。不过，他觉得有五万也好。

尽管镇干部给他做了工作，陈凯旋还是有压力，仍担心被"报复"。他担心菜店继续经营下去，被有关部门"找茬罚款罚到一分钱不剩"。

陈凯旋说，他已经决定离开大成桥镇中心商业街。

他想回家种地去，他觉得"这样活起来安生"。

赵作海：被翻转的人生

2010 年度人物报道·优秀奖
刊发日期：2010 年 5 月 12 日、2010 年 5 月 19 日
作　　者：张　寒

■ 人物简介

赵作海，五十八岁。河南商丘市柘城县老王集乡赵楼村人，被称作"河南版佘祥林"。

1997 年，赵作海与同村邻居赵振晌有矛盾，赵振晌趁夜砍了赵作海后逃走。1999 年村里发现一具无头尸被认作是失踪的赵振晌，赵作海被刑拘，2002 年被判死缓。今年 4 月 30 日，"死者"赵振晌回到了村里。

今年 5 月 9 日，赵作海被无罪释放，5 月 13 日拿到国家赔偿款六十五万元。

"出来我一共鞠了三个躬。"

5 月 15 日，商丘市柘城县老王集乡赵楼村，赵作海伸出三个手指头，抬着头，眼睛往上瞟：那都是上头的领导，大官。

"我看你给县长鞠躬了。"人群中有人喊。

赵作海摇摇头，县长？那是市委书记！"你闹着玩呢你。"

停了半晌，他说，拿钱的时候我可没鞠躬。为啥？钱少，越想越少！

十一年前，赵作海被认定杀了邻居赵振晌，后来被判了死缓。十一年后，赵振晌回到村里。

5月9日，赵作海出狱了。"跟做梦一样"，他说想起来就觉得自己还在梦里。

怎么就进去了，怎么就出来了。

"一辈子就和翻篇一样。"他说。说杀人了就杀人了，说放了就放了。

"想得我脑子疼。"赵作海说他也想不清楚了。"公家能想清楚就中。"对他来说，最实在的是拿赔偿款，盖房子。

六十五万

他说，知道我为啥按手印？先摸着钱再说，他怕"不按连六十五万都没有"。

谁也不知道赵作海把支票放在哪里了。

"我拿命换来的，我能让你知道？"5月15日，赵作海揣着六十五万元的支票去了银行，周末不能办理。他说周一再去，"拿着卡才踏实"。

拿到赔偿款的头一天晚上，他几乎一夜未睡。他跟妹夫余方新说，钱是我自个的。我要给三个儿子盖房娶媳妇。

他的头常年"嗡嗡叫"，他说是屈打成招落下的病根。有了钱一定治一治。拿到钱，赵作海想了几天，不治了。他说，这病熬一熬也就过去了。治病要花钱，不划算。他看重拿到手里的钱，"摸到一个是一个"。

5月11日晚上，谈赔偿的人十一点多到了赵作海家。整个谈判持续了近两个小时。过程中赵作海很少说话，姐姐赵作兰在旁边看得着急，"他就光会嗯嗯嗯，中中中"。他说得最多的一句话是，"给我多少我要多少"。

他也提出过觉得少。对方说，按文件就是那么点，你不能贪多。

凌晨两点，他撑不住了，要按手印。赵作兰急了，跑出去给叔叔赵振举打电话。赵振举电话里交代，"不按，哪有深更半夜按手印的"。赵作兰跑回来，赵作海已经按了。

赵作兰急得拍大腿，赵作海一扭头进屋睡觉了。他有自己的打算。他说知道我为啥按？先摸着钱再说，"不按连六十五万都没有"。

出狱不到十天，赵作海"忙得连放屁的工夫都没有了"。

他还有个总结，他指着自己的嘴，"嘴还是这个嘴，但它分叉了"。

啥叫分叉？一边对政府，一边对记者。

政府来人看他，他会说感谢政府，感谢党。

"我不接见你们。"这是赵作海对记者常说的一句话。他经常把自己关在屋子里，头上裹条毛巾，往床上一躺就是半天。有时，记者快到的时候，他骑着一辆车子偷偷从村子的小路跑了。

也有的时候，他说哎呀，我不接见了，我走了，但是屁股并不离开板凳。

关于赔偿款的问题，他每天的说法都在变化。有时候说，我不在乎钱。有时候说，钱太少，我要再要六十五万。更多的时候，他说公家给多少，我都认了。

"我不愿意见你们？我不愿意多要钱？"赵作海偷偷地对记者说，没办法，政府有要求，少见记者。

赵作海说，你们走了，我咋办。他伸出两只手使劲往地下压，"强龙还压不住地头蛇呢"。

他用他当初挨打做例子，当时叫你往东，你往东他还说你拐弯呢。赵作海叹了口气，邪不压正，正还不压邪呢。

先稳定住，再说吧。他掏出几个记者的名片，"我都留着呢"。

一千八百元

听到记者提他欠赵振晌一千八百元，赵作海摔门进屋。对于赵振晌，他恨，又有点感激，若非对方回村，他不会有今天。

5月13日，拿到六十五万元赔偿的时候，有记者问了一句，你欠赵振晌的一千八百块，咋办？

赵作海"咣"地摔门进了房间。他嚷起来，我不认识他。

不过，一千八百元这个数字，赵振晌记了十几年。

这是他和赵作海反目的直接原因。到现在，赵振晌还说，因为这钱，他一辈子对赵作海不愧疚。

两个人从小玩到大，关系亲密。赵作海和他到延安打工三年，两个人一个锅里吃饭，一个床上睡觉。到最后，赵振晌没有拿到工钱。

他恨赵作海，他认为赵作海昧了他的钱。这钱他本来是准备买媳妇的，"那时候买个媳妇三百五十块就够了"。那是他成家的唯一希望。他打了一辈子光棍。

知道赵作海拿到了六十五万赔偿款，赵振晌平静地打趣，"他又不给我，问我做啥"。

至于那一千八百元，赵振晌说，他愿意给就给，"不给我也不说啥"。

在村里人看来，两个人的仇恨并没那么深。"他俩迟早说话"，村支书李忠愿说，这么多年了，啥事都过去了。

两个人的关系，赵作海说，"先退化退化再说吧"。对赵振晌，他恨，又有点感激。赵振晌要不回村，没有他的今天。

现在的赵振晌天天坐在村边小桥上吹风。他老了。

侄子是他最亲的人。侄子对他说，"人家落了个财神爷，你落了个病身子"。"你是不是发孬，老天爷找你呢"。

赵振晌就这么听着。有时候还是不服气，他说病好了，我还出去。要饭也比在村里强。

他的病只能越来越坏。他说没准哪天就不能说话了，瘫痪了。能拿到低保，"我才能活着"。

他说，除了赵作海欠他钱，他能记得的是，甘花（化名）还欠他一百五十块。

他说，我对她好。她女儿病了，我带着看病，给她出了一百五十元，她一直没还我。

甘花是赵楼村的一个女人。她曾经被称为赵作海和赵振晌共同的相好。都说因为她，赵振晌砍了赵作海一刀。

一个女人

"我连赶个集都抬不起头来"。甘花说，十一年里，所有人都说，赵振晌被她害死了，赵作海的家被她搅散了。

甘花记得欠赵振晌的钱。她说，俺小孩有病打吊针，他帮忙了。

甘花从甘肃嫁到赵楼村。丈夫比她大二十一岁。嫁过来的时候，家里只有半桶煤，一个锅。

丈夫长年在外打工。种麦、收麦、过年，一年回来三次。

她图丈夫脾气好。有时候说着说着她会笑自己，啥脾气好，就是个窝囊包。

她说当年丈夫出门在外，赵振晌会帮她干活。按照村里的辈分来说，赵振晌是她的叔，赵作海则叫她嫂子。

她从未承认跟两人有关系。她说，当初两个人都喜欢到她家里。彼此怀疑对方和她好。

赵作海被抓后，她也被抓了一个月。她说自己被打了，被逼承认和赵作海的关系。

这十一年，"我连赶个集都抬不起头来"。她说，所有人都说，赵振晌被她害死了，赵作海的家被她搅散了。

"落了一身的灰。"她想掸干净。

甘花性格泼辣，"丢人已经丢到全国去了，我还怕什么"。赵作海回来的第二天，甘花来了。一进门，她坐在赵作海旁边，一句话不说。

赵作海看了她一眼，继续接受采访。话明显多了起来。

甘花提要求，她要告赵振晌的侄子，当初是赵振晌侄子报的案。"我要我的清白"。

赵作海答应了，"你说咋弄就咋弄"。

甘花也不知道咋弄。她就知道一定要弄。她说，不弄村里人以为她亏心。"不弄，我儿子连媳妇都不好娶。"

她去找了赵振晌："你说我们有没有关系？"赵振晌说没有。他的侄子在旁边哼了一声。

这不是一个谁都愿意去探究的真相。

过了几天，听说甘花要告，赵作海语气平静，她告她的，和我有什么关系。他说，我自己都难保，我管别人干什么。

赵作海的脸上有一道深疤，每次记者问到，他的脸都会一沉。那是赵振晌砍的。

三个人里面只有赵振晌肯说起1997年那个下着小雨的深夜。他说，他在甘花屋子里砍了赵作海一刀。甘花在旁边。他以为赵作海死了。他跑了。

两年之后，一个无头尸体被发现，被当成赵振晌。

赵作海还记得，发现尸体的当天，天刚黑，他一回家就被抓了。

那个时候，赵振晌已经在太康县拾破烂为生了。

六分

一月六分，够一百二十分，能从死缓减成无期了，再一百二十分，又能减刑了。能挣到分，赵作海就能睡踏实。

出狱和入狱，对于赵作海来说，"都跟做梦一样"。

在监狱里，赵作海唯一的念头是，"挣分，减刑，减刑，挣分"。

一个月六分，他没有被扣过一次。

"没有人比我更听话"。他不申诉，他不喊冤，因为申诉要扣分。

他不敢当着人哭，"看见了又扣分"。他有时候会躲在厕所里哭，出来别人问他怎么了，他说，眼睛迷了。到后来，外面的事情他都不再想了。一天下来，能挣到分，他就能躺在床上踏实睡觉。要清白，不如要分。

够一百二十分，他能从死缓减成无期了。再一百二十分，他又能减了。

出狱前，又是他减刑的日子了。监狱里的人因为赵振晌回来的事情，提审他。你杀人没？我杀人了。真杀假杀？真杀了。

赵作海回忆起来，呵呵笑。人家都知道了，我还一直说杀呢，为啥，我说不杀，万一不给我减刑怎么办。

除了挣分，就是攒钱。

妹妹给他的钱，他不花。每个月有六块钱，他也尽量存着。

他害怕永远都出不去了。他说老了不能动了，谁肯帮？有点钱，买点烟，递个烟，别人就能搭把手递口水。

出狱时，他带出一千两百多块钱。伴随他的，还有被磨平的脾气。

村里人对他以前的印象是，脾气大。赵作兰说之前的弟弟，"脾气就像换风一样"，一下子就急了，一下子就好了。

赵作海其实本姓徐，他当年是母亲改嫁带到赵楼村的。

赵作海力气大当年是出了名的。曾经和别村的人摔跤，两个人扳的脸都黄了，也没分出胜负。他力气大，也就不服人。村里人说他从来不怕谁。

在村里，赵作海也被看做一个能人。当过兵，能做点卖青菜的小生意。

现在的赵作海提起自己的脾气，"经过那一场，还有啥脾气"。他说现在是别人说啥是啥，"听公家的"。

他说能把家圆起来最重要。其他的，都无所谓。

两块钱

赵作海当年脾气暴躁。妻子说，有一次丢了两块钱，赵作海说是她偷了，一直打她。

家早就破了。

妻子赵小齐（音）在他被抓之后的第三个月，就改嫁了。

赵作海说，他是在出狱后才知道妻子改嫁的消息。他以为妻子不看他，是因为摸不到开封监狱去。

他说，等记者都走了，他要去赵小齐家里，问问她回不回来。

"我死都不回去。"赵小齐坐在与现任丈夫的家里，盯着脚上的鞋，语气坚定。

她和赵作海都不记得是哪年结得婚了，"在农村，记啥时间"。

他们是同村人。赵小齐和自己的弟弟要和一家人"换亲"。后来，赵小齐死活不愿嫁给那个男人。赵小齐的母亲托付赵作海把女儿送到姐姐家去。

半路上，赵作海带着赵小齐走了。

赵楼村很穷，穷到很多人都娶不上媳妇。有人买媳妇，"有人骗媳妇"。

后来，他们回到村里搭伙过日子。生了四个孩子，三个儿子一个女儿。

赵作海离开的十一年，赵小齐连赶集，都绕过赵楼。

她说赵作海脾气暴躁，经常打她。一个两块钱的故事，她讲了十几年。

她说，两个人过日子，她手里没有一分钱。有一次，两块钱丢了，赵作海说是她偷了，"一直打我"。

赵作海被抓后，她在路上碰到了到集市上换面粉的刘本云。她说，我想找个吃饭的活路。几个月后，她到了刘本云家，刘成了她新任丈夫。

刘本云说，来他家里的时候，赵小齐穿着补丁裤子。到了这个家，她才享福，"五年买了五个袄"。

赵小齐带走了她跟赵作海的小儿子和女儿，到刘本云家里，又生了一个儿子。听到赵作海回来的消息，她病了一场。

当年，她也被抓到派出所，关了近一个月。挨打，挨骂。现在，她见了小轿车还害怕，当年抓她的就是辆小轿车。

她说，没有赵作海，她当年受不了那么多罪。

她不回，也不想见他。

赵作海被问到与赵小齐的感情，他笑了。他说都十一年了，还有啥感情。把家圆起来，都回来，就好了。

没感情也能过。

四栋房

赵作海一直都觉得亏欠孩子。他说要给三个儿子各盖一栋二层楼，给儿子娶媳妇。给自己也盖一栋，自己也"享享福"。

最重要的是儿子们。

人这一辈子活个啥？赵作海说起这个话题就兴奋。

他说农民一辈子终身大事，就是给儿子娶媳妇，盖房子。办完这件事，以后喝凉水都是甜的。

盖楼，一定要盖楼。他用手比画着，二层的，村里最好的。

一个儿子一栋楼，再给自己盖一个，"我也享享福"。

赵作海算了一下，六十五万元，盖房子都不够，"你说我能不嫌少"。

他觉得亏了孩子。

他和赵小齐被抓走的那一个月，"孩子吓得躲到坑里去住"。村里人说，因这个事情，四个孩子都吓得不机灵了。

两个孩子赵小齐带走了，剩下的两个没人管。后来村里决定，谁种他家地，谁就管他家孩子。

甘花养起了这两个孩子。加上自己家的，她养了五个孩子。"一天能吃进一锅馍。"甘花说。

村里人都背地里笑话她，"你亏不亏"。

甘花家的房子看起来都快塌了，四十年没修了，家里没钱。两个孩子长到一定岁数，甘花的丈夫带着他们去打工了，"能照顾他们"。

赵作海当面对甘花说过，你照顾我两个孩子，我谢谢你。

甘花说没啥，我种着你的地。

再后来，提到这个事情，赵作海就说，她帮我养孩子，那她还种我地呢。

六十五万的赔偿下来，刘本云问记者，我帮他养俩孩子，给不给我抚养费。

赵作海听到，说这些钱我还不够，我能给别人？

他的三个儿子都在北京打工。两个是建筑工，一个在厂子里看机器。怕走了不给工钱，赵作海出狱后，有两个儿子没回老家。

5月13日，大儿子换了一身新衣服，坐火车回来了。

刚见面的生疏让两个人什么话都没说。赵作海后来说，没想到儿子长恁高了。

他给二儿子、三儿子都打了电话。三儿子有点犹豫，他已经改姓刘了。他说，儿子，你慢慢想，爸等你答复。

饭桌上，赵作海跟大儿子说以后给你盖房娶媳妇。

儿子"嗯"了一声，之后两个人默默把桌上的菜吃完了。

出狱后，赵作海落泪的次数越来越少了。不过提到儿子，说起儿子到监狱看他不叫爸爸，他每次必哭。

哭着哭着，他把头埋在胳膊里，轻轻跺着脚"他不叫我一声爸，他不叫我一声爸啊"。

这个伤痛他忘不掉。

他还有一个女儿，十八岁就嫁到了安徽。村里人说，说是嫁，和卖也差不多。至今没有人知道，赵作海的女儿听说父亲的事情没有。

赵作海准备去安徽一趟，他说要让女儿知道，爸不是杀人犯了。

不是杀人犯了。

儿子就好找媳妇了。

出狱之后，他看着村里有人盖起小楼。

赵作海不服气，他说，我要不进去，我一家过得不比他们差。

可惜，"路走过了，你就不能往回退"。

他说深一脚浅一脚他也走到今天了。"我真没想到我还有今天"。

采访的章法

张　寒

赵作海事件在我的采访经历里是最有章法的一次。

对于一个深度记者来说，每一次新闻事件的采访同时也是自己的一次人生经历。有的时候充满了奇幻色彩的。你被抛入一个空间，面对的是全然未知的人和事。

算起来，我是第二个赶到商丘的记者。当天到的时候已经是深夜，还是把当地报道这个事件的实习记者拉了出来。

在大排档里，面对着热气腾腾的面，这个陌生人给了我他所知道的一些情况。

赵作海还在监狱，采访到的可能性几乎为零。那个死而复生的关键人物赵振晌，本地的记者一直在找，找不到，有传言说被藏起来了。

我知道我第二天要做什么了，找到关键人物赵振晌，做对话。

第二天一早，常规性的现场查看，周围村民聊天。一无所获。没有人知道赵振晌去了哪里，他唯一的亲人侄子也不见了。

我甚至跑到了派出所逼问，"别人都说你们把人藏起来了"，软硬兼施以后，摸到了底，赵振晌是真的没被藏起来。

在村里绕了几圈，跑到了村主任家，一进门就有好消息，他说我刚才在集上还看到赵振晌了。他好像要看病。

● **什么医院？不知道。**

我进行了"张氏推理"。赵振晌没有钱，他侄子也舍不得给他花钱，这医院必然不会是商丘市和县里的医院，最有可能的是乡医院。但我要排除乡医院，这附近的区域有没有什么专科类的小医院。一问，还真有一个小医院，它给自己的特色定位是治疗类似中风和偏瘫。赵振晌目前有类似于中风的症状。我就赌是这家。

到了这家医院，护士们都说不知道。在传达室里，我开始聊这个冤案。她们一惊一乍之后开始帮我找，终于翻出了一张输液单，告诉我他确实来过。但不能确定当天是否还来。

死等。等到下午四点，我即将绝望的时候，这个老人被三轮车推着出现了。整个医院的人都奔走相告。

第一天，一篇赵振晌的对话，"如果他愿意，我也愿意和好"，独家。

第二天，周一，在赵作海还没有消息的时候，公众最想知道的是，为什么会出现这样的事情？面对官方，记者的联合体是有效的。七八家媒体的记者联合起来到了商丘市政府。团团围住宣传部官员，要求采访公检法负责人。一被搪塞，摄像记者扛机子，文字记者伸录音笔。最终我们"得逞"了。

● **一个冤案的来龙去脉，一篇关注。**

之后就是静待赵作海归来。中间经历各种周折，终于见到了赵作海。这时候发现，记者的同盟有时候成了自己头疼的事情。十几个人围住一个人，想做一个平心静气的深度访谈几乎是不可能的。最可怕的是还不断有记者刚到，一进来就从头问起。

我知道自己想要的是一篇完整的和赵作海的对话。在群访中，类似于"你是怎样被逼供的"是必然会被问到的，这不用浪费自己的机会。我逮到机会问的都是细节和感受性的问题。一整天我都在赵作海旁边跟着，"插空法"很管用。基本上我问完最后一个问题，整个稿子的布局和段落都成型了。

对话赵作海，"被打得生不如死，我就招了"。

走完这几步，有的媒体撤掉了。剩下几家都想做一件事情，找当年的关键人和当年的卷宗。大家都在各自找各自的办法。我找了各种关系联系政府内部的人，都未果。没有办法，找出了在公安局拍到的人员联系名单。

一个电话一个电话地打。基本都是不熟悉，不了解。直到有一个人，我介绍了自己的身份，他沉吟了一下。

有戏。他说自己是当年验尸的法医。为自己的刑警兄弟鸣不平后，他介绍了当年自己了解的情况。算是意外之喜。新闻采访中，往往有这样的时刻。

那一段时间，有突破就去找人，没有突破，继续往赵作海家中跑，和赵作海更加熟悉，坐在他家小院里，去旁观他的种种。可以说，在人来人往中，我看到了赵作海身上透出的种种细节。

细节是靠养出来的。这个淳朴的、无法掌控自己命运的农民，如何在最微妙的地方，坦露出他的内心。他是传统的，他也是有些狡黠的。在赵楼这个村子里，我看到了无数的生态。什么是他们的评价体系，什么是他们真正在乎的，什么是妒忌，什么是真诚。

有时候我靠在院子里，看着不少骑着摩托从四里八方赶来看热闹的人，一片嘈杂之中，我真的感谢有这些采访，让我那么直观地感受到，什么是中国。

最终，写了赵作海的人物——赵作海，被翻转的人生。

最后，说自己的一个失败。卷宗最后谁也没有拿到。数次去法院，都被很客气地拒绝。无非是，卷宗已经不在等等。

技穷之后，我想到了每天都有法院领导接访。

我一早到了法院的信访室，信访人员接待我，问我做什么。我说我有个案子要上访。问我材料，我说只给领导看。

默默地坐着。法院院长到了。轮到我，我说我是记者，想要问关于赵作海案子的问题。

院长脸色一变。客气地搪塞了几句。

卷宗，依然是"不在本院"。

韩寒：我也只是一介书生

2010 年度人物报道·优秀奖
2010 年度网络人气报道·金奖
刊发日期：2010 年 5 月 21 日
作　　者：刘　玮

　　在美国《时代》刚刚揭晓的"全球最具影响力人物"排行榜中，韩寒以将近一百万的投票数获得了票选第二，并在最终"艺术家和娱乐界人士"的总排名中名列第二十四位，成为排名最高的中国文化人物，这次评选也再次将生性腼腆的韩寒推到大众面前。对于"全球影响力"的看法，韩寒有自己的解读，"中国真正有影响力的人基本都是在搜索引擎上搜不到的，主要是这帮人不滥用自己的权力影响力就行了。"他更认为，自己一点也不"国际"，就是一个乡下孩子。

　　影响力　　**"该不该杀韩寒"票数也会很高**

　　新京报：这次在《时代》的评选上成为"艺术家与娱乐界人士"排名最高的中国人，有没有人因此叫你"国际韩"？

　　韩寒：说不上"国际"啊，我就是一个乡下孩子，之前我也说过自己是"郊区韩"，但"郊区"这个词可能好多人不是特别明白。其实我干的事和以前也没什么区别，就是每天吃饱了睡，然后起床，上上网，写写文章，现在我经常半夜写一些东西，白天起来一看，啊，原来是做梦的时候写的，然后就被删掉了嘛。

新京报：但是你在票选中排名第二，仅次于穆萨维，这个影响力还是很大的。

韩寒：说到影响力，不是我个人的影响力大，影响力大的人是在投票的那些人，要是什么时候都能以投票数来作为影响事情的标准，那可能世界就会变得美好一些。但也说不定，因为我们太穷了。如果要搞"是不是应该把韩寒杀了"的投票，没准儿也会有很高的投票数（笑）。

新京报：你对穆萨维投票数第一有什么看法吗？

韩寒：其实这个挺奇怪的，我俩都处在亚洲，本身依靠选票决定的事情就比较少，说明这样地方的人对于投票的激情更大吧。

新京报：你觉得 Lady Gaga 算是有影响力吗？她在"艺术家和娱乐界人士"中排名第一。

韩寒：她算是吧，大家都老说她。而且国内很多明星也都会模仿她。（大家同样也老说你）我是太特殊了，只能在中国这样的土壤里值得关注，别的国家都没有这样环境。也有人问我，为什么我的书不在美国、日本出版？我说那些国家要出我的书干什么？你也可以说，在中国有影响力就是对全世界有影响力，但我认为，事实上中国文化对世界的影响力还是小的。

新京报：在你心中，什么样的人才算是真正有影响力的？

韩寒：文无第一，武无第二，很难准确形容出来。

新京报：在最近的一次沙龙中，梁文道、陈丹青、吴思，张鸣等人，认为"中国大学教授的影响力加在一起，也比不上一个韩寒"，你认为他们说得有道理吗？

韩寒：比如梁文道、陈丹青，我也很喜欢他们，很多人的很多东西也都在影响着我，会受到各种启发，只是我们可能没有互相影响的风气。现在的年轻人很难想象他们是在看书的，更多人是在网络上浏览简讯，或者玩游戏、聊天。现在的大学生和以前的也有很大不同，大学生都没有热血，光教授有热血也没有用，各种东西都在代替着信仰。其实我们连"影响力"到底是什么都还说不清。

公共知识分子　　因为大家都需要找一个出口

新京报：我们换个轻松一点的话题吧。看到了前不久你拍摄的一组"裸照"，怎么会想到拍尺度这么大的照片？

韩寒：其实那天的衣服是穿了很多，该穿的地方都穿着呢。因为那家是赛车媒体，如果是传统媒体我不会这样。赛车媒体很不容易，每场比赛他们都会去，他们算是很弱势的群体，中国那么大就这么一本做赛车比赛的杂志。我觉得我应该支持一下中国赛车事业。

新京报：感觉好像就是在 2009 年中，你接连被很多媒体都评为年度人物，"公共知识分子"的形象也被特别突出了，你认为 2009 年你到底做了些什么？

韩寒：过了一年也就是地球绕太阳公转了一圈，这关我什么事？说到底我也只是一介书生，也不是什么知识分子，也不是什么文化精英，也不是什么各种各样的其他东西，在我脑子里根本没有公共知识分子的概念。我觉得是因为大家都需要找一个出口，所以我的关注度可能就高了。

上海　　我始终热爱，但它没有文化

新京报：现在大家觉得你是个"公共知识分子"，但你好像一直对这个称呼不是很在意？

韩寒：我对这个称呼完全不感兴趣，我从来就这样的。因为别的个体他们都不和我玩了，所以我就只能和这些公共事件玩了。

新京报：现在世博会是个很热的话题。

韩寒：本来世博会并不是一个规模如此大的展会，随着信息的流通越来越便捷，世博会正在渐渐式微，是中国将世博会升格了。我出生在上海，我始终热爱这里，希望这个城市真正美好，虽然我的老家已经被严重的污染所占领。但是上海是一个没有什么文化的地方。别的国家大都市，你可以说，我们这里有什么建筑，什么酒店，什么大街，什么豪宅，这些上海市也可以自豪地宣布，我们这里也有；但当人家要说，我们这里有什么作家，什么导演，什么艺术家，什么艺术展，什么电影节，上海就没话说了。发展真正的文化就必须放开尺度，放开尺度必然百家争鸣，百家争鸣必然开启民智。

新京报：你没有加入任何组织，绝大部分时间都是在做自己喜欢的事，好像外界并不能提供给你更多让你感兴趣的帮助。你对生活还会有什么需求吗？

韩寒：我当然还会有需求。但有一些是太隐私的事，有些又不太好说。

新京报：最近有什么让你感兴趣的文化作品吗？

韩寒：我很想看话剧《宝岛一村》，听说不错。可惜上次演错过了。

结婚　　**女人要买房，不如休了她**

新京报：听说你自己的年薪刚好过百万，这个数字准确吗？

韩寒：百万年薪在赛车比赛的时候差不多，现在办杂志还会往里贴一些。

新京报：现在的房价你买得起房吗？

韩寒：买不起，如果买的话要贷款，而且我觉得还是租房划算，因为现在的租金已经不够还贷款了。如果你碰巧有个非要缠着你买房不可的女人，那我觉得还是休了她好（笑）。

新京报：但很多人都会觉得，只有自己买房了，才算在一个城市真正立足了。会不会因为你是上海人，所以对房子所带来的安全感要求没那么强？

韩寒：在大家都没有信仰的时候，只能依靠房子带来安全感，而且房子确实也能带来安全感。我也不反对买房，只是觉得不划算。

新京报：你从来没有遇到过要求你买房才能结婚的女人？

韩寒：那当然，对于那样的女人，我只有两个字：滚蛋！

淘宝店　　算是为社会做贡献

新京报：你在淘宝上开的书店生意好像很好啊。

韩寒：店还可以，主要是东西都寄到了（笑）。其实开店挺累人的，还要受到很多莫名其妙的非议。有人会觉得我爸是在借我赚钱，也有人觉得我拿读者赚钱，其实我一年也就卖一万多本书，开店的初衷完全是因为开始的时候我每周都要收到大量读者寄来的书，要求我签名，我总不能签完名就把书给黑了啊，还得再寄回去，这样长期以来，我就觉得不如开个店。

书我都是以六折批发来的，原价卖，一本可以赚几块钱，一年大概可以赚到十万，但是我的店请了三个人，所以其实总的收入差不多是持平的，有时候还会亏。

有人说我开店能赚很多钱，我觉得他们真的不会算账啊，每本书我都要签名，一年也得签几万字，哪有人赚钱像这么辛苦的。但这样也能解决几个劳动力（就业问题），也挺好的，算是为社会做贡献了吧。

杂志　　底线内我比任何人都容易屈服

新京报：你算是原则性很强的人吧，你会因为什么事情妥协吗？

韩寒：我经常要妥协，比如我现在办杂志《独唱团》，刚刚又审了一次，有很多修改，不能提"羊肉"，"千禧年"也不能提，都会涉及到种种问题。我有一个原则和底线，没有到这个底线，我比任何人都容易屈服。但如果触及到这个底线和原则的话，我是绝对不会屈服的。记得曾经有一次在北京和朋友新组了一个车队，要给车队做宣传。我不喜欢做什么宣传，但那次我去找了当时国内很差的一个汽车媒体，宣传我们车队成立，让人家过来，还得给人家塞五百块红包。

代言　　总要给我留个活口吧

新京报：现在你也会接商业代言吗？

韩寒：我会接代言。一方面是因为要办杂志，商业合作也是避免不了的，还有就是很多时候我一年才写一本书，有时候都写不了一本，像我写的博客那些文字也都是免费的，大家总要给我留个活口吧！我赛车赚的钱基本都贴了杂志，杂志办了一年半还没有出来，审查永远有问题，我应该算是国内名气和年收入换算最不匹配的了。

偷拍　　偷拍事业比给钱的报道真实

新京报：听说你很喜欢小孩子？前不久在纵贯线演唱会上，你和女朋友一起被拍了出来，有给你带来困扰吗？

韩寒：如果有小孩子还挺好的啊，我就不会是一个人在战斗了（笑）。其实不会有困扰，我在做更大的坏事的时候也不会让人知道（笑）。我那次的照片被拍出来之后，南都的卓伟还给我发了个短信，求证那张照片。其实我挺喜欢偷拍事业的，这些才是真实的，像很多报道也都是假的，都是给钱才报道的，比起来我更喜欢真实的娱乐报道。

于建嵘：我要为自己的阶层说话

2010 年度人物报道·优秀奖
刊发日期: 2010 年 11 月 3 日
作　　者: 刘晋锋

最近，一组拍摄于四川宜宾市政府门口的照片在微博引来网友的上千次转发——照片显示，一些上访人员正在躲避追截。此事继而引起了媒体的广泛关注。发布照片的人，又在一次给一个中央机关处级干部班的讲座上，播放了宜宾市执法者殴打上访民众的录像。学员们均表惊讶，有人言称，下次遇到宜宾市来跑项目，坚决不给！

这样一个"上通下达"的人，就是中国社科院农村发展研究所教授于建嵘。近期，他还出版了新作《抗争性政治》。

湘南　城乡流浪
没有布票、没有粮票，没有吃，没有住的地方。

爷爷要死了。他是一个裁缝，也算是本地有一点影响力的秀才，家里有很多的地。爷爷死的时候，父亲还很小，之后不久，奶奶也死了——父亲那时候才十几岁，就成了一个孤儿，没有人管他。

父亲就到外面去流浪，有一次打架，他逃到了山里面，碰到了湘南游击队，他就参加了游击队。

解放之后，他也就算是参加了革命，就做了一个小干部。母亲那个时候在团委当保姆，他们结婚之后，父亲被调到衡阳，做了一个县团级干部。

"文革"时，南下干部和地方干部发生摩擦，把地方武装视为土匪，挖出了我父亲的"土匪"历史，就再没有给他安排工作，也没有抓他坐牢，就是把他晾起来。1967年，把我母亲下放到农村，母亲带走了我和姐姐。

父亲那样的出身，村里没有人愿意让我们回去。冬天，他们偷走了我们家的棉被，就是为了将我们赶走。母亲没有办法，就带我们流落到城里，也就成了黑户（指"文革"期间没有户口的人），没有布票、没有粮票，没有吃，没有住的地方，很可怜。

有很长一段时间，母亲去粮站免费帮忙打扫卫生，就是为了在扫地的时候搜集米袋里漏出来的米粒，或者到黑市去买红薯回来。有些人小时候说某样东西吃多了，现在都不吃。而我小时候主要吃红薯，现在还是特别喜欢吃。

衡阳　"黑人"记忆

"黑人"身份对我来说，整整八年，从六岁到十四岁。这决定了我今天的许多选择及性格。

在我八岁的时候，父亲托朋友帮忙，送我去上小学。母亲没有布票，就去找人讨了一个麻袋，花几毛钱请裁缝给我做了一件衣服，那人眼睛瞎，衣服口袋一个缝在里面，一个缝在外面，但那是我当时最好的衣服，我穿着它就上学去了。

班里有个同学是班长，他认出我——我们刚搬进一家木板房地下的窝棚里，他住在木板房里，他说："他怎么到我们班来了？他是'黑人'！"老师不在，他们就把我往外拖。我拽着桌子不愿意走，缝在外面的那个口袋勾住了桌子，拉扯之下，我唯一的好衣服被撕烂了。

他们把我拖出去，我蹲在学校外面痛哭。父亲来了，他说他刚好路过。其实学校在很偏的一个马路上，我想他可能是特意去看我，他摸着我的头流泪，很难过。那是我唯一一次看到他流泪。从此以后，无论如何我都不愿意到学校里去了。

因为没有户口，也没有人敢租房子给我们，我们到处流浪，到后来，全部的家当就是一个锅、两个被子，母亲用一个平板车一拉就走。

我们之所以生存下来，很重要的原因是我父亲虽然是个坏分子，自身难保，但他因为当年很讲江湖义气，他再怎么倒霉，还是有朋友愿意帮忙。不然的话，当"黑人"的那个感觉……"黑人"身份对我来说，整整八年，从六岁到十四岁。这决定了我今天的许多选择及性格。由于没有布票，我小时候基本上没有穿过什么像样的衣服。所以我说我是奥巴马。

到 1974 年，我就直接上高一了，我不懂拼音，也不懂数理化，但好在正规读过小学的人也不懂这些。1976 年，父亲被平反，但七个月之后，他就死了。如果不死的话，可能就当上大官了。但他一死，事情就麻烦了。因为母亲的工作还没有安排，母亲对这个事情总是怀恨在心。我说，算了，我考上大学之后，肯定让你过上好日子。

大学　　母亲的荣耀

"你懂法律吗？""法律还不就是那么一些事情吗？"

我考上湖南师范学院，成大学本科生了，牛得很，工作转正之后可以拿到五十四块五毛钱，而大学生是可以预支工资的。我母亲高兴得不得了，她说这是她一生中感到最荣耀的事情。

上大学的时候，我十七岁。母亲的工作是给别人刷酒瓶，她没有钱送我去学校。我一个人去的第一天，把我吓坏了。父亲有很多战友，都是很讲义气的。省公安厅的一个人到火车站去接我，我听到有人叫："衡阳来的于建嵘！"我一看，是个警察，吓得我要尿裤子了，我年龄小，从小又被抓怕了，我说我没有犯罪。他说："我 是来接你的。"

大学毕业后我分到衡阳日报，天天写社论。后来因为种种原因，我有一年多没有工作，就干脆当律师去了。我当律师比谁都简单。

有一个礼拜六，我和几个朋友到湘江边散步，走到师范学院门口，看到告示说要招考"律师工作者"。那个时候，政府想招聘建立一个律师队伍，我去面试取得培训资格。

我什么都没学过，就去考试了。司法局的人在那儿让我们填表，他们一看，我是大学本科生，眼睛一下子就亮了。他问我："你懂法律吗？"我说："法律还不就是那么一些事情吗？"

他问了一个问题，最有意思了，考倒了一大批人："如果有三个人赌博，有两个人输钱了，输的人就合伙对付赢了的人，把钱从他那儿拿回来，你说这是一个什么行为？"

我们是脑子动得多快的人，我说："抢劫！"他马上问："抢谁的钱？"如果我说抢赢了的人的钱，那我就是认可了赌博的合法性。我们这种学哲学的人马上进行逻 辑分析，我说："这是抢国家的钱。"他说："怎么是国家的钱？"我说："国家待没收的钱。"考官把桌子一拍："就是你了！"

海南　　赚钱不是目的
赚的钱一辈子都用不完了。我说我不干了，没意思。

我是中国第一批取得律师资格证的人。第一年，我挣了一百五十多块钱，给我母亲买了一件呢子大衣。我天天帮别人打官司，到处去赚钱，几年时间下来，我就挣了 一万两千块钱。那个时候，一般人一个月挣五十块钱，我有二十年的工资了，我不怕了，我觉得我可以下海了，就带了一万两千块钱去海南。

靠替人要账，在海南我得到了人生的第一个十万，激动得一个晚上没睡觉。那种兴奋的感觉，后来永远找不到了。我打电话给我母亲，她说："你不要做，那是犯法的事情！"做了一年多，我发现钱好赚，就和几个朋友一起干，有一次给别人写一页纸的法律文书，就赚了六十万。

我们几兄弟赚到一千多万的时候，我认为我赚的钱一辈子都用不完了。我说我不干了，没意思。他们不同意，我坚决要分钱。拿到两百多万，我卖掉旧车买了一辆马自达，又买了一个两万多块钱的大哥大，还办了一张银行卡，开始云游全国。

武汉　　找到目标

是什么把一个黄皮肤的孩子变成"黑人"？要想一切办法使我们的后代再不这样被人变成"黑人"！

我考上大学离开家乡时，就曾经发过誓，我先解决生活问题，但我这一生的目标就是：1. 搞清楚是什么把一个黄皮肤的孩子变成"黑人"；2. 要想一切办法使我们的后代再不这样被人变成"黑人"。

所以我赚钱之后坚决要分钱，我说我当年赚钱的目的不是为了赚钱，是为了获得自由，因为没有钱就没有自由。离开之后，有两年的时间，我心中有想法，但没有目标，四处走走。后来，有人建议我找华中师范大学的老师徐勇。徐勇接到我的电话，很怀疑：这个家伙，是干什么的？

他和我谈过之后，说："你应该读博士。"我说，我一辈子没想做这个事情。他说你不对，你一定要继续读书，一定要进入体制，否则你就只能是个江湖郎中。我就去学校跟徐勇待了一年，但我不住学生宿舍，我住外教楼，六十块钱一天，咱们有钱，牛得很！

我考了徐勇的博士，他不准我走，让我老老实实待着，那一年我吃苦了，看了好多书。第二年，徐勇说你不能在学校待了，你必须去做调查。这是许勇对我的两个最大的启示：第一，你必须读书，你必须有身份；第二，你必须做调查。

我开着车沿着毛泽东走过的路走了一遍，花了一年的时间，再回来写论文。调查的时候，我哪一天见到什么人都有记录，我们搞律师的人喜欢做记录。那时候没有微博，要有微博的话我天天发微博。调查完了之后，论文写了三个月，我获得了全国优秀博士论文，全国评定第一名。

北京　　追求理想

不就是个房子吗，拆了再说。只要我过得高兴！愉快！我就买！

我起先是到农科院去做博士后，导师是个特别讲究的人，我是特别不讲究。他还有一个女博士后，我每次去见他，他都训我："你怎么鞋子也不擦？衣服穿得破破烂烂的，怎么不去买件新的？叫你师姐好好教教你！"说得我火大。后来有个机会，我就去社科院了。

2003年10月，我们几个住在通州的社科院博士后听说宋庄有几个画家，就去玩。在小堡村我们见到了一位正在做饭，好像生活很艰难的画家。别人却告诉我，这位画家毕业于中央美院，在老家有一间很大的美术学校，是位千万富翁。我们都不相信。

这位画家却告诉我，千万富翁是真的。他是为实现自己的艺术梦想才离家出走，自愿过这种生活的。我问："在家也可以画，为什么要离家？"他说："画画就是画心，在我心目中小堡村是先锋艺术的前沿陆地，我一走进这个村，就像戴上红军八角帽，手握钢枪要冲锋了。"说完，他泪流满面。

我惊喜万分，激动不已。这种理想主义者的自由生活，不正是我追求的和寻找的？我问："还有小院出售吗？"他告诉我，附近有一画家刚搬走，有一个院子出售。我赶忙联系，房主见我急要，开出当时的天价十二万五千元。我当场就买下了房子。

小院装修完总共花了三十多万。老师一直骂我：你是搞土地研究的，你还不知道这个房子不能买吗？将来它会被拆。我说：管他，不就是个房子吗，拆了再说。只要我过得高兴！愉快！我就买！

小堡村有个画家，说："通州是北京的，宋庄是中国的，小堡是世界的，我们是人类的。我们为人类画画，不为人民币画画。"这有些像疯话。但我却感到了他们的智慧和勇气。

过去的事情，我从来没有忘记过，但不是为了记恨什么，我有我的目标，我为此奋斗了近三十年。

【记者手记】

我是"奥巴马"

刘晋锋

于建嵘可能是目前最受执政官员欢迎的社科院教授，他在面对党政官员的讲座中，会以"我们农民"、"我们老百姓"自居，严厉批评台下那些"当官的"，却还有公安局局长站起来给他鼓掌，"学生们"欢迎能说真话的老师。

于建嵘已经在北京的郊区宋庄住了七年时间。工作再繁忙，他也会认真接待寻助而来的上访者，虽然未必能帮上忙，他却认真聆听他们的冤屈，给他们钱让他们去吃饭，为他们拍照……

于建嵘开玩笑说："我是'奥巴马'。"因为童年时期，他有过八年流浪经验，是一个没有户口的"黑人"。他说："我总要为自己的阶层说话吧。"

许多原先从事学术研究的同学都在九十年代下海经商，下海之初都表示赚了钱之后要回归学术，实际上却一去不复返，为何于建嵘能够在下海之后急流勇退，丝毫不留恋金钱的诱惑？为何从一开始做学问于建嵘就在明确地为底层人民发声？

于建嵘向我们讲述了他的人生经历，让我们理解了他何以成为现在的"于建嵘"。

郑民生：走上五十五秒杀戮之路

2010 年度人物报道·优秀奖
刊发日期：2010 年 3 月 25 日
作　　者：孔　璞

■ 凶手档案

　　郑民生，1968 年 4 月 30 日生，福建南平人，中专毕业，未婚，原马站社区诊所医生，2009 年 6 月辞职。

　　3 月 23 日七点二十分左右，正逢孩子上学的时间，福建省南平市实验小学门口，郑民生手持砍刀，连续砍杀十三名小学生，目前已有八名孩子死亡，五名孩子受重伤。

　　郑民生以故意杀人罪被批捕。

　　怎么会是他呢？

　　郑民生的街坊邻居都坚持说，郑民生是个不讨厌孩子的人。

　　去年夏季的一天，有居民看到郑民生骑着电动自行车，载着四五个七八岁的孩子，在路上玩。

　　路边拐角处杂货店的女老板记得，孩子们像八爪鱼一样紧紧抓住郑民生，他们的笑声在暮色中很响亮。

而就在前天，五十五秒内，八名小学生命丧在郑民生的刀下，五人受重伤，场面凄惨。

没有比人性更复杂的事情了。

几乎所有被采访到的人都用了那句话，"想不到会是他。"

"郑一刀"

作为化纤厂医院主力外科大夫，郑民生有"郑一刀"的称呼，"就是说他一刀下去就好了"。

南平化纤厂家属院，坐落在福建南平市东北部山区，这座曾经的国企已于2000年前后倒闭。

通往家属区的水泥路崎岖失修，两侧林木茂密，两层小楼的医院就在路边的高地上。郑民生1990年从建阳卫校分配来到化纤厂职工医院，曾在这里工作过十二年。

化纤厂原职工小付曾在郑民生那里看过一次病，只是小的伤口处理。他记得郑笑呵呵的。

"在化纤厂的时候，郑医生是个很可以的人。"小付说。

家属区里年纪稍大的人都记得郑民生。作为化纤厂医院主力外科大夫，郑民生有"郑一刀"的称呼。

"就是说他一刀下去就好了，不用第二刀。"家属区一位刘大爷说。

一位何姓女职工告诉记者，郑民生在医院"回头率很高"，很多人找他看过一次病后，会反复找他看病。她自己带着女儿找郑看过一次病后，就把郑推荐给亲戚们。

虽然好几位老职工都说郑民生的医术高超，但刘大爷说当时就已经听说郑民生与医院其他医生，尤其是院长关系不睦。"但好像都是些小矛盾，他不太会处人际关系。"

郑民生的弟弟入赘到化纤厂一名职工家，姐姐也是化纤厂职工。何女士偶尔看到郑去姐姐家吃饭。

厂里职工都知道郑民生家境贫困，因此弟弟入赘。化纤厂里的收入非常低，1996 年前，一个月只有三百元不到的收入，1996 年改革后也只有四百多元。

刘大爷听到郑民生曾抱怨钱少，找不到好的女友。

"那个年代，人人都很穷，也不单是他一个。"在刘大爷来，郑民生和厂里所有年轻人都差不多。

蜗居

郑民生和三哥一家三口以及七十岁的母亲，住在一套两居室，冬睡客厅夏睡阳台。

在化纤厂的十二年，郑民生几乎没有存下钱。他和三哥一家三口以及七十岁的老母亲，一直住在三官塘社区天台小区一套六十一平方米不到的两居室里。

三官塘社区是南平市一个偏僻的小区，十几栋建于上世纪九十年代初的七层小楼依山势排开，两条狭窄的水泥路通往这里。

"这里是南平贫民窟。"三官塘的一个居民说。

郑家的两居室位于三楼。昨日，郑民生家大门紧锁，一位警察守在门口，他告诉记者，为了防止郑的亲人被人寻仇伤害，他们已将郑母等人转移保护起来。

同一个单元里，郑民生家是唯一一户没贴春联的，只有一个红"福"字挂在门上。

郑民生是六兄妹中的老五，六弟没入赘之前，他和老六占据一间卧室，兄嫂一家三口占据一间卧室，母亲住在客厅。

老六入赘后，郑民生的居住条件并未改善。去他家串过门的邻居说，冬天郑民生睡客厅，夏天则睡阳台。

杂货店的陈老板替郑民生算过一笔账，他在医院的月收入约一千四百元，"郑民生不吃不喝得攒个十年才能买套老房子。"

郑民生今年四十二岁，他和周围人提起的恋爱不下五次。在他的描述中，房子是致使他多次和女友分手的导火索。最近一次的分手是去年年中，对象是和他谈了一年多的街坊"苏妹妹"。

"他说'苏妹妹'嫌他收入低，买不起房。"陈老板记得。

郑民生工作单位旁边缝衣服的阿姨注意到，七八年来，郑民生和她越来越多地聊起房子问题："他有点结婚狂，找女友就想找有房子的女人，还说离婚的也不要紧，只要有房。"

难以理解

在同事眼里，郑民生是个孤僻而难以理解的人。

2002 年，化纤厂职工医院改制为延平区马站社区卫生服务站，并搬至马站街上。在这里，郑民生和同事的相处恶化。

在同事眼里，郑民生是个孤僻而难以理解的人。他很少和同事玩，一个人独处时总喃喃自语，或大声放歌。

和同事几乎不说话的郑民生，爱与单位周围的小商贩聊天，他会一连好几个小时靠在缝衣服的阿姨的门口，诉说前领导对他的苛刻，从扣发工资到人格侮辱。

"郑医生十次有八次是在说前领导欺负他。"小吃店的金老板说。

郑民生还常常诉说同事们都很有钱，看不起他，嫌他穷。缝衣服的阿姨曾听他诉苦："他说大家都是成年人，嘲讽他时交换眼神他就看得出。"

在南平市政府的一份材料里，记者看到：郑民生自述马站医院前负责人不尊重他，工作上为难他，在生活上不关心他，并经常羞辱他。

对此，郑的同事都予以否认。"大家关系很淡，但谈不上有仇恨。"郑民生的同事李文说。前领导也坚决否认了与郑民生有过节儿。

曾经与郑民生在建阳卫校同学过的南平某医院叶医生说，中专时郑民生就话少，不与同学来往。

郑民生喜欢吹嘘自己和女人的关系，他曾说过自己有美貌的女友去了美国。

2008 年，郑民生取得了西医外科主治医生的资格。从那时起，他开始常常对缝衣服的阿姨说，自己受排挤呆不下去了，要离开。

"这个社会很现实，也很势利。"他跟卖杂货的女摊主说。

2009 年 6 月，郑民生辞职。化纤厂一位认识郑的职工说，他的辞职报告上有这样两句话："我的人生得不到安宁，有人要害我。"

但李文医生十分干脆地否认了，他说自己见过郑民生的辞职信，半页纸，黑色水笔手写，大致说自己辞职的原因是为了到外面有更好的发展。

郑民生离开马站卫生所的那天，到金老板的小吃铺吃了一碗面，"我要走了，到很远很远的地方去。"

杀戮

他杀人后自供作案动机：工作无着、恋爱失败、受一些身边人员闲言刺激，结果报复社会。

此前，郑民生常被人说有一点不正常，除了喃喃自语，他还有着与年龄不符的性情。

"他有次在楼下玩麻将，我逗他，就装作和人说话的样子大声说：陈局长，就是这个人赢了我好多钱。结果他吓得一哆嗦，站起来就跑了。"郑的一位李姓邻居说。

他还曾不打招呼就带着邻居家的孩子上街玩，吓得邻居家以为孩子丢了。但邻居们都认为，郑并没有精神疾病，只是一个不通世故的人。

据提前介入该案的检察官介绍，看不出郑民生有精神异常特征。其对作案动机的供述符合逻辑，自供原因：一是工作无着，二是恋爱失败，三是受一些身边人员闲言刺激，主要动机还是因上述原因而报复社会。

刚失业时，郑民生曾多次外出找工作，每次他都笑嘻嘻地跟陈老板说一声，并拿上一瓶他每次必买的果粒橙。但几次外出都没有医院愿意接收他，今年以来，郑几乎没有再出门找工作，邻居们好几天才看到他一次。

陈老板发现郑每次路过她的店铺，都要照墙上的镜子，以至于她想摘掉镜子。

郑和母亲的关系一直都说得过去，但事发前几个月，郑民生的三哥将母亲送到另一个兄弟家。郑的三哥告诉陈老板，郑民生总是指责母亲"害了他"。

与哥哥的矛盾也随之增加，"他哥哥开始嫌他占着家里地方又不挣钱，很多余。"打扫卫生的吴老伯说。

郑民生也不再打台球——这是他少有的爱好之一，在马站社区卫生所工作时，他把大部分空闲和零用钱都花在了街对面的台球厅里。

"他瞄的时间长，是个敏锐又有耐性的球手。"陪郑打过球的李先生说。

3月23日，早晨六点半左右，郑民生身着白色运动服，跑过陈老板的店铺。陈刚刚开门，就看到郑民生冲路上的老人打招呼："走，锻炼去！"

几乎是同一时间，一年级学生欧阳宇豪的母亲黄宝珠起床，给孩子煮了粥。几分钟后，有人看到郑民生搭上了一辆摩的，朝山下驶去。从三官塘到南平市实验小学，摩的只需不到十分钟，那是所当地条件最好的小学。

七点出头，黄宝珠牵着儿子的手出门，在家门口搭上一辆路过的公交车。从黄宝珠家到实验小学只有一站路，十几分钟后，母子俩来到校门口。黄宝珠低头看表：七点二十三分。

欧阳宇豪松开黄宝珠的手，踮脚亲了一下妈妈的右颊，转身融入等待七点半开校门的小学生人群中。

黄宝珠看到儿子蓝色的米奇书包随着步伐起伏。侧过脸，她看到一个白色运动服男子走向成群的小学生，刀握在手。后来，欧阳宇豪和其他十二名学生倒在血泊中。

杀人的就是他，郑民生。

新京报

品质源于责任

第四章

深度调查报道奖

"造假书记"王亚丽官场现形记

2010 年度深度调查报道·金奖

刊发日期：2010 年 2 月 10 日、2010 年 3 月 3 日、
2010 年 4 月 23 日

作　　者：黄玉浩　吴　伟

『 颁奖辞 』

　　　　除了性别是真的，其他都是假的。一个农村妇女，踩着一个个官员的肩膀，坐上了团市委副书记的高位。两名记者历时半年调查，独家揭开这起骗官骗钱的大案，完整的证据链在盘根错节之中直指本质，案发至今已有十一名官员被查处。

　　身份、年龄、履历、档案均涉嫌造假，石家庄团市委原副书记王亚丽因冒充别人女儿意图侵占他人遗产，而遭当事人举报，其造假身份被曝光。2 月 10 日，新京报对"石家庄团市委原副书记涉嫌身份造假"的相关情况，进行了报道。

　　紧接着，中组部新闻发言人证实，王亚丽被认定为"造假骗官"。中组部与中央巡视组，河北省有关方面一起对该案进行了查处，王已被免职，并移送司法机关。

　　被称作"一身是假"的王亚丽，是如何一路过关斩将，从一名普通的农村女子，一步步升迁至团市委副书记的？当地相关部门在王亚丽升迁中是如何审核把关的，为何没有及时发现其身份及档案造假？

近日，记者再次赴当地对此进行深入调查。

"如果不是太贪心，王亚丽还会升官。"3月1日，石家庄下辖的辛集市市委书记张国亮感慨。

2009年6月之前，王亚丽是石家庄市优秀后备干部、最年轻的市政协常委，曾当选市"十佳女杰"和"十佳女乡长"，位居团市委副书记，"前途无量"。

张国亮认为，如果不是意图侵占他人亿万财产，遭当事人持续举报，王亚丽的造假身份将很难被发现，"当个副市长也有可能。"

2003年至2007年，王亚丽曾任鹿泉市经济开发区党委书记，其间，张国亮任该市市委书记，专案组进驻石家庄市后，曾多次传讯已调任辛集市委书记的张国亮。对此，张表示坦然接受调查：我也被她骗了。

被举荐的后备干部

曾任鹿泉市委书记的张国亮说，若非市领导大力举荐，他不会同意王亚丽出任开发区党委书记。

"之前，我都不认识这个人，听都没听说过。"3月1日，张国亮说，若非时任石家庄市委常委、市委副书记的张振江举荐，他不会任命王亚丽为鹿泉市经济开发区党委书记。

张国亮回忆，2003年9月，张振江至少两次跟他说，王亚丽是个很有能力的后备干部，要找个机会重用，并推荐她主持开发区工作。

此前，2002年8月，王亚丽作为石家庄市委组织部下派的挂职干部，任鹿泉市开发区科技副主任，正科级。当年下派鹿泉的七名干部之中，王亚丽是唯一的女性。

张国亮称他曾与王亚丽有简短接触，对王并无好感，"好告状，喜搬弄是非，喜表现好邀功，性格张扬，与开发区其他的领导经常闹意见。"

2003年9月，七名干部挂职期满，除王亚丽被张振江推荐留下任职外，其他人均调回。

张国亮称，他曾与市长一起去找张振江，希望说服他放弃推荐王亚丽，但张振江称也是受人之托，"推不掉"。最后折中的方案是让王亚丽任开发区党委书记，而非作为一把手的主任。

下派干部的档案由地级市市委组织部管理，王亚丽在鹿泉挂职期间，她的档案并未转到鹿泉。张国亮认为，正是这个原因，让鹿泉市错过了对王亚丽档案履历的审核。

他介绍，按程序，王亚丽要想以后备干部成为挂职下派干部，必须由所在单位领导举荐，并由市委组织部考核通过。

张国亮介绍，王亚丽能作为后备干部，应是西柏坡纪念馆书记耿振环和馆长赵贵世向市委组织部大力举荐的结果。王此前在此任馆长助理。

认为对王亚丽了解不够，张国亮说他曾致电西柏坡纪念馆，馆长赵贵世对王的工作能力大加赞赏。

一名接触到王亚丽案办案组的市公安局领导透露，2007年4月，时任市委宣传部副部长耿振环、赵贵世，向市委组织部推荐王亚丽出任团市委副书记一职。而耿、赵二人在接受调查时称，他们的推荐，是时任石家庄市人大副主任张振江的授意。

造假的干部履历

"在任命干部时只唯上不唯实，才让王亚丽一路通关。"石家庄市政府一干部说。

2003年9月，王亚丽被正式任命为鹿泉开发区党委书记，数月后，她的档案转至鹿泉市委组织部。

据张国亮回忆，当时鹿泉市委组织部发现王亚丽的档案很乱，年龄、工龄、党龄与履历不符。遂上报到张国亮，张让他们向石家庄市委组织部汇报，但后来不了了之。

记者从石家庄团市委获得的王亚丽任团市委副书记的简历表显示：生于1978年，1990年成为河北省军区后勤部战士，1990年到1995年在中国人民解放军某医院做药剂师；后成为正定县武装部干部，转业后任石家庄市交通局稽征处人事科副科长；2001年10月任西柏坡纪念馆馆长助理，正科；2002年8月到鹿泉挂职开发区科技副主任，2003年9月任鹿泉市开发区党委书记，2007年4月调任石家庄团市委副书记，并当选石家庄市最年轻的市政协常委。

2009年底到今年初，记者先后到正定县武装部、某部队医院及王亚丽提到的军医军学院，均查无此人。其中，2009年8月21日，正定县武装部主管档案负责人坚称，该单位查无王亚丽此人，更无此人的档案。

"十二岁当战士，参加工作这都不稀奇，十二岁成为一家大型军医院的药剂师，这怎么可能……这样的履历怎么能通过各级组织部门的审核？在任命干部时只唯上不唯实，才让王亚丽一路通关。"石家庄市政府一官员认为，组织部长都很难让王的档案通过市委常委会的审核，因为市委领导的大力举荐，其他人为了顺应领导意思睁一只眼闭一只眼。

得到能人"干爹"帮助

"互相帮助"：时任交通局长答应将王亚丽调入交通局，王破盘再将局长之子列为公司股东。

调查显示，在王亚丽的升迁史中，商人王破盘，扮演了至关重要的角色。在很长一段时间里，王亚丽的身份是王破盘的"干女儿"。

王破盘为石家庄市无极县无极镇正村人。多名当地官员和村民介绍，在无极乃至石家庄，王破盘都是风云人物。

上世纪八九十年代，依靠当兵时积累的人脉，王破盘承接了大量部队基建工程。在完成原始资金积累后，他又瞄准政府工程。

"许多工程最低一百万都没人干，王破盘提出七十万都干。因为他可以从部队里带来人以及一些便宜物资。他不仅赚了钱，还为无极县做出了巨大的贡献。"今年2月28日，原无极县委书记刘日回忆。

1990年前后，王破盘曾被无极县授予致富带头人称号，并当选县政协副主席。其间，王破盘承接了大量政府工程。

因有突出贡献，王破盘与历届县长、县委书记均关系良好。

1994年，王破盘看中了石家庄市交通局在新华区新华路上的一块地，而时任石家庄市交通局局长的王志峰正是无极人，且曾任无极县委书记。

"那时候也没有招拍挂，就由交通局立项，以建立大型的停车综合服务中心的市政公益项目性质，在得到两个市领导的批示后，王破盘获得了这块地的开发权。"王破盘生前好友、金华综合停车服务中心常务副总韩志友称。

也是这一时期，王破盘与时任新华区党委书记的张振江联系紧密。

韩志友称，王破盘为了拿地，曾给王志峰送过八十万元，最终，估价一百八十万的地块他九十万元拿下。

石家庄市公安局一名副局长曾与王志峰、王破盘熟识，他介绍，王志峰与王破盘在谈这块地时，"互相帮助"，王志峰答应将王破盘的干女儿王亚丽调入市交通局做干部；作为回报，王破盘的金宝有限公司，要将王志峰之子王印江列为股东。

在金宝公司1995年的一份地址变更的公司章程中，记者看到当时公司股东栏里为王破盘、王印江、王亚丽、薛立新等。

2月27日，石家庄市交通局直属党委副书记周锁香证实，王亚丽调入市交通局任稽征处人事科副科长正是时任局长王志峰的安排。1998年底，王志峰涉嫌贪污受贿被市纪委调查，随后逃往国外，被"开除公职、开除党籍"，其子王印江也被市交通局稽征处辞退。

美元失窃案与"分手"

王破盘家中保险柜的一百一十万美元不翼而飞，让王亚丽失去信任，此后她另投他人。

1997年发生的一件事，导致了王亚丽与王破盘后来的"分手"。

当时王破盘四处筹措修建停车服务中心大楼的资金，其中放在家中的保险柜里的一百一十万美元不翼而飞。

王破盘报警后，新华区公安分局侦查后认为，与他住在一起的王亚丽有重大嫌疑。不料，立案数天后，王破盘又找到了当时主管刑侦的新华分局副局长黄瑞安，提出撤案，理由是"家庭纠纷，你们不用管了"。

多年后，王破盘曾对韩志友说起此事，称一百一十万美元是被王亚丽偷走；他报警后，王亚丽威胁说，要是不撤案我就告你强奸，他不得不撤案。

2月26日，新华区公安分局原主管刑侦的副局长黄瑞安说，王破盘的确报警说丢失巨额现金，警方怀疑过与其同居的王亚丽，但后来撤没撤案他不记得了，"可能没破案"。

资金被盗事件后，王亚丽和王破盘分道扬镳。王破盘的女儿王翠棉了解到，王亚丽离开父亲后，投靠了王志峰。

1998年，王志峰外逃后，王亚丽留在了交通局稽征处人事科副科长位置。

与一领导关联的升迁

对照张振江与王亚丽履历，会发现一个时间段内张的每一次升迁，总会伴着王的升迁。

离开王破盘和王志峰后，王亚丽依然与多名领导联系紧密。

石家庄市交通局一退休干部回忆，此时看不出王亚丽有失去靠山的落魄，相反她行事高调，总对身边人说她父母都出国了，姥爷是中央军委的一个高层。她还常当着别人的面给一些市领导直接打电话。"这个女人的气场，倒真像很有背景的样子。"

新华区一名退休副区长证实，当时与王破盘要好的市领导中，张振江是少有比较欣赏王亚丽的人，认为她干练、有能力。

对照张振江与王亚丽的履历，会发现，2001 年 8 月至 2007 年，张的每一次升迁，总会伴着王亚丽的升迁，或获得新的机会。

2001 年 8 月，张振江任石家庄市委常委、政法委书记，2001 年 10 月王亚丽调任正处级单位西柏坡纪念馆馆长助理，级别正科。次年 8 月，王亚丽作为被培养的后备干部下派至鹿泉市经济开发区任科技副主任。

2003 年 2 月，张振江任石家庄市委副书记，当年 9 月，王亚丽在鹿泉一年挂职期满，出任鹿泉市经济开发区党委书记。

2007 年 3 月，张振江出任石家庄市人大副主任，而当年 4 月王亚丽则当选为石家庄团市委副书记。

对于二人升迁的巧合，石家庄市委组织部未予置评。

2008 年，张振江在市人大副主任任上退休。2009 年 6 月，王亚丽被免去团市委副书记职务。

"王亚丽舍得在领导身上投资，有金钱也有感情。对一些领导就像是对自己的亲生父亲一样，整天围在他们周围。如果病了，就鞍前马后照料。需要送钱的也从不手软，特大方，必要的时候又能搬出来自己'在军委高层的家族关系'。"曾与王亚丽共事过的一名鹿泉市官员认为，如果没被举报，"王亚丽还不知道能爬多高呢。"

王亚丽升迁路线溯源

1. 认下"干爹" 村妞进城

1989年，丁增欣认识修路的王破盘，成为王破盘的"干女儿"，后改名"王亚丽"，从村里到了城里。

2. 结识局长 任副科长

1996年1月，王亚丽结识市交通局长王志峰，在其帮助下调入交通局稽征处任人事科副科长。与此同时，以"干部调动"的名义办理石家庄户口。

3. 离开干爹 投奔局长

1997年底，王亚丽离开王破盘，涉嫌卷走王一百一十万美元的建楼款，后投奔王志峰。

4. 局长被"双开" 走近新"贵人"

1998年底，王志峰涉嫌贪污被调查后逃往国外，被"双开"。王亚丽与时任新华区党委书记的张某关系进一步密切。

5. 获市领导提拔 当纪念馆馆长助理

2001年8月，已升任市委常委、市政法委书记的张某，提拔王亚丽至西柏坡纪念馆任馆长助理，级别正科。

6. 受领导举荐 成后备干部

2002年，张某任市委常委、政法委书记，王亚丽受西柏坡纪念馆书记耿振环、

■ 王亚丽升迁路线溯源

10 遭实名举报 涉造假被免职
2009年6月，王破盘的女儿长达半年的实名举报王亚丽"造假骗官夺产"后，市委组织部以涉嫌档案造假，免去其团市委副书记职务

9 再受到推荐 任团市委副书记
2007年3月，张某任石家庄市人大副主任，搜意已任宣传部制部长的张佩环，赵贵世向市委组织部举荐王亚丽任团市委副书记

8 挂职期满被荐 任开发区书记
2003年9月，王亚丽挂职期满后，时任石家庄市委副书记的张某，多次向时任鹿泉市委书记的保国贵举荐王亚丽，后来王亚丽任鹿泉开发区党委书记

7 被派往开发区 成为挂职干部
2002年8月到2003年9月，作为市委组织部培养的后备干部，王亚丽到鹿泉经济开发区做挂职干部，任开发区科技副主任

6 受领导举荐 成后备干部
2002年，张某任市委常委、政法委书记，王亚丽受西柏坡纪念馆书记耿振环、馆长赵贵世的举荐，经市委组织部批准后成为年轻后备干部

5 获市领导提拔 当纪念馆馆长助理
2001年8月，已升任市委常委、市政法委书记的张某，提拔王亚丽至西柏坡纪念馆任馆长助理，级别正科

4 局长被"双开" 走近新"贵人"
1998年底，王志峰涉嫌贪污被调查后逃往国外，被"双开"。王亚丽与时任新华区党委书记的张某关系进一步密切

3 离开干爹 投奔局长
1997年底，王亚丽离开王破盘，涉嫌卷走王110万美元的建楼款，后投奔王志峰

2 结识局长 任副科长
1996年1月，王亚丽结识市交通局长王志峰，在其帮助下调入交通局稽征处任人事科副科长。与此同时，以"干部调动"的名义办理石家庄户口

1 认下"干爹" 村妞进城
1989年，丁增欣认识修路的王破盘，成为王破盘的"干女儿"，后改名"王亚丽"，从村里到了城里

106

馆长赵贵世的举荐，经市委组织部核准后成为年轻后备干部。

7. 被派往开发区　成为挂职干部

2002 年 8 月到 2003 年 9 月，作为市委组织部培养的后备干部，王亚丽到鹿泉经济开发区做挂职干部，任开发区科技副主任。

8. 挂职期满被荐　任开发区书记

2003 年 9 月，王亚丽挂职期满后，时任石家庄市委副书记的张某，多次向时任鹿泉市委书记的张国亮举荐王亚丽，后来王亚丽任鹿泉开发区党委书记。

9. 再受到推荐　任团市委副书记

2007 年 3 月，张某任石家庄市人大副主任，授意已任宣传部副部长的耿振环、赵贵世向市委组织部举荐王亚丽任团市委副书记。

10. 遭实名举报　涉造假被免职

2009 年 6 月，王破盘的女儿长达半年的实名举报王亚丽"造假骗官夺产"后，市委组织部以涉嫌档案造假，免去其团市委副书记职务。

【记者手记】

王亚丽造假骗官案调查幕后
黄玉浩

姓名、年龄、学历、履历与干部身份都是假的，冒充别人女儿身份，伪造公章变更企业法人，篡改公司股份构成，谋取数亿遗产，如果说三鹿奶粉的"三聚氰胺"只是揭露了一个行业运营牟利的潜规则，而石家庄市原政协常委、团市委副书记王亚丽则挑战了当地政府公权力赖以运行的诚信底线，"有这样的官员，咋能不出三鹿这样的事？"

2009 年 8 月，《编造弥天大谎，侵夺亿万资产》和《关于王亚丽假干部身份、篡改年龄情况的举报》——举报人王翠棉的两封举报信引起记者的关注。举报信中，王翠棉称其父王破盘猝死，未留遗嘱却留下价值4.5亿的金华综合停车服务中心公司。时任石家庄团市委副书记的王亚丽突然出现自称是王破盘唯一的亲生女儿，两人互称对方"李鬼"时，金华公司控股的金宝公司的法人代表则悄然变更，不再是王破盘。随后，金宝两位股东提出作为原法人代表的王破盘并非金宝股东，只是临时聘请的执行董事长，无出资无股份，无遗产可继承；王翠棉则坚持金宝公司是其父王破盘多年的心血结晶，属完全控股企业。

除了遗产纠纷，举报信还披露王亚丽本名丁增欣，涉嫌干部身份与履历造假，多次更改年龄从而能顺利被选为该市最年轻的政协常委、团市委副书记。

问题如此清晰明了，远比混进三鹿奶粉的"三聚氰胺"容易甄别清楚，谁是真女儿一验DNA就清楚了，王破盘在金宝有无股份，将企业的原始注册档案拿出来则一目了然。至于王亚丽是否存在改年龄等档案造假，户籍民警和组织部门都是很容易查清，毕竟举报信详细列举了王亚丽自1996年以来的历次户籍迁移资料。资料中显示，在2003年，王亚丽用了不到两个月的时间将年龄改小了六岁，而这恰恰是她能当选团市委副书记的先决条件。

容易甄别不代表甄别，问题摆得再清楚也可以视而不见。王翠棉的举报持续了一年零五个月，去公安局报案，石家庄市公安局给出四点意见：

1. 王亚丽是名干部，她档案造假应归组织部门管。

2. 真假女儿身份是民事纠纷，应去法院打民事官司。

3. 王破盘有无股份这是工商局的事。

4. 新华公安局违规查抄的金宝公司物品应归还现在的金宝法人。

"几乎没什么需要公安来管的，"王翠棉称，"尽管种种证据显示王亚丽涉嫌伪造公章，诈骗，涉嫌违法侵占他人数亿资产，但警察就是不立案，查抄的东西返还给金宝法人，却不顾这个法人变更是否合法。"

找组织部，从石家庄市到河北省两级组织部均一直称正在调查，尽管王亚丽在2009年6月被免职，却无相关组织定论；找市工商局，主管档案的副局长齐志刚坚称金宝档案丢了，找不到了，爱去哪告就去哪告，有责任就承担。尽管法院也判了工商局丢失档案违法，但就是丢失，你能怎么着。

《法制日报》的记者先我之前在该市调查此事，什么都调查清楚了，走了趟市委组织部想了解"王亚丽被免职的原因"，当天就被该组织部高层出面给和谐了，稿子至今无法面世。

王翠棉一家从区，到市、到省、到中央，各级纪检、工商和组织部门都投递了举报信却如石沉大海杳无音讯，绝望之际，王翠棉的二姐曾打算弄一包炸药炸掉金华大楼，"绝不能便宜那个贪婪的女人"。

为啥迟迟不能水落石出，在石家庄的采访可见一斑。记者曾搭乘王翠棉丈夫的车子（因该镇偏远打车着实不便）到王亚丽更改年龄的发生地获鹿镇派出所调查其更改年龄的细节。第一次到门口，向门卫亮出记者证，说采访王亚丽改年龄之事，门卫与所长直接通报数句后称，纪委已经调查多次，不便接受采访。记者随后赶到该县公安局，政治处主任则十分热情说，我们公安的责任一定要理清，是我们的错我们就承担责任，不是我们的错我们要说清楚。于是给我开了介绍信，我再次回到该派出所，所里一位王姓指导员接受采访，明确"王亚丽个人涂改年龄造假"后，记者离开该派出所。

当天，记者就接到王亚丽的电话。电话中，王称："弟弟啊，你到姐姐的地盘上调查我也不给我说声，多危险啊！派出所的领导已经给我说了，你去调查我咋还坐举报人的车子呢？"

我说我坐他的车子我给车费了，你可以调查，最主要如果我的报道有失客观你可以举报我啊。王回称："现在世道太乱了，你说你在那再被人打一顿，都有可能是王翠棉雇人打的，然后栽赃我啊。弟弟啊，你太单纯，你不知道他们有多坏，为达目的什么事都能做得来。"

王亚丽对记者关于验DNA、法人变更、亲生父母等问题都一一回避，只坚称自己就是王破盘的女儿，"现在老人都不在了，我不想争任何东西，老人在公司一点股份都没有。"

而对于王翠棉举报称金宝现在股东薛立新是其丈夫、周东风则是其姐夫是否属实，王亚丽称，"在合适的时候，我会花钱请你到石家庄来调查报道此事，现在还不是时候"。

这些仅仅能反映王亚丽的点滴性格，而石家庄一位区公安局长则道出王亚丽另一个才华，她深深把握一些官员只唯上不唯实的为官之道，她想搞定一个官员必然要假托更高级别的一个官，来镇住这个官，就是狐假虎威。

石家庄市公安局某区分局局长王家庆（化名）曾与王亚丽有过几次接触，王亚丽曾对其说时任市委书记的吴显国已经对自己的案子有了定性，自己是冤枉的，希望不要为帮王翠棉而干涉公检法办案。

"他就抓住了现在许多官员只唯上不唯实的心理，假托一些高官的身份，来让下属官员听从她的安排，这就是狐假虎威啊。但很多官员又敬重她市政协常委、团市委副书记的官员身份，这样的人怎么可能撒谎呢，怎么可能骗自己呢？但实际上她就敢骗。"王家庆总结王亚丽的"手段"。

王家庆称，在王翠棉坚持查询金宝公司档案下落期间，王亚丽曾给企业注册分局局长白建军电话，说她有个朋友是中组部部长的秘书，来石家庄，想请她吃个饭，请他作陪，遭到白建军拒绝。"如果白建军去的话，可能真的有一位秘书和他吃饭，但这个人究竟是不是部长的秘书，作为我们这级官员也不好考证啊，但必然影响王亚丽在你心目中的印象。"

尽管邀陪部长秘书吃饭的事没有得到白建军本人的求证，但一位遭"107"专案组传讯的人士证称，齐志刚对办案人员曾供称，王破盘去世后，王亚丽曾到齐办公室称，市委书记吴显国比较关注金宝案件，需要查看金宝档案，你和我去市委送一趟档案，到了市委楼下，王亚丽说，你在楼下等我，书记让我带着档案先进去。下楼后，王亚丽手中已无档案，王称吴书记让我们先回去等电话，他现在很忙，要先看档案。

"吴显国有没有关注金宝，有没有要查看金宝档案，王亚丽有没有将档案给吴，有没有留下档案，后来档案究竟哪里去了，这些只有王亚丽本人能说得清，但至少蒙住了齐志刚。"王家庆称。

"王亚丽经过多年的经营，已形成一个利益相关的网络，如今牵一发可动全身，不好查啊。"石家庄当地一位官员称，"类似三鹿的三聚氰胺，我们可以倒查，追查造假的层层环节，让造假者无处遁形。"

沧州多名农民被指敲诈政府后获刑

2010 年度深度调查报道·优秀奖
刊发日期: 2010 年 2 月 25 日
作　　者: 钱昊平

被指敲诈之前，这些涉案人都因个体遭遇的事情，到各部门投诉。他们的家人称有关部门设套后抓人。相关政府部门称，这些涉案人长期在外反映问题，行为过激。

去年 11 月，沧州南皮县的两起"敲诈政府"案在河北省高检关注后撤销。

农历腊月二十，看着手提年货的行人从家门口过往，七十岁的陈树江叹了一口气："她今年还是不能回来过年。"

陈树江是河北省沧县张官屯乡银子旺村村民，他叹息的是女儿陈同梅。

2008 年 5 月 15 日，陈同梅被一群人从家中带走，此后未归，一年后被判刑五年，罪名是"敲诈勒索"。

沧县隶属河北沧州市，记者调查发现，2008 年到 2009 年，在沧州下辖县区接连发生了几起农民涉嫌"敲诈"案。

继陈同梅之后，2008 年 5 月 29 日，沧县旧州镇东关村人王金荣被抓，后被判刑五年。

两个月后，沧州下辖的孟村县一对夫妇被抓，后被判刑两年。

记者调查发现，这些案件都发生在重大活动、节日之前。他们被指控的敲诈对象，是当地法院或政府。

这些涉案人的共同点是，他们被抓前都因个体的事情四处投诉，多次进京。他们还有一个共同点是，都坚持认为自己无罪。

家中被抓与报案存疑

为什么过了半年才报案？沧县法院旧州法庭庭长魏贺欣称，后来领导认为有敲诈嫌疑。

今年四十三岁的陈同梅是从家中被带走的。

据陈同梅的弟弟陈同德讲，2005 年 5 月 15 日，有几个人到家里，把姐姐往外拖。他认出来人有乡政府的，也有公安局的，其中一人是沧县公安局刑警五中队的李建军。

对方说带陈同梅"谈一谈，把事情解决了"，下午就把人送回。

但陈同梅此后再没回家。几天后，陈家收到沧县公安局的刑事拘留通知，称陈同梅涉嫌"敲诈勒索"。

2008 年 5 月 23 日被沧县检察院批准逮捕。

今年 2 月 3 日，陈同德说，姐姐此前一直因离婚官司而四处投诉。

陈同梅 2000 年与丈夫离婚。陈同梅认为法院对财产分割等判决不公，并且执行不力，从 2006 年起四处投诉。

从当地提供的材料看，她多次到北京，当地派人将她接回不下十次。

原张官屯乡人大主席胡锡祯（现沧县教育局副局长）说，陈同梅老是想不通，"我们也没有办法"。他称乡里也做过陈同梅的工作，愿意以政府帮助的形式，给她解决部分生活困难，希望她不再四处投诉。

胡称，陈同梅说，这些年投诉花的钱要求法院赔偿，少说也得二十万。

2008 年 5 月 5 日，沧县法院旧州法庭庭长魏贺欣到沧县公安局报案，称被陈同梅敲诈。魏贺欣此前因陈同梅的案子，常与她打交道。

案卷记载，魏贺欣报案时说："2007 年 12 月份一天的上午……我问陈同梅来法庭有什么事，她说到旧州镇职教中心看望孩子陈强，顺路过来，问她反映的那些问题怎么办。并提出，要解决事情，得赔偿她二十万元……"

"之后，她再也没去过旧州法庭。"今年 2 月 5 日，魏贺欣在电话里说，次日他就将陈同梅的说法向法院领导汇报了。

此细节后来被陈同德质疑，如认为被敲诈，为什么当时不报案，而是半年多后报案？

魏贺欣解释称："后来领导认为有敲诈嫌疑，就报案了。"

2 月 5 日，记者向沧县法院求证，其宣传处主任朱树纯称将向有关领导反映后给答复，后无下文。

魏贺欣称之前与公安机关提过这事但没正式报案，后来的报案，还是公安局打电话让他去的。

对此，承办此案件的警察之一李建军拒绝接受采访。

要公道还是要钱

乡干部称，陈同梅不接受十万以下要二十万，而村干部称陈只要公道不要钱。

对陈同梅一事的处理，由沧县政法委副书记曹庆山领导。

"这个案子我们也很头疼。"2月4日，曹庆山在电话里说："陈同梅到2008年就越来越不像话了，闹得法院没法办公。"

曹庆山的感觉是，陈同梅到后来有点偏执，谁都劝不动。不过，他强调说不是因她四处投诉就要控制她，而是她的行为已涉嫌敲诈勒索。

曹庆山称，沧县办理此案很慎重，是"公检法三家一起商量"的。

陈同梅的律师刘秀珍认为，陈同梅即使说过要法院赔偿二十万元的话，也只是提出了一项赔偿请求。而公、检、法本应各司其职，几家联合办案难保司法程序正义。

公安机关"询问笔录"中，有三名当时的乡干部提到了陈"要二十万"的事。

其中，张官屯乡原党委副书记、现人大主席徐泽松在证言中说，陈同梅说这几年反映问题花了不少钱，以后儿子上学娶妻都要钱，法院得赔。徐泽松说，如陈同梅不再上访，可以请示后由政府给一定救助，十万以下可考虑，陈同梅说"十万八万不行，具体的数目法院知道"。

不过，有三人持有相反证言。其中，银子旺村委委员陈同茂在证词中说："2008年4月下旬，徐泽松、胡锡祯、司法所长林绍刚来我家，委托我做陈同梅的工作，说政府愿意出部分钱，只要不超过十万，让她别上访了。"而他到陈同梅家得到的答复是："我不要钱，只要求法院把以前的案子审理清楚，该执行的执行上来。"

另两名村干部的证词是："陈同梅说不要钱，只要个公道。"

"认错可争取缓刑"

陈家人称，当地政府部门两次找到他们，"还问要多少钱"。陈同梅未认罪，后被判刑五年。

2009年7月14日，陈同梅案一审在沧州下辖的泊头法院开庭。但三个证明陈同梅"不要钱只要公道"的证人证言未被采信。

泊头法院后来在判决书中说:"上列证言材料系辩护人庭后提交的,且被告人陈同梅及其辩护人陈同德不同意质证,该证言材料不能作为本案的依据。"

但根据陈同德及证人陈同茂等人讲,开庭当天,法院大门被锁,他们根本无法进入法庭作证。

2月4日,记者联系到一审的审判长泊头法院的季国才,季拒绝接受采访。

陈同德说,姐姐被抓后,胡锡祯、徐泽松曾找他和父亲去过乡政府两次,"他们说必须认罪,让我们做姐姐的工作,如果答应不上访,可以轻判,还问我们想要多少钱。"

2月4日,沧县政法委副书记曹庆山说,确实通过家属给陈同梅做过工作,考虑给她一点救助,同时也希望她能承认错误。如认错,从教育的角度县里可把事情处理得更好,"她的案子是异地审判,我们党委政府不会干涉办案,但可以争取判缓刑。"

而陈同梅坚称自己无罪。2009年7月31日,泊头市法院以敲诈勒索罪判处陈同梅有期徒刑五年。当年10月14日,沧州法院维持原判。

目前,陈同德已向河北省高院提出申诉。

"即使我姐姐真说过二十万的话,但政府说给十万可以考虑,二十万就是敲诈,这是什么道理呀?"陈同梅的弟弟陈同德说,况且"敲诈"一说完全是口供,没有任何实证。

另一案件三次退侦

面对要带走自己去"解决问题"的警车,王金荣与丈夫有点怕,但她还是上了车。

这一时期,沧县还发生了一起农民"敲诈"案。

陈同梅被抓后半个月,与其相识的王金荣被抓。

王金荣家住沧县旧州镇东关村，因认为女儿的医疗纠纷官司中法院判决不公，2007年起多次进京反映情况。

2008年5月29日上午，王金荣女儿的医疗纠纷案再次在沧州中院开庭。庭审结束后，王金荣出门遇上一辆警车，一名穿警服的人让她走一趟，说是解决问题。

王的丈夫陈海明说，当时已听说了陈同梅被抓的事，"我们有点害怕"。不过，王金荣还是上了车。

此后，王金荣没有回家。6月11日，沧县检察院批准对王金荣实施逮捕，罪名是涉嫌敲诈勒索。

此案由沧州下辖的吴桥县检察院起诉，吴桥县法院审理。吴桥检察院先分别于2009年2月20日、3月20日、4月20日三次将案件退回沧县公安局补充侦查，当年6月4日，向法院起诉。

2009年8月5日，王金荣被判刑五年。

今年2月4日，沧县政法委副书记曹庆山说，王金荣、陈同梅进京"串访"，也扰乱了法院的办公秩序。

据介绍，王金荣2006年冬开始纠缠两名办案法官，说法官违纪导致她输官司，损失了三十万，让两人赔偿，其中一名法官因被她纠缠而一度搬家。

记者从沧州政法系统获得的材料显示，2008年1月14日，沧州市政法委要求市辖各县（市、区）政法委对拟交办的非正常进京访案件名单进行甄别，分类上报，该名单中有"陈同梅"的名字。

当年2月22日，河北省处理信访问题"联席办"又发文要求各市对2008年1月非正常进京上访人员逐案研究处理，陈同梅、王金荣名列其中。

此后，便是陈同梅、王金荣多次"被做工作"，工作没做通后，2008年5月，陈同梅、王金荣先后被控制。

"不要理解成是为了息访才对他们进行控制。"沧县政法委副书记曹庆山一再强调，"是他们的行为，构成了敲诈勒索。"

丧子夫妇与公安恩怨

在农民李宝凤的材料上，孟村县政法委书记批示：必要时采取果断强制措施，或再次上报劳教的请示。

2008 年 7 月，也就是陈同梅被带走两个月后，与沧县同属沧州市的孟村县，出现了一起"敲诈勒索政府"案。

涉案者是一对夫妇，五十八岁的周其龙与五十九岁的李宝凤，他们是孟村县新县镇罗町村农民。

这对夫妇曾有个聋哑儿子周海军，2001 年 1 月与两同村人外出后未归。

今年 2 月 2 日，周其龙的哥哥周其祥回忆，弟弟家有个聋哑儿子叫周海军，2001 年 1 月与同村人外出后未归，后来在邻县南皮县一柴火垛下被找到，当时奄奄一息，后在医院死亡。

周家报案希望查明儿子死因，但公安机关未组织鉴定。2002 年起，周氏夫妇多次进京反映情况。

孟村县公安局副局长王松涛后来给法院的证言说，当年因开棺检验费的问题未能检验。

周氏夫妇不断投诉，七年后，2008 年 3 月 11 日，孟村公安局与李宝凤联系，商量验尸，一切费用由公安局承担。当年 3 月 28 日，孟村公安局聘请河北省公安厅法医专家开棺验尸。

一个月后，《死亡分析意见书》认为周海军"无骨折"。李宝凤不认同鉴定结果，并于 5 月 15 日给公安部写了一份《重新鉴定申请书》。

沧州政法系统人士提供的一份"特急"文件显示，当年 5 月 6 日，河北省处理信访问题"联席办"发文，不日将赴沧州，对该市当年 1 到 4 月处理非正常进京访情况进行督察。

河北省"联席办"还下发了一份全省深入排查化解涉法涉诉信访积

案交办表，李宝凤的名字在列。

李宝凤写的申请书，很快到了孟村县相关部门手中。当年6月12日，该县政法委书记王太增批示："请高县长阅处，必要时采取果断强制措施，或再次上报劳教的请示。"高县长是指高洪生，时为孟村县副县长高洪生兼任公安局长。

一边给钱，一边抓人

在镇政府，周氏夫妇写下收钱后不再反映情况的保证书后，十几人突然闯入。

二十天后，2008年7月2日，新县镇镇长王德润和公安局长高洪生去周其龙家做工作，告诉二人近期不要进京投诉。

当年7月8日，李宝凤又到了北京。

两天后，新县镇派出四名村干部到了周其龙家。这四人后来接受公安讯问时称，在周家，周提出不进京可以，但必须给三十万元。

不过，周其龙称，是此四人主动提出，可以给十万二十万只要不再进京。周其龙说要去公安部鉴定，他们说鉴定没门，周其龙说那没三十万不行。

7月11日上午，新县镇政府同意给周其龙三十万，让他把李宝凤叫回。当晚，李宝凤回到了孟村新县镇。

二儿子周彦峰回忆，他陪着父母去镇政府，在办公室看到一个塑料袋，被告知里面是钱。此后，他们并未接触这个袋子，不知里面是否真的是钱。

2月1日，周彦峰手持父母照片讲述父母的遭遇。新京报记者　钱昊平　摄

李宝凤被要求抄写了一份保证书，内容是"……现在给予我们现金三十万元已收到，从此以后，保证决不上访。"

周彦峰说，他的父母刚写完保证书，十几人突然闯入，将他父母带走。带走了保证书，也带走了对方称装有钱的袋子。此十几人，他只认出有派出所长。

随后，周其龙夫妇被以涉嫌敲诈勒索逮捕。

案卷显示，报警的是新县镇原镇长王德润："我认为这是敲诈，于是就在7月11日上午去公安局报了案。"

2010月2月4日上午，孟村县公安局一干部说，公安局案件审查委员会慎重考虑之后，才对周李二人实施控制的。

他称，当时依据有两点，一是获知沧县已有类似事件实施了逮捕，二是他们和沧县一样，上网找到外地有过类似判例。

无律师辩护下审判

一审开庭，没有人为周氏夫妇辩护。此前他们的儿子想外出请律师，发现走不出孟村县。

2008年10月7日，周其龙夫妇涉嫌敲诈案在孟村法院开庭审理。周氏夫妇没有辩护律师。

周彦峰说，一审前他曾着手为父母请律师，但他走不出孟村。第一次他刚到汽车站，就被人叫住，随后派出所的人赶到，扣了他的身份证。

回去之后，周彦峰试着溜出去几次，每次不出县城就被截住，这期间他妻子的身份证也被扣。

2月5日，孟村公安局相关人士说，当时是地方维稳采取的措施，不是阻止他请律师。

"开庭时，只有法院和检察院，下面坐着公安局的。"李宝凤曾对二审律师谈到一审情况。

2008 年 10 月 9 日，孟村法院一审判决认为，"政府给两被告人三十万元，目的是为促使李宝凤从北京返回，"而"两被告人明知其进京会给政府造成很大压力，故意以到北京相要挟，向政府勒索且数额巨大，行为构成敲诈勒索罪。"

周其龙夫妇被以敲诈勒索未遂判处有期徒刑两年。上诉后，二审开庭前，周彦峰去石家庄为父母请了代理律师。2008 年 12 月 11 日，沧州中院做出终审裁定，维持原判。

周彦峰认为，政府部门采取了威胁、引诱、欺骗等方法陷害了他的父母，"给钱是个圈套"，他接受采访时说："说我爸妈敲诈，请问全国人民，有人敢敲诈政府吗？"

二审结束后，周彦峰到河北省高院进行了申诉，目前还没有回复。

检察院曾担心被说"钩子"

检察院称批捕时很慎重，当时上海"钓鱼案"正热，他们担心政府给钱被说成"钩子"。

去年国庆节前，同属沧州的南皮县，又发生两起农民涉嫌"敲诈"案。

沧州南皮县人袁中良，曾任工商所长，2002 年被法院以贪污罪判刑三年半。此案件沧州中院三次发回重审，南皮法院均判有罪，目前第四次上诉已开庭。

2005 年袁中良出狱后开始不断投诉，向不同部门反映情况。

2009 年 9 月 4 日，袁所

2 月 2 日，南皮县，袁中良（前）刘吉胜现在经常一起见面商讨申请国家赔偿。新京报记者　钱昊平　摄

在的寨子镇，让他 10 月 1 日前后不要进京，答应给他两万元。当月 8 日，给了袁一万元，另一万打了欠条。

10 月 2 日，袁中良因涉嫌敲诈勒索被抓。

为何 9 月 8 日发生的事，10 月 2 日才处理？对此南皮县相关部门没有正面回应。

2 月 3 日，寨子镇政府副书记吕学周说，袁中良比较张扬，拿了钱后到处跟别人说。"9 月 8 日之后，我的办公室就没断过人，天天有上访人员要钱。"

2009 年 9 月 30 日，南皮县王寺镇的刘吉胜、刘吉利两兄弟涉嫌敲诈被抓。

南皮县检察院相关人士说，正是因袁中良拿了钱后怂恿，刘吉胜也以进京反映诉求为要挟向政府要钱。

不过，袁中良、刘吉胜称两人此前并不认识。

刘氏两兄弟 2004 年开始举报原镇党委书记有经济问题等。去年 9 月 25 日，刘吉胜进京被接回后，27 日再次进京。刘吉利说，王寺镇政府派人与他谈判，给 3.5 万元不要再外出投诉。刘吉利收了钱打了收条。

去年 9 月 29 日，王寺镇政府到南皮县公安局报了案。次日，刘氏两兄弟被抓。

当地电视台后来报道称，"公安局成立了以县长助理、公安局长为组长，刑侦大队为骨干的专案组。"

南皮县检察院一负责人说，检察院批捕时很慎重，当时上海的"钓鱼案"正被热炒，他们担心政府给钱被说成"钩子"。不过检委会讨论认为符合敲诈勒索的构成要件。

省检关注下撤销两案

南皮检察院人士称：我们服从上级决定，但检委会每个人对此都持保留意见。

不过,袁中良、刘吉胜兄弟最终没有被起诉、判刑,2009年11月26日,南皮县检察院撤销了对三人的逮捕决定,原因是"采取强制措施不当。"

南皮县检察院一负责人解释称,这是河北省检察院关注后的结果。

他说,三人被捕后,南皮县检察院将案件作为日常的工作信息上报河北省检察院,省检察院一领导认为,此三人虽然构成犯罪,但社会危害不大,应以教育为主,不能与群众对立。

"我们服从上级决定,但检委会每个人对此都持保留意见,认为应该判他们。"该负责人说。

检察院撤销逮捕决定后,南皮公安局撤销了刑事案件,转为治安案件,"具体怎么处理还在研究。"今年2月3日,南皮县公安局副局长张辉说。

走出看守所之后,刘吉胜向南皮检察院申请国家赔偿被驳回,他目前正打算进一步申诉。袁中良也正准备申请国家赔偿。

江苏邳州征地血案调查

2010年度深度调查报道·优秀奖
刊发日期:2010年1月18日、2010年2月1日
作　　者:涂重航

1月7日,江苏邳州市河湾村,两百多名男子手持棍棒、砍刀,欲强行征用该村耕地,与前来护地的百余村民发生冲突,村民一死一伤。当地警方称,涉嫌行凶的三十人被控制,其中包括河湾村支部书记孙孝军。

事件发生后，邳州市政府称，不法分子受企业委托，勘探村民耕地，发生冲突。

对此说法，村民无法认同。他们透露，运河镇镇政府用"以租代征"等方式，导致河湾村三千多亩耕地中二千五百多亩被占用。自2007年以来，该村因强占耕地、拖欠补偿租金等，冲突时有发生。而国土资源部三令五申，要求各地整治"以租代征"等违法违规做法。

1月13日下午，江苏邳州市东高速收费站办公室门前水泥地上，被风干的血迹，留下五六米长印痕。

在血迹不远处，立着宣传牌，牌上写着：在邳州，有一种氛围：每天都有新追求，每天都有新激情，每天都有新作为；在邳州，有一种追求：一时不为民一日不宁，一日不为民三天不安；在邳州，有一种精神：两天并作一天干，夜里当成白天干，雨天当成晴天干。

然而就在这个牌子下面，1月7日一村民因护地被殴，送医院后抢救无效死亡。

两百多人持刀棍打人致死

河湾村村民介绍，1月7日上午，邻村张村人陈爱中、炮车镇人路祥超带领两百多名男子，乘三十多辆轿车，护着大型挖掘机、勘探车，试图强行进入河湾村二三组的农田区。此时，不甘耕地被占的河湾村一百多名村民，阻拦机械进入耕地施工，老人、妇女坐在挖掘机前。

僵持一上午后，陈爱中等人到河湾村旁的"野猪林"、"醉好酒家"吃饭。

下午两点左右，他们再次返回。

一名目击村民说，那些人赶到田间小路上后，从轿车后备厢里拿出半米多长的砍刀、匕首和"喇叭棍"，一人一把，开始拖拉村民。

挡在前面的一名老村民说，一些年轻人朝他嚷："打死你们这些老的，不值得。要打,我们只打年轻的。"

下午四点四十分,冲突发生。

村民看到,一部分来的人在高速路边追打河湾村村民李冬冬。十分钟后,两百多人乘车离开,李冬冬躺在高速路收费站门前,全身是血。随后虽送医院抢救,但终被宣告不治。

家人提供的遗体照片显示,李冬冬右胸、右腹、右背,均有一处刀伤。

村民薛银礼说,二十一岁村民李卫南,当天为了保护被围的母亲,被捅三刀,左右肺叶刺穿。送医院经过抢救,四天后才脱离危险。

1月13日,李冬冬的母亲赵霞告诉记者,当天下午,儿子本已回家。四时许,听说来的人要"打仗",他又返回现场。

李冬冬父亲说,儿子原定农历腊月十八结婚,事发前一天刚拍完婚纱照,片子没洗出来,人却死了。在李冬冬的新房里,红色大床上放着新的绸缎被面。

警方称村支书是带头者

李冬冬死后,尸体停放在中铁二局二处医院太平间内。7日晚,李冬冬的十多名亲戚守护尸体。

8日凌晨,亲属说,邳州市公安局来人要拉走尸体,遭他们反对。凌晨六点左右,警察赶到太平间,抢走尸体。

时至上午,得知尸体被抢的河湾村村民,聚集到邳州市政府前讨要尸体,未果。次日,上千村民在事发高速收费站前聚集,后被政府部门劝回。

1月13日,邳州市宣传部新闻科长丁庆飞证实,确实动用了防暴警察抢尸体,但那是为了破案需要,为了更好地保护尸体。

当天,邳州市公安局通报"1·7"事件称,在邳州海天石化有限公司南侧,发生一起多人参与的斗殴事件。

警方说,邳州市海天石化公司因筹划二期项目设计,需要地质勘探资料。张村孙孝军、陈爱中等人受公司委托，于当晚五点左右，在公司南侧河湾村区域内进行勘探，与河湾村部分村民发生争执，引发斗殴，致村民李冬冬、李卫南受伤。李冬冬因伤势过重，经抢救无效死亡；李卫南经抢救脱险。

截至 1 月 14 日，警方已控制涉案人员三十人，其中有主要犯罪嫌疑人八人。

邳州市宣传部丁庆飞称，海天石化要进行 2 期扩建，企业组织的勘探与村民发生纠纷，导致流血事件，勘测方也有一人受伤。

内部人士透露，河湾村书记孙孝军，既是河湾村村支书，也是张村村支书。另外，带头"勘察"的炮车镇人路祥超投案，张村人陈爱中至今外逃。

警方称，孙孝军、陈爱中、路祥超被指组织策划了"勘察"，1 月 13 日晚，邳州警方以"涉嫌聚众斗殴"，刑拘了孙孝军。

河湾村多名村民证实，事发当天，陈爱中和路祥超辱骂村民，"捅死一人，赔三十万，大不了再坐两年牢"。

国土局解答称事发耕地保存完好

那么双方的矛盾到底因何而起？

曾在运河镇政府工作的内部人士告诉记者，海天石化跟镇政府签订协议后，一次性缴付镇政府款项，镇政府出面征地。

要求匿名的村民介绍，去年 6 月后，运河镇政府工作人员及各个村支书、村主任，"分块承包"河湾村村民，不断动员村民答应"以租代征"。到去年 12 月，两成村民与村委会签订了"用地补偿协议"。

村民提供的协议书显示，河湾村委会作为用地方，征用村民土地，运河镇政府出资，按年支付村民的补偿款，镇政府将土地一次性卖给企业。协议书中，去年的补偿款为每亩每年一千元。

对此，海天石化工作人员说，公司领导正参加邳州市"两会"，征地冲突需要找邳州市政府。当日，运河镇政府以同样理由拒绝接受采访。

而邳州市国土资源局工作人员冷冰受市委宣传部委托，代表该局解答说，事发土地属农用地，截至目前在该地块上未发生违法违规占地情况。

当问及河湾村两千五百亩耕地是否被占用时，冷冰说，此前未接到举报，对此并不知情。而多位村民称，事发当天，他们分别致电邳州市国土资源局颜姓副局长及朱姓科长，得到回复是：一有动静，再打电话。

对此说法，冷冰坚称，他们是事后听说征地一事，事发前根本不知情。当他们到达事发现场查看时，发现耕地保存完好。

"以租代征"耕地仅剩五百亩

记者调查发现，"1·7"冲突，其实只是当地强行占地、以租代征等引发矛盾的一个缩影。

资料显示，河湾村原有三千多亩耕地。2003年开始，当地政府开始"租用"村民耕地，然后租给企业修建厂房。村民反映，就这样，两千五百多亩地被征用。

1月15日，记者在河湾村运丰路、勤丰路发现，道路两边全部建成厂房，分别有盛昌木业、勤丰纺织、宏达制衣、鑫源纺织、运丰恒温库、长江木业等数十家企业。其中，只有少数几家开业，其他厂房均大门紧锁，围墙内长满荒草，有些厂房玻璃未安，里面空空如也。

"我们经常进去放牛。"河湾村一村民说，在他们的耕地上建的厂房超过八成都已倒闭，有些厂房换过几次厂名，但未见过开工生产。

徐州市国土资源局证实，他们也发现闲置土地问题，并于去年7月发文，要求加快试点盘活闲置土地步伐，运河镇被选为试点，加速"腾笼换鸟"步伐。

徐州市国土局介绍，"腾笼换鸟"具体步骤是：运河镇政府出资四千万元，关停并转效益低下、濒临倒闭的企业，同时出资收购闲置土地。然后，再投入约四千万元，在收回的土地上建设标准化厂房十万平方米。最后，镇政府"招、拍、挂"公开出让、出租或出售这些厂房。

与此同时，邳州市还要求，各乡镇发展工业园区，每个乡镇均建有工业园区招商引资，河湾村并入运河镇工业园。

2006年，邳州市建立新区——邳州市经济技术开发区，河湾村位于新区东南部。镇政府收走河湾村耕地，转手卖给或租给企业。

除此之外，在河湾村原有耕地上，运河镇修建了占地一百多亩的政府新大楼，和占地上百亩的"河湾张村公寓"小区。

项目不仅被指超标用地，而且涉嫌先斩后奏。

记者在徐州市国土局了解到，邳州市运河镇机关办公楼迁建项目2008年9月通过用地预审意见，同意占用河湾村2.6公顷土地（约三十六亩），而非一百多亩。

河湾村民反映，镇政府大楼2007年底开工，目前已建成六十亩。另外，记者在徐州市国土局了解到，该项目当时并未获得江苏省国土资源厅建设用地审批。

经过几次"腾挪"，几年后的河湾村，如今仅剩耕地五百多亩。

当然，以租代征过程并非一帆风顺，其间，村民的抵制始终未停。

1月15日，邳州赵墩镇澎湖村一处建筑工地上遮盖着黑色伪装网，目的是躲避国土部遥感卫星的检查。

河湾村多名村民说，去年八月，河湾村五位村民因耕地被村里出售到北京反映。村民介绍，村里拿去他们的耕地后，以每亩十七万元卖给开发商，而补偿给村民的每亩只有三万元。

拖欠租金也曾引发冲突。村民介绍，2007年和2008年，村民因租金拖欠两次推倒企业院墙，砸毁警车。

村民王兆英介绍，2007年，河湾村委会征用她家耕地时，她跪在地里磕头，被几名村干部架起抬走，挖掘机铲平地里庄稼。

"我们不能光看到那一千元的租金，耕地是我们的保命田。"今年1月13日，七十二岁的王兆英告诉记者，她有一个三十多岁的儿子，哑巴，患精神病，她和丈夫薛银礼指望地里收粮养儿，耕地被征后，就剩一千元补偿，"心里慌"。

"八爪小虫"夺命调查

2010年度深度调查报道·优秀奖
刊发日期：2010年9月8日、9月9日、9月26日
作　　者：黄玉浩　孙旭阳

今年夏天，河南商城县，有多人被一种叫做蜱的小虫子咬伤，不治身亡，引起村民恐慌。据了解，当地去年已出现死亡病例，但今年尤其多，成为蜱虫"重灾区"。

目前，国内还未分离出病原体，也不清楚它的传播途径，只是参考国际研究得知，蜱虫携带的病毒，能侵染人体细胞，致使人体血小板、白细胞锐减，并具传染性。

记者调查发现，商城县基层医院从去年至今均存在误诊。村民反映，有些医院医护人员并未按传染病防治法处理该病。

调查中，信阳市、商城县的卫生部门都表示，无法提供具体疑似病例的数目及疫情状况。当地村民认为只有信息公开，才能止息恐慌。

吴德政蜷缩在床上，这名七十三岁的老中医不断抽搐。他伸出手，像是要抓住什么，断断续续地喊："娘呀，我疼呀……"

他通体高烧，咳着血、上吐下泻，体内血小板和白细胞不断减少。在呻吟了三四天后，多个器官功能相继衰竭。

6月11日，吴德政死了，留下一段儿子为其拍摄的挣扎呼叫的视频，和一大堆医学书。临死前，吴德政被确诊为"发热兼血小板减少综合征"，由蜱虫叮咬所致。

毒虫，在河南商城县出现。

伏山乡南冲村村主任杨富告诉记者，商城县是蜱虫重灾区，全县被咬的应有好几百人，已有多例死亡。

对于具体死亡人数，商城县疾控中心主任余芳表示，这属于疫情发布，县疾控中心无权公布，她拒绝透露死亡人数。

致命的"感冒"

村民被蜱虫叮咬，起先高烧不退，随后血小板、白细胞锐减，最终多器官功能衰竭而亡。

看着父亲吴德政临终前的视频，吴玉涛泪流满面，他承包了商城县余集镇卫生院的一个门诊，他后悔，若早些将父亲送去信阳医治，或许还有救。

吴德政，从医五十多年，退休后，跟老伴在山区村子里带孙子。6月1日，他发烧到38度，去儿子吴玉涛的诊所看病。吴玉涛以为只是普通感冒，给父亲打了两天吊针。其间，他还在输液中加了点激素，以促进药效。事后才知道，这加速了病原体在体内的繁衍。

6月3日，吴德政已无法站立。

次日，家人将他抬到商城县人民医院，抽血检查，发现其血小板检测值已由正常的100~300个下降至25个，白细胞值由正常的4000~10000个降至1400个。

"医生说，这是被蜱虫咬了，是无形体病，很多人来治，住几天院就好了。"吴玉涛说，县医院继续给父亲挂吊针，高烧依然不退，上吐下泻更加严重。

6月7日，吴德政转院到信阳154医院。

四天后，吴德政不治身亡。

吴玉涛被告知，要是父亲早点住院，一开始就打强力霉素和多西环素的话，"救回一条命没问题"。无形体病会导致病人血小板和白细胞锐减，免疫系统趋于崩溃，最后多器官功能衰竭而死。

蜱虫也在商城县鲇鱼山乡出现。

该乡平塘村村民鲍祥义，喜欢赤膊上山干活，被蜱虫叮咬。从5月13日鲍祥义肋部出现红包到最后死亡，只有九天时间。

5月22日，鲍祥义多个器官开始衰竭，血小板锐减使血液难以凝结，他手腕部被吊针刺破的血管，一直淌着血，必须有个人专门按压。

一天之内，他仅输氧就花了两千多元。当天，鲍祥义转院到信阳，还没被抬上手术台，就停止了呼吸。

7月3日凌晨，龚正成也告别人世。他是庙岗村村民，脚上被蜱虫叮咬。临死前一天，他牙关紧闭，水米难进。和鲍祥义一样，他腕部的"血直飙"。

到7月底，"毒虫咬死人"的事，已传遍商城县的十里八乡。

蜱：八爪毒虫

平时比芝麻大一点，吸血后比黄豆大，有八个爪，钻到人肉里，抠不出来。

商城县伏山乡，位于大别山区。当地卫生院院长张晶介绍，商城是蜱虫重灾区，而伏山乡又是商城的重灾区。

伏山乡南冲村李贤芳，也被蜱虫叮咬，但她不知道发生在何时何地。6月1日，她开始发烧、呕吐，吃不下饭，五脏六腑就像刀子在割。她去县人民医院，没医治好，又到信阳154医院，治疗半个月，血小板恢复正常。

李贤芳庆幸，自己发现得早。她说，以前没听说过这种虫子，今年商城县被咬的很多，传言四起，有的说这种虫子很小，肉眼都看不见，在草里，有植物的地方就有，听说很多人都死了，现在都没人敢上山采茶下稻地干活。

雷呈琼见过这种虫子。她也是南冲村村民。她丈夫杨富是该村主任，同时也是一名村医。

今年7月31日，雷呈琼到院里摘菜，随后回家，卷起裤腿看电视。杨富看到她腿上叮着一只黑色虫子，只有芝麻粒大，用手抠，没抠掉，后用医疗镊子将其夹掉。当天，雷呈琼没事，四天后发烧，后在信阳治疗痊愈。

8月24日下午，记者在下马河村火庙组，村头几个妇女主动要求去草丛里捉蜱虫给记者看，被制止。她们又在狗的身上扒，还是没找到。"这东西平时比芝麻大一点，吸了血胀大几十倍，比黄豆还大，有八个爪，钻到人肉里，抠都抠不出来。"

十二岁的罗政还挽起衣服，给记者看他腰部被蜱虫咬伤的红肿痕迹。他母亲的腿上，有多处白色的点状伤疤，"都是蜱虫咬的，不过没发病。"

村民们一旦发现蜱虫吸附在皮肤上，一般就是抠，还有人用烟头烧，据说蜱虫被烧后，会把八个爪从肉里拔出来。

百度发现，蜱虫在受到外界刺激后，会通过爪分泌更多毒素。上述办法，都难以保证第一时间取出蜱爪。

商城县卫生局的宣传资料则建议人们找镊子夹出来。

杨富说，商城蜱虫咬人，在 2007 年前后就有发生，但人数不多，咬后也没事，也就出现皮肤瘙痒，涂点清凉油就没事。从 2009 年开始，被咬人数增多，出现多名死亡个例。今年尤其多，若救治不及时，便可能会有危险。

蜱"毒"传播谜团

蜱虫致命病原体仍未分离出，但已发现其具传染性，病患表示基层医院没按传染病法防护。

今年夏天，商城县蜱虫暴发后，杨富从县卫生局领到相关宣传材料。材料介绍，蜱虫通常栖息于草丛与植物叶间，但材料并未提及，蜱虫携带的是什么病毒，又是如何传播。

杨富听说，蜱虫最初是动物身上携带的，他很想知道，为什么今年会在人际传播？是否虫子有了变异？

对于杨富的这些疑惑，商城县卫生局纪委书记吴泽欣说，他也搞不清楚。目前只知道，蜱虫会传播一种"吞噬细胞无形体"，它会使血小板、白细胞减少。所以业界将这病称为"无形体病"。

但迄今为止，只有美国和欧洲一个国家从蜱虫咬伤患者体内分离出病原体。所以在河南各级医院和疾控部门都将该病称为"疑似无形体病"。

据商城县疾控中心主任余芳介绍，2008 年，信阳五个县区曾出现疑似无形体病症，县疾控中心专门成立了一个小组，以加强对该病的监测和上报。

2009 年 5 月，河南省成功申请到"河南省无形体病病原学、流行病学研究及其预防控制"项目，中澳专家联合攻关。

但是病原体一直没有分离出来。余芳说，上级专家出于严谨，目前已将此类病更名为"发热兼血小板减少综合征"。

吴泽欣认为，该病的可怕之处在于，除了感染人群能诊治外，疾病的病原体以及传播途径，至今还是个谜。

吴玉涛有个结一直未解开。他未在父亲身上找到蜱虫叮咬的痕迹，也不知道父亲何时被虫咬，"我曾问他，他说想不起来了。"

黄志菊也不知道自己是怎么发病的。她说，在发病前，她一直在照顾婆婆季德芳。

去年10月初，商城县鲇鱼山乡下马河村，六十八岁的季德芳患疑似无形体病死亡。在她出殡时，曾照顾过她的儿媳黄志菊因身体不适住了院。对症治疗后，黄志菊康复。

在季德芳去世的二十天后，她的远房亲戚、同村四十九岁的妇联主任罗林英也因无形体病死亡。她死的第二天，曾照料她的二嫂突发高烧住院，按无形体病治后康复。

两家患者的家属均对记者说，她们在商城县人民医院陪护病患时，医生并未叮嘱过，那种病具有传染性。

记者了解到，卫生部于2008年2月19日，曾向各级卫生部门下发《人粒细胞无形体病预防控制技术指南（试行）》（下简称"《指南》"）。

其中指出，蜱虫咬的无形体病属于传染病，人对此病普遍易感，与危重患者有密切接触、直接接触病人血液等体液的医务人员或其陪护者，如不注意防护，也有感染的可能。

商城县人民医院副院长王德强表示，知道该《指南》，但对于上述两家患者家属的说法予以否认。他说，医院对于蜱虫患者都是按照传染病要求防护的。

虫毒误诊为"精神病"

去年商城已出现因蜱虫而死亡的病例，但许多村医仍不认识此病，诊断为感冒、脑炎等。

谈起蜱虫，王德强并不像村民杨富等人那么紧张。他说，这种病的临床死亡率大约在 2%—8% 之间，死亡病例多发生于老年人。

资料显示，1918 年—1919 年的美国大流感，死亡率最高时达到 5%。

据王介绍，从去年起，商城县感染无形体病的患者中，死亡病例增多，这也让卫生部门加强了培训力度。"关键是不要误诊。一旦误诊，出现并发症就很难救回来。"

而在记者调查中，误诊并不在少数。

商城县探访的七起疑似病例死亡者，横跨去年夏天至今夏，初发病时首先找的都是村医，且都被诊断为感冒。

其中，曾泽平被错误诊断的病种最多。在治疗中，她却先后被诊断为感冒、精神病和脑膜炎等。

曾泽平住在商城县鲇鱼山水库边，去年夏天，她去拎猪食，忽然觉得很困。虽然在村医处被当做感冒，进行输液。几天后，因高烧，她开始胡言乱语，自称看到神鬼。家中请来"大仙"驱邪。但曾泽平每夜会疼醒一二十次。

随后，曾泽平被丈夫岳昌余送往商城县人民医院。

"急诊科的医生说我老婆有精神病，我就把她送到了县精神病院。"岳昌余说，在精神病院里，她被约束住，喂吃镇定药后，平静了很多。

几天后，曾泽平全身抽搐，大小便不能自理，又转到武汉某医院。治了五天四夜仍无果，曾泽平在剧烈抽搐中，咬烂了自己的舌头，被一辆救护车送回商城。

岳昌余说，"救护车司机也是河南人，他很同情我老婆，说他一辆车就拉过五六个同样的病人，都是被虫子咬的，没治了。"

鲇鱼山乡一名不愿具名的村医说，去年很多村医确实不知道还有一个"疑似无形体病"。

他记得，此前卫生部门曾就疑似无形体病给乡镇和村里的医生宣讲过，"不过也就是随便说说，发些宣传资料，我们都没当回事，谁知道这病这么要命。"

在患病和死亡人数都比较多的鲇鱼山乡下马河村，村医周世瑶的诊所门口，还贴着一张泛黄的《人粒细胞无形体病防控知识问答》。

周世瑶说，这是去年秋冬之际，卫生防疫部门下发的宣传单。当时，连续两名村民的死亡，使下马河村成为疑似无形体病的防疫重点村。

误诊为了牟利

信阳加强相关培训，但误诊仍在发生，有村民质疑基层卫生院为让患者多吊盐水才误诊。

今年 5 月 24 日，国家疾控中心派员到信阳，对商城、罗山、光山等五县八十五个乡镇的负责人进行培训，要求"及时发现、报告和调查"。

7 月 9 日，任务被层层分解，信阳要求其自市级医院到村诊所，必须加强对疑似无形体病的防治培训。

杨富和商城县的所有村医都被召集，进行了培训。杨富说正因为参加了培训，才救了妻子的性命。

培训要求村医，遇到发烧者，一定建议其去乡卫生院验血，血小板和白细胞低于人体正常值，且日渐锐减，确定为疑似无形体病个例，要建议去信阳 154 医院救治。

今年 6 月，中国疾控中心应急办主任丁凡一行赶赴信阳，商讨对该病的应对策略。

据信阳 154 医院感染科主任崔宁介绍，从去年起，该科已经治好了一百多名感染无形体病的患者。"只要初期不被误诊耽搁的话，这病太好治了。"

但是，出于各种原因，延误治疗的病例还是在不断出现。

商城县人民医院一位负责人说，农民想省钱，只好去找村医；而输液是村医赚钱的主要项目，不排除有村医为了赚钱，"先挂几天水再说"。

调查中记者发现，也有村民质疑乡镇卫生院为赚钱，延误病患治疗。

伏山乡枫树村五十五岁妇女雷呈华，便是其中一例。

7月12日，村医余涛为雷呈华治病。两天，烧不见退。余涛联想到蜱虫咬死人的传闻，建议其去乡卫生院去验血。

这是余涛遇到的第一次无形体病疑似病例，"以前也没人来村里宣传过这个"。

在伏山乡卫生院，抽血化验后，医生告诉家属，雷患有急性肠炎，要住院。女儿丁保玉对此表示怀疑，"我母亲半年前曾在商城县人民医院做过肠炎检测，没有任何问题。"

四天后的7月18日，家属将雷转至县医院。雷被诊断为疑似无形体病，后又被送往信阳，在154医院，雷病亡。

"医生说我们来得太晚了。"丁勇席含泪说，他们怀疑伏山乡卫生院将雷留治四天，可能为了赚取医疗费。他们去卫生院讨要验血单，被告之结果正常，且已被县医保部门收走。

伏山乡卫生院院长张晶告诉记者，当时检查时，雷呈华的血小板和白细胞并无明显减少。她并解释说，"这种病人体征每天变化很快，可能是在后期变化了。"

"公布疫情，止息恐慌"

商城县村民因不了解疫情已产生恐慌情绪，信阳市、商城县卫生部门都不公布具体病例。

虽然关于疑似无形体病的培训在村医中展开，但很多村民仍对此病感到陌生，并害怕。

传言开始盛行。在商城县城区，数人告诉记者，蜱虫侵入公园，已经咬死了几个在草丛游玩的市民。

记者走访商城县多个村庄发现，绝大多数村民至今都没有看到官方防治无形体病的宣传。在死者龚正成所在的鲇鱼山乡庙岗村杨桥组，一老者问记者，"什么时候能救救我们？"

他说，只要下地，就肯定会被蜱虫咬住。"我年纪大了，不怕，咬死就咬死了，不种地吃啥？"

有旁观者还建议，国家能否派飞机过来播撒杀虫剂，杀死蜱虫。这马上遭到反驳。"蜱虫都钻在地里，你撒药有啥用？"

目前，无论是信阳，还是商城县的卫生部门，都表示无法提供具体疑似病例的数目及患者名单。

据信阳市卫生局一位内部人士透露，信阳市政府曾经研究过如何宣传该病。"今年四月份，市长专门听取了卫生系统的汇报，最后领导得出结论，在病原体和传播途径尚未弄明白的情况下，大规模宣传容易造成群众恐慌，产生不稳定因素。"

这位人士还称，信阳作为一个地级市，是否有权发布疫情，让有关领导难以把握。

伏山乡主管政法的一位乡领导说，政府之所以没有公开蜱虫疫情，是维稳需要，"怕引起进一步恐慌，更何况病毒此时还未知"。

而调查中，有村民向记者表示，政府若不公布确切疫情，反而容易产生社会恐慌。

记者获得资料显示，仅 2007 年 3 月到 9 月的半年内，河南共报告无形体病例七十九起，死亡十例。其中信阳七十二例，死亡九例。南阳市桐柏县七例，死亡一例。商城县在这半年内，报告了四例。

吴玉涛认为目前数据肯定超过资料上的。他估计，整个余集镇，从去年到现在至少有近百人被蜱虫咬伤。据吴所知，有三人因此病而死亡。

伏山乡卫生院院长张晶拒绝透露，伏山乡蜱虫叮咬的疫情，但她表示，"被咬的人的确很多"。

根据"无形病防治指南"的要求，发现一例疑似无形体病，要在二十四小时内，通过国家疾控中心网报系统，按乙、丙类传染病上报。

张晶还说，目前对于乡卫生院诊断出的疑似病例，并未网络直报。理由是，"目前能检测的只是疑似病例，不知道是否该报。但已将情况向县卫生局汇报了。"

吴玉涛认为政府应该让更多人知道这只虫的真实情况，至少人们知道该如何防治。只有公布疫情，恐慌才不会蔓延。

他告诉记者了这一幕：

今年6月，父亲吴德政出殡的那天，一个十二岁的少年脖子上爬了一只小虫子，他的母亲发现后，尖叫一声。

人群霎时乱作一团，都慌了。

蜱虫"怪病"揭秘

在河南商城县出现蜱虫灾害后，河南卫生厅疾控处副处长刁琳琪讲述了国内研究无形体病的进展。

2006年，安徽出现首例疑似无形体病。在之后的研究中发现，该病可通过蜱虫传播，也可通过血液传播。感染后，一些免疫力低下人群会产生并发症，最后死亡。

卫生部于2008年2月已制定了《无形体病的预防指南》，各地开展医务人员的培训，提高识别能力，规范治疗行为。

中国疾控部门已与美国和澳大利亚两所大学合作，研究该病的病原体，但至今未将其分离出。

9月8日，河南省信阳市卫生局召开了一场新闻通气会，当地疾控专家告诉媒体，正在当地传播的疑似无形体病，目前尚无法从根源上预防。

这是从2007年，当地发现第一起疑似病例后，官方第一次就该病召开新闻发布会。今年夏天，在国家疾控中心的指导下，信阳对市、县、乡三级医疗机构医生，集体进行了防治无形体病的培训。

更多的民众，直到今年夏天，地方出现死亡病例后，才开始对无形体病有所了解。

发现　　四年前安徽首例

国内有六个省市发生过疑似无形体病例，这些地区的特点都是山区或水域丰富的地方。

"严格来说，所有的无形体病患者，都是疑似病例。"河南省卫生厅疾控处副处长刁琳琪说，中国一直没有从无形体病疑似患者和蜱的身上分离出病原体，使该病的治疗缺少明确的诊断依据。

无形体病的全称为"人粒细胞无形体病"，最早于1994年在国外被发现。最初，病原体被认为是查菲埃立克体，后来发现病原体是嗜吞噬细胞无形体。

它会侵染人末梢血中性粒细胞，引发热伴白细胞、血小板减少和多脏器功能损害为主要临床表现。

动物宿主持续感染，是病原体维持自然循环的基本条件。国外报道，嗜吞噬细胞无形体的储存宿主包括白足鼠等野鼠类以及其他动物。在欧洲，红鹿、牛、山羊均可持续感染嗜吞噬细胞无形体。

自1994年美国报告首例人粒细胞无形体病病例以来，近年来美国每年报告的病例约六百至八百人。

2006年，我国在安徽省发现首例人粒细胞无形体病疑似病例。

信阳市卫生局疾病预防控制专家沈大勇介绍，国内有六个省市发生过无形体病例。这些地区的特点都是山区或水域丰富。

该病临床症状与某些病毒性疾病相似，容易发生误诊，严重者可导致死亡。

卫生部自2008年就下发了《人粒细胞无形体病预防控制技术指南（试行）》（简称"指南"），指南中称，国内的储存宿主、媒介种类及其分布尚需做进一步调查。

河南省疾控中心副主任许汴利介绍，为了成功分离无形体病的病原体，中国疾控部门与美国和澳大利亚两所大学合作，由后者提供技术支持。

这项工作由卫生部国际合作司管理，还获得了国家的项目资金。但目前无形体病的病原体还未分离出来。

传播　　可通过血液传播

安徽病例显示，与疑似无形体病患者有密切接触的九人均发病，他们是家属和医护人员。

卫生部专家告诉记者，目前已知的无形体病传播途径有两种方式。

它主要通过蜱叮咬传播。蜱叮咬携带病原体的宿主动物后，再叮咬人时，病原体可随之进入人体引起发病。

但有研究发现，直接接触危重病人或带菌动物的血液等体液，有可能会导致传播，但具体传播机制尚需进一步研究证实。国外曾有屠宰场工人因接触鹿血经伤口感染该病的报道。

该病全年均有发病，发病高峰为5月至10月。不同国家的报道略有差异，多集中在当地蜱活动较为活跃的月份。

据专家介绍，信阳山区传播疑似无形体病的蜱学名叫全沟硬蜱，以吸血为生。这种蜱蛰伏在浅山丘陵的草丛、植物上，爱躲在茶叶背面。

信阳当地盛产"信阳毛尖"绿茶，大多数茶农的腿上，都有被蜱咬后留下的伤疤。在村里每条狗的肚皮上，也经常可以翻检到蜱。

除了无形体病，蜱虫还可以传播森林脑炎、新疆出血热和莱姆病等，这些病症状有部分类似之处，也给蜱传疾病的早期诊断增加了难度。

许汴利说，除了曾发病的信阳和南阳山区外，该省并没有对其他地方的医疗机构进行同样的培训和监测。

据专家介绍，安徽首例疑似病例就显示了该病的传染性。安徽广德县疑似"流行性出血热"患者的死亡，也敲响了蜱传无形体病的警钟。

在发病前，此人曾被蜱虫咬伤右踝关节。他死后两天，在其治疗的安徽省芜湖市戈矶山医院，有九名与其有过密切接触者发病，其中家属五名，医护人员四名。

在河南省疾控中心副主任许汴利看来，蜱是一种很危险的毒虫，但这就如蚊子一样，"你明明知道它会传播疾病，却没办法将它灭绝"。

预防　避蚊剂能防蜱

卫生部 2008 年就已要求，各地开展医务人员的培训，提高识别能力，规范治疗行为。

在 2007 年之前，许汴利还没有听说过无形体病。"这病在教科书上没有记载，人类对它的研究很有限。"

但是通过对"无形体病预防技术指南"研究后，许汴利明白该病也是可防可控的。

据专家介绍，避免蜱叮咬是降低感染风险的主要措施。预防该病的主要策略是指导公众、特别是高危人群减少或避免蜱的暴露。他们可喷涂避蚊胺（DEET）等驱避剂，进行防护。

在蜱栖息地活动时或活动后，应仔细检查身体上有无蜱附着。蜱常附着在人体的头皮、腰部、腋窝、腹股沟及脚踝下方等部位。如发现蜱附着在身体上，应立即用镊子等工具将蜱除去。因蜱体上或皮肤破损处的液体可能含有传染性病原体，不要直接用手将蜱摘除或用手指将蜱捏碎。

蜱可寄生在家畜或宠物的体表。如发现动物体表有蜱寄生时，应减少与动物的接触，避免被蜱叮咬。

卫生部的《无形体病预防技术指南》中要求，各地应开展对医务人员和疾控人员的培训工作，提高医务人员发现、识别人粒细胞无形体病的能力，规范其治疗行为；提高疾控人员的流行病学调查和疫情处置能力，控制疫情的蔓延和流行。

据接受过培训的医生说，出现暴发疫情时，应采取灭杀蜱、鼠和环境清理等措施，降低环境中蜱和鼠的密度。

对病人的血液、分泌物、排泄物及被其污染的环境和物品，应进行消毒处理。一般不需要对病人实施隔离。

治疗　早发现是关键

专家介绍，发烧后要密切注意血小板是否减少，延误治疗会引起并发症。

在 2007 年，河南省疾控中心收到信阳上报的三个疑难病例。三个患者都是不明原因的高烧，伴严重的胃肠疾病。经检测，他们的血小板和白细胞都有明显的减少。

"我们就组织了会诊，接触到了无形体病这个新病。"许汴利说，信阳的三个患者，是河南最早的疑似病例。

解放军 154 医院，是信阳治疗无形体病的定点医院之一。据该院感染科主任崔宁介绍，两三年来，在春天到秋天，不断有农民来院治疗无形体病。到 2009 年，病人开始明显增多。

"从去年到现在，我们治好了一百多个病人。"8 月 27 日下午，崔宁说。

国家疾控中心的培训资料上显示，该病感染人群范围很广。以十七起疑似病例为例，他们中年龄最大的为七十八岁，最小十九岁，四十至六十岁居多；都是农民，九男八女。

据了解，该病很容易出现误诊。若延误治疗，患者可出现机会性感染、败血症、中毒性休克、中毒性心肌炎、急性肾衰、呼吸窘迫综合征、弥漫性血管内凝血及多脏器功能衰竭等，直接影响病情和预后。

崔宁认为若早发现了，就能及早使用抗生素，避免出现并发症。

通常用的抗生素有两种，四环素和强力霉素。

强力霉素或四环素治疗疗程不少于七天。一般用至退热后至少三天，或白细胞及血小板计数回升，各种酶学指标基本正常，症状完全改善。

《无形体病预防技术指南》中说患者应卧床休息，高热量、适量维生素、流食或半流食，多饮水，注意口腔卫生，保持皮肤清洁。

信阳解放军 154 医院的崔宁说，只要医务人员重视，这个病的治愈率还是很高的。

"神医"张悟本身份造假调查

2010 年度深度调查报道 · 优秀奖
刊发日期: 2010 年 5 月 26 日至 5 月 28 日,
2010 年 6 月 7 日
作　　者: 黄玉浩　涂重航　陈宁一　朱柳笛

张悟本被人称为教授、神医，京城最贵中医。他称自己的食疗方法治愈了糖尿病、高血压、心脏病甚至红斑狼疮等疑难杂症。

他的邻居称他是个商人，从北京第三针织厂下岗后尝试过很多工作，后来摇身一变成为"中医专家"。

张悟本自称六岁随父学医，张家是四代中医世家，他自己摸索创造出这套食疗体系，属于自学成才。

张悟本究竟是什么人？记者对此进行了调查。

●1997 年从纺织厂下岗，卖过小商品，后销售保健品
●曾学习看手相治病，被聘开讲座后走上成名之路

从主席台上下来的张悟本一根接一根地抽烟。经过一个小时的演讲，他称"憋坏了"。

昨日，"养生专家"张悟本近来备受争议，其所在的北京悟本堂健康

科技公司召集了一个"媒体恳谈会"。会场上，数十人自称是张悟本诊疗的患者，其中五人现身说法，称得到张悟本诊治后病情根治。其中有严重抑郁症患者、高血压、糖尿病，还有一人称是红斑狼疮患者。张悟本演讲完后，台下听众纷纷上来咨询，有数名患者拉上全家和他合影。

今年四十七岁的张悟本，自己也没想到能这么火。他两千元一个的"咨询号"，据称已排到 2011 年。

"张悟本，就是那个让人生吃茄子，喝绿豆汤的神医。"5 月 22 日，北京角门菜市场的粮食摊点前，八成买主知道张悟本，有几名居民称家里正在按其方子食疗。

一天三斤绿豆熬汤，配上其他的生拌菜等，能治疗高血脂、高血压、糖尿病、肝癌——这是张悟本《把吃出来的病吃回去》书里的理论。

其父张宝杨对此书写的推荐语称，自己五年前得了结肠癌，没开刀没放化疗，"采用悟本的食疗方案与病魔抗争"，如今"身体硬朗能吃能睡"。

而在北京慈云寺一号院，张悟本的老邻居们对此嗤之以鼻。"谁不知道谁啊，我们不信这个。"

张悟本的火

张悟本的"咨询号"，普通号五百元，已排到 2012 年 3 月，特需号两千元，排到了 2011 年 3 月。

5 月 20 日，中国中医科学院东侧，中研健康之家内挂着一个牌匾，上面写着"中研健康之家不是医疗机构，适用于希望通过饮食调理、按摩、导引、刮痧、拔罐等手段改善健康状态的人士。"

三年来，张悟本在此坐诊"咨询"。

当天，河南内乡的屈先生填了一张预约单。他很苦恼，因为就算他愿意出两千元的特需挂号费，他的母亲也只能排在 2011 年 3 月才能见到张悟本。

中研健康之家员工说，他可以办一个高级会员卡，参加张悟本的康复营，每张两万元，不仅可以与张悟本面对面交流，还由他来制订食疗方法。

员工们称呼张悟本为"张教授"。他们介绍，"张教授"的号分为两种，普通号五百元，预约已排到 2012 年 3 月，特需号两千元，已排到 2011 年 3 月。另外，若需挂号，还要办理会员卡，每张两百元。

5 月 22 日，在张悟本另一处坐诊的地方，北京悟本堂健康科技公司，工作人员称，因为人数过多，张悟本的预约已暂停，但患者可报名参加康复营训练，效果比挂号还好。

除了自己的门诊火爆外，张悟本的书《把吃出来的病吃回去》占据当当网、西单图书大厦等图书销售榜单的第一，而且不是一周，是数十周。

这本书的封面介绍，上市四月就突破百万册，另据媒体报道，这本书目前销量已超四百万册。

5 月 26 日，策划出版此书的公司，北京悟本堂健康科技公司常务副总吴威说，已经出现十多种盗版。

5 月 20 日，北京角门菜市场的商贩徐萍说，从今年 3 月份开始，张悟本食疗方子里用到的绿豆、薏米、大黑豆等价格飞涨。她说周围原来一年吃不了两三斤绿豆的人家，现在每天要在她这里买三五斤。

5 月 26 日，以"张悟本"为关键词在百度上搜索，显示共有 23.4 万个条目。

据业内人士分析，张悟本真正火起来的时间是在今年 2 月 1 日。

今年 2 月 1 日至 4 日，张悟本在湖南卫视《百科全说》栏目开讲座。此后，张悟本的知名度达到第一个高峰。3 月 15 日至 18 日二上《百科全说》，4 月 4 日，张悟本三上湖南卫视，他的名字开始红遍全国。

充满问号的履历

"教授"张悟本的履历里，可以核实的是，他上过一个自学函授班，还学习过看手相。

在张悟本的书中，他这样介绍自己的教育经历，1981 年北京医科大学临床医学系，2000 年北京师范大学中医药专业。2004 年获得卫生部高级营养师资质。

另外，在张悟本的书中，他的身份是中华中医药学会健康分会理事，中国中医科学院中医药科技合作中心研究员，首席食疗保健推广专家。

5 月 24 日，北京大学医学部（原北京医科大学）的马老师说，此前曾专门查过张悟本的信息，北京医科大学 1981 年入学学生里，没有找到叫张悟本的人。

对此，北京悟本堂媒体总监肖肖说，张悟本当年高中毕业确实在北京医科大学夜校学习，后来因为打架而退学。

另据了解，北京师范大学继续教育学院称，2000 年，张悟本在该校读函授大专班，这个专业不用脱产，主要是自学，开卷考试。

对于张悟本所说的卫生部高级营养师资质，记者在国家职业资格证书查询网站上没有搜索到张悟本的名字。

据了解，2003 年，卫生部开办过一期营养师资质培训，而后这个培训由劳动部门主持，卫生部不再办理这类资质。另外考取高级公共营养师需要大专学历。

对此，张悟本昨日称，自己不仅当年考取高级营养师，还花费四万元考取工商管理方面的证书，但是这些证书都在搬家时丢失了。

2008 年 12 月，中国老年保健医学研究会手诊手疗专业委员会发布未换证教师名单，其中有张悟本的名字。5 月 25 日，该委员会一内部员工透露，他们是培训机构，全国招收学员，学历不限，年龄不限，交钱就能办证。获得教师资格后可以进行手诊手疗培训。主要是看手相对患者进行诊断，目前尚属争议学科。

张悟本昨日回应说，自己曾在此学习过手诊手疗，但是那个太过于简单，后来就放弃了。

昨日，张悟本再次重申自己六岁习医的经历。他说，自己家是四代中医世家，父亲张宝杨早年给人看病时，他耳濡目染，得到真传。他称父亲张宝杨在上世纪八十年代曾给国家领导人看病。此前，张悟本简历里称父亲是党和国家领导人的保健医生。

5月22日，张悟本的邻居对他"教授"、"中医专家"身份表示惊讶。他们说，此前从未听说张悟本会看病，张悟本的父亲张宝杨在上世纪90年代曾在家开过个人门诊，专门进行按摩、拔罐。后来因为街道不允许居民住房经商，张宝杨才把门诊的牌子摘了。

5月24日清晨，在北京东四环慈云寺桥旁的小树林里，八十八岁的张宝杨在此处锻炼。

他说自己耳背，在反复的交流中，他说自己年幼时学过武术，会打形意拳，并且收了一些徒弟。因为练武，他也学会一些跌打损伤的治疗方法，并且会给人按摩、捏骨。

对于独子张悟本的学医经历，张宝杨说，儿子可能是在下岗后自己学的，儿子的学医经历他并不知晓。

而对于是否是国家领导人保健医生或给领导人看过病的问题，张宝杨连称自己耳背听不见。

下岗后销售保健品

从纺织厂下岗后，张悟本卖过安利产品，又卖过很长时间的钙片。

"张悟本三个月前还跟我们下棋呢。"5月22日，北京慈云寺1号院内，十多名北京第三针织厂（目前已合并入铜牛集团）退休工人在下象棋，他们都是张悟本和其父张宝杨的前同事。

一名姓寿的老人住在张悟本家楼下，他们是近三十年的邻居。他说，张悟本发达后并没有忘记邻居，半年前给他们买过一张棋桌和象棋，但是一起居住这么多年，没有听说张是医生。

5月25日，北京铜牛集团综合管理部潘永生介绍，上世纪八十年代初期,张悟本是招工进入北京第三针织厂。当时那批工人最高学历为高中,多数初中毕业。

进入工厂后,张悟本一直在维编车间做维修辅助工。妻子于志玲是漂染车间的挡车工。张悟本的父亲张宝杨一直是看管库房的库工,他会武术,据说年轻时三五人近不了身。平时厂里有人腰酸腿疼,会去库房找张宝杨按摩。

张悟本的邻居寿大爷记得,上世纪八十年代在针织厂效益不好时,张悟本因个高肤白,曾被选为厂里的模特,出去推销商品。

潘永生说,1997年北京市第三针织厂和第一针织厂合并,张悟本与其妻子于志玲分别买断工龄下岗。当时张悟本所在的维编车间几乎全部下岗。

"总共补偿不到一万元。"潘永生说,如今的铜牛集团已没有张悟本和其妻的档案,张宝杨则还在这里领取退休金。

据了解,张悟本下岗后与妻子在京广中心卖小商品,后来又开饭店,家庭收入一直未太见起色,但比起其他下岗工友,属于"先富的一批"。

"他那时就算小有钱了。"5月23日,张悟本的邻居陈大爷说,2000年以后,张悟本已拥有私家车。

据介绍,张悟本妻子开饭店,他自己也从2000年开始销售安利产品,随后又在世纪劲德公司销售钙片。昨日,张悟本说,他在世纪劲德公司担任过五年"华北区经理"。

在熟悉张悟本的同事眼中,他跟医学专家挂不上边。陈大爷说,他几年前与张悟本一起下棋时,突然面瘫,嘴歪眼斜,张悟本坐在旁边束手无策,后来家人把他送到医院抢救。

邻居们普遍认为,张悟本脑子聪明,比他们那辈下岗工人强。邻居们认为,电视上张悟本能侃侃而谈,跟他长期做保健品销售有关。

5月26日,悟本堂媒体总监肖肖称,1991年北京亚运会时,张悟本去当过志愿者,受到过北京市领导表扬。

"营养师"被推荐开讲座

张悟本被认为表达能力强，能够将中医食疗深入浅出，他开始担纲讲座后来开始坐诊。

张悟本坐诊场所之一的中研健康之家，隶属中医科学院中医药科技合作中心（下称合作中心）。据中国中医研究院产业管理处负责人称，合作中心是下属独立法人单位，自收自支。

5月25日，合作中心总经理鄢良博士说，三年前他们"发掘"了张悟本，为他提供推广食疗保健的平台，由此张悟本走上成名之路。

鄢良介绍，2007年6月，该中心组织专家走进社区，"为北京居民开讲座"，普及中医知识。而当时聘请中医大家进社区长期做讲座不太现实，报酬也很高。为此，决定聘请一些社会上的营养师。

5月20日，合作中心健康推广项目办公室主任王小雨说，他和张悟本是十多年的朋友，自己的父母也曾受张悟本指导，他觉得张悟本无论口才还是食疗理念，都比较合适，于是他向鄢良推荐张悟本到中心做讲座。

鄢良说，他们对张悟本考察过三个月，每次讲座都进行过审定，他们认为张悟本表达能力强，能够将中医食疗深入浅出普及给居民，于是他们与张悟本签订长期聘用协议。

这个讲座开展近两年，一直由张悟本担纲主讲。这个过程中，中心成立了中研健康之家，由张悟本坐诊，专门指导"食疗保健"。

"每个月给张悟本的报酬上万元。"鄢良说，张悟本工资比一般员工高，但是比起中医专家，还算比较低的。

他说，开始时，他们带着任务进社区，属于公益性质，开设咨询所后，预约挂号越来越多，回头客也多，他们增设了特需号，收费一千八百元，加上会员费共两千元。另外，他们也提高了张悟本的报酬。

鄢良说，张悟本此前做讲座为自己赢得口碑，并且被媒体发现，进行过十多次报道，而后张悟本与自己的私人伙伴合作，又在北京悟本堂坐诊，已不属于他们控制范围。

两个公司的首席专家

无论是高血压、糖尿病甚至包括癌症，张悟本开具的食疗方案里都少不了绿豆汤。

如今，张悟本是两个公司的首席客座专家。按照张悟本的说法，他每天工作七天，没有休息。四天在中研健康之家，三天在悟本堂。

据两位在张悟本处咨询的患者称，张悟本给患者咨询的时间并不长，每次十分钟左右，刚开始还把脉，而后因为没有医师身份，就省去把脉环节，改为看舌苔、气色等。

这两个病人一个是胆固醇高、胆病，另一个是高血压、心脏病和抑郁症患者。在张悟本开具的两份食疗单子上，都有绿豆、黄芪，另外还有中医科学院研制的黄芪蚁酒等。

无论是高血压、糖尿病甚至包括癌症，他开具的食疗方案里少不了绿豆汤。

按照张悟本书里的说法，高血压、糖尿病 80% 属于误诊；高血压患者不能喝酸奶，因为酸奶里有黏稠剂。网友列举张悟本开出的方子里，常有忌酸奶。

在网上，有网友发帖说，张悟本说生吃茄子可以降血脂，他每天吃两根长条茄子，但血脂没降下去，反而得了胃病。

张悟本的诸多说法，被各地医学专家批驳，有人称他连基本常识都不懂。

中医科学院一范姓副院长说，张悟本不是科学院的人，而是科学院下属企业聘用的人。对于张悟本在电视上以及书上打上中医科学院的旗号，该院产业管理处一位副处长说，他们正在跟相关方面交涉，不能滥用科学院的名字。

合作中心总经理鄢良认为，张悟本在湖南卫视的节目上说话说得比较满，所以引起社会质疑。

合作中心办公室主任王小雨称，就算张悟本倒下去，中医食疗是个全新的概念，市场也有刚性需求，他们会坚持做下去。

"神医"张悟本的背后推手

从一个纺织厂下岗工人，到大红大紫的中医"大师"，张悟本经历了十三年。

十三年间，张悟本没停止"折腾"，他口才好，卖商品、保健品，上函授班。最重要的，他遇到了几个"贵人"。

2007年他遇到一个做养生产品、熟知市场的"贵人"后，他的命运变了。他后来成了"神医"。

张悟本是怎么成为"神医"的？"贵人"又为什么"帮助"他？

张悟本下岗是十三年前了。

高中毕业后没考上大学，1981年张悟本进纺织厂做了名工人。这样的生活，持续了十多年，直到1997年下岗。

下岗后，张悟本折腾过很多事。

卖过小商品，卖过安利的产品，后来又卖钙片。

数年后，2010年的张悟本，突然火了，成了"神医"。

他能"治"很多病。按他自己说，能治近百种疑难杂症。糖尿病、心脑血管病不说，还能"治"癌症，肝癌、肾癌……他说癌一点都不可怕，是让医生宣传得神乎其神。

总之，世界医学界的难题，张悟本解决了。

方法？吃绿豆，茄子和白萝卜等。

火了的张悟本，称自己是中医世家。

四代中医世家，六岁从父学医，前天，他还是这样说。

不过，5月24日，他的父亲说，他不知道儿子跟谁学的医。他跟儿子一样，都曾是纺织厂的工人。目前他还从原厂里领着退休金。

张悟本怎么学的医，怎么突然火起来的？

社区讲座后遇"贵人"

据称，了解养生市场前景、做养生类产品的唐燕飞，从遇到张悟本那一刻起，就想要包装他。

张悟本学过"医"。

调查显示，在他下岗后，辅助推销保健品事业，2000年，张悟本到北师大继续教育学院自学了一个函授班，专业名为"中医药"。

这是个自学班，开卷考试。另有据可查的是，他还学过看手相治病。

一名接触张悟本的知情者说，在销售钙片时，张悟本已以"中医养生专家"和"高级营养师"自居。

而张悟本真正以"专家"形象出现，是三年前。2007年6月，中国中医科学院下面的一个事业单位——中医药科技合作中心（下称合作中心），组织了一次活动。

正是这个活动，开启了张悟本的"食疗第一人"之路。

据中医科学院一负责人介绍，合作中心属独立法人，自收自支，除总经理鄢良为中医科学院在编人员，其余均为外聘人员。

中医科学院一内部人士则称，合作中心其实就是一个卖保健品生产技术的公司。

2007年6月，该中心要组织"普及中医知识、治未病"的社区讲座。其职员王小雨是张悟本的朋友，王小雨向鄢良推荐聘请张悟本主讲。

5月25日，鄢良接受采访时说，当时聘请中医大家不现实，报酬也高，而张悟本表达能力强，能"深入浅出"。

鄢良称，这个讲座开展近两年，是免费的，引来媒体报道，主讲人张悟本被关注。

而讲座引来了"回头客",合作中心于是成立了收费的"中研健康之家",由张悟本坐诊。

根据中医科学院内部人士讲,进社区讲座其实是该中心一系列商业宣传活动之一,目的就是推广产品和专家,并通过媒体报道扩大宣传力度。

在进社区开讲座的这个阶段,张悟本认识了一个叫唐燕飞的人。

"唐燕飞称,他自2007年结识张悟本以后,就竭力想包装推广张悟本。"一名后来参与包装运作张悟本的人士透露。

唐燕飞是何许人?工商登记资料显示,他2000年成立了"北京悟心堂中医研究院有限公司",是北京第一批经营中医养生类产品的公司。

后来包装张悟本的中奥纵横(北京)文化传播公司(下称中奥公司),唐燕飞时任副总。

参与包装张悟本的知情人士介绍,当时开讲座的张悟本已被媒体关注到,让了解养生市场需求的人,对包装张悟本的市场前景,充满了期许。

策划"奇人"加入包装团队

贺雄飞说,在一个全民养生的时代,张悟本的观点又如此与众不同。包装后一定能火起来,书肯定畅销。

中奥公司2007年开始包装张悟本,但一直不是太见成效。

直到两年后,一个人的加盟,出版人贺雄飞。

贺雄飞又是何许人?上世纪九十年代,他曾被称为中国民间出版第一人。他擅长策划出版"学术"书籍,号称是中国最有影响力的民间出版家。据称他曾推出汪国真、余杰、孔庆东和摩罗等文化名人。

贺雄飞策划出版的"草原部落"与"黑马文丛"系列丛书,均是上世纪九十年代最受关注的文化类畅销书。因一些个人因素,他在二十世纪初逐渐淡出版一线。

张悟本蹿红后，媒体调查发现了背后的贺雄飞。被认为是张悟本一夜走红的主要策划者。

今年5月25日，贺雄飞称，2009年8月，一名影视投资界的朋友找到他，向他推荐一名叫张悟本的中医大师，看能否为他策划一本书。朋友称已有一家公司在包装这名大师，但一直不顺利。朋友送给了贺雄飞一张演讲光盘。这名演讲的大师，便是张悟本。

"那是我第一次接触张悟本的观点，我一下子就被吸引住了。我觉得这个人的观点十分新颖，与我们接触过的所有权威医学专家学者的观点，都不一样，而且言辞幽默善于表达。"贺雄飞说。

他通过朋友引荐，结识了已在包装张悟本的中奥公司老总姜勇、副总唐燕飞与吴威。

贺雄飞说，中奥的人告诉他，他们捧张悟本几年了，制作了由其讲演个性化中医观点的电视光盘，本想卖给地方电视台，但电视台不买还说要播出需要交钱，"张悟本当时名气太小，没人关注"。

而中奥公司想要打造张悟本，"当务之急是要使其出名。"于是中奥公司又想到出书。贺雄飞称，中奥公司找他之前曾找过许多出版商，对方都拒绝了。

贺雄飞称，中奥团队曾找过张小波等出版人出版，被拒绝了。

5月26日，张小波告诉记者，很多类似养生类书籍的稿子找到他，想出版，但"但我们的原则是，违背常识或宣扬迷信的一律不碰"。

张小波说，养生方面的书，有些书籍语不惊人死不休，造成乱象。也有人以出书为幌子，建名声，非法行医或贩卖一些自制产品，"这样的人我们一般是不接触，或者接触了也会马上断绝关系"。

而自称长期患有高血压、高血脂和糖尿病的贺雄飞称，张悟本深深吸引了自己。

"在一个全民重视养生时代，他的观点又如此与众不同。我认为张悟本经过包装后一定能火起来，书肯定能畅销。"贺雄飞说。

新京报

品质源于责任

第五章

生活服务报道奖

◎ 小学生实验：九成蘑菇遭荧光剂漂白

◎ 2010上海世博会观览手册

◎ 大学生名企实习职商考察

◎ 政府邀垃圾焚烧厂反对者赴日考察

◎ 蒙面相见：汽车无偏见测试

◎ 与签证官面对面

小学生实验：九成蘑菇遭荧光剂漂白

2010 年度生活服务报道·金奖
刊发日期：2010 年 11 月 30 日
        2010 年 12 月 1 日至 12 月 4 日
作   者：杜 丁 吴 鹏 张 静 林文龙

『颁奖辞』

　　记者顶着压力，深入市场，持续追问，以调查新闻的手法操作民生报道，督促政府直面公众、解答关切。小蘑菇，大问题，在当下中国，曝光问题就是最大的"服务"。

九成蘑菇遭荧光剂漂白

　　近日，北京西城阜外一小六年级学生张皓，对市场上的鲜蘑菇调查发现，市场上的鲜蘑菇超九成都被荧光增白剂污染。专家称，增白剂被人体过量吸收，会成为潜在的致癌因素。

　　北京市工商局相关人士称，张皓的实验及调查结果"不具科学性"。

　　张皓是西城区青少年科技馆"科学探究班"的学员，"鲜蘑菇是否被荧光增白剂污染"的实验，是在中国农业大学的微生物实验室做的，并由校外专家、中国农业大学微生物实验室高瑞芳博士指导，实验使用的方法是"暗室中紫外线条件照射观察荧光"。

西城区青少年科技馆老师刘建华介绍，听说一些不法商贩为了卖相好看、延长保质期，使用荧光增白剂来浸泡食用菌的行为，张皓从不同的零售和批发市场，选择了不同产地的十六种消费者常吃的食用菌样品，其中包括口蘑、金针菇、白灵菇、平菇、香菇、草菇、花菇、双孢菇、木耳等，样品中还有两份标注"有机"的，以及两份干蘑菇。

经过调查后，张皓出具了一份调查研究报告，该报告称，暗室实验检测结果表明，除一份"有机金针菇"样品和两份干蘑菇没有检出荧光增白剂外，其他所有样品都检出含有荧光增白剂，荧光增白剂主要残留在菌伞边缘和菌柄根部。报告证明,93%的鲜蘑菇都被荧光增白剂污染了，而干蘑菇样品中没有水分，保质期长，不需要用荧光增白剂保鲜，所以，荧光增白剂残留量几乎为零。

（报道正文略）

【编辑手记】

小蘑菇，大问题
刘国良

小蘑菇，大问题。

"蘑菇漂白"系列报道,获得了新京报 2010 年度"生活服务报道"金奖。而这一系列报道的由头，则是 2010 年 11 月 30 日北京时政版一则千字消息《小学生做调查：九成鲜蘑被漂白》。事实主体是：西城阜外六年级学生张皓对北京市场鲜蘑调查，发现九成被荧光增白剂污染，而北京市工商局对此的回应是"不具科学性"。

缘起　　**蘑菇是否安全该信谁**

显然，任何一个读者看完这则报道，感觉都是不"解渴"——作为餐桌上每天食用的蘑菇，究竟有没有被漂白？究竟有多少种类被漂白？漂白的蘑菇食用是否安全？一系列的疑问待解。

然而，处于该事件中心的双方的话语力量并不均衡——一方是六年级小学生，在老师指导下，从市场实地取样的实验结果；一方是负责北京市场食品安全检测的政府权威部门。读者该信谁的？媒体有责任继续采访，继续追问，给读者一个清晰的、权威的回答。

于是，从此疑问追起，成就了持续达一个月的"蘑菇漂白"系列报道。

推进　采访多点突破释疑点

报道见报后，对该事件，中国政法大学公共决策研究中心向北京市工商局申请政府信息公开，对事件起到了一个有力的推动。

但12月1日，北京市工商局公布蘑菇荧光增白剂抽检情况通报，抽检合格率97.73%，其中有"三批次蘑菇表面检出荧光增白物质"。这算是对法大申请信息公开的回复。但这个数据和小学生的实验结果是完全相反的：工商说合格率达97.73%，小学生则实验证明"九成被漂白"。这两个相左的数据，更是让读者一头雾水，该信谁？

经过谋划构思，决定继续采访突破，方向有四：一是继续采访小学生及其指导教师，采访其取样、实验的科学性；二是权威部门北京市工商局是如何取样、检测的；三是报道见报后的市场、消费者反应；四是专家说法，蘑菇漂白是否存在生产、销售"潜规则"。

为了探究两个数据结果，究竟谁的科学，有必要探究其实验取样的全过程。12月3日，版面以显著位置，对小学生、北京市工商局两方检测的取样样本数量、取样地点、取样品种、检测参照标准进行了列表对照，读者可以细察。表格显示，虽然小学生取样仅十六种，与北京市工商局的一百三十二种相比甚少，但其取样地点分布、品种覆盖面还是相对广泛。

难点　　记者暗访取证受限

采访问题、方向已经明晰，但采访突破却是难上加难。

张皓实验的农大指导教师回避采访，不再谈实验全过程的科学性；法大取样蘑菇送检，没有机构愿意相助，对于法大教授请张皓"帮忙检测的请求"，张皓母亲也以"张皓已经做了一个学生该做的，张皓临近考试，不再希望打扰他"婉拒；工商也不愿给检测，民间机构也一再推托；对于数据打假，北京工商不再做任何解释。

采访四处碰壁，报道似乎难以进行下去。但面对两个打假的数据，何真何伪，疑问还在。公众关心的蘑菇是否安全待解，追访就得再继续。

山重水复疑无路，柳暗花明又一村。

中国食用菌协会开始派员进批发市场调查；记者经过多日暗访调查发现：部分商户偷卖"漂白蘑菇"；批发市场已经开始责令商户停业送检；有批发市场商户坦言"口蘑漂白既美观又加分量"；记者一路跟随运蘑菇车发现，在经销、批发蘑菇之前，的确有被"漂洗"现象存在。因为"漂洗"现场防范太严，记者调查取证受限。

遗憾　　一个未解之谜

临近2010年的年底，中国科协曾给记者电话称，中国科协会介入调查。应中国科协要求，对此本报未报道，但始终密切跟进和关注。

小小蘑菇是否安全，虽然经过了近一个月的持续报道，至今，这个问题依然没有回答。这是系列报道未完成的任务。

但好在通过系列报道，我们知道了每天吃的蘑菇竟然可以被漂白，知道了一种新的可以让蘑菇又白又干净的物质——荧光增白剂，同时读者也知道了很多识别漂白蘑菇的方法。

小蘑菇，大问题。媒体的责任在哪？做好百姓衣食住行，就是最好的服务。

2010 上海世博会观览手册

2010 年度生活服务报道・优秀奖

刊发日期：2010 年 4 月 23 日

作　者：巫慧　范烨　刘映　李静
　　　　许晓静　郭佳　凌云　廖菁
　　　　曲筱艺　曹燕　马青春　许海玉
　　　　巫倩姿　冯静

《观览手册》向读者推荐含金量最高的观博攻略，让读者提前熟知世博看点及观博事项，使得世博之行目的更明确，观博方式更科学。成为读者行前必读、途中必备的工具书，是观博时随身携带的实用宝典。

《观览手册》内容囊括：不同日程的观博攻略、世博园区地图、展馆展品推荐、票务餐饮、活动日程、交通住宿、上海及周边游线等。从观展到休闲，从看到吃，从行到住，丰富实用、贴近直观的精选资讯，读者按图索骥便可获得实用指导。

【记者手记】

从望而却步到了然于胸

冯　静

接到《上海世博会观览手册》的采写任务时，我毫无准备。一方面自己对尚未开幕的世博会仅了解皮毛，另一方面对这种"锣鼓喧天人山人海"的地方有点望而却步。

采写这本袖珍的"小册子"几乎发动了北京专刊部所有的记者，连我这个时尚消费口的记者也在这次任务中成了"壮丁"。当时安排给我的采写任务是：世博会一日游、二日游、三日游路线攻略，同时涵盖主题游的各种玩法。

对我来说，虽然上海是因为采访每个月都要往返几趟的，但尚未开放的世博园真让我有点无从下手。分析了一下整个的采写思路，首先就是得给自己恶补世博知识，从各大区域的分属和地域，到每个馆内的特色展示及活动，再到搭乘何种交通、进哪个门、几点开门、预计排队时间、午餐价格和地点等等，完全按照自己要逛世博的标准，事无巨细地做足了功课。

采写得建立在对材料的充分占有上。我对材料的占有是从感性入手的，我找来了一份非常详细的世博地图，用方位记忆的方法把各个馆的地理位置，连同世博园周边的街道和车站名称先背了下来，在脑中建立了一个3D立体地图。这就解决了所有的地理方位问题。

通过在网上搜索世博会信息，我找到了在网上人气最旺的一位"世博会展示中心金牌讲解员"，也是网络攻略《世博会三日游攻略》的作者倪文灏。他的这个"三日游攻略"也被许多准备游世博的人们反复研读和推崇。倪文灏此时已经开始了世博园的工作，每晚大约八点后才能接受媒体的采访。通过短信、电话、QQ、MSN的各种套近乎和骚扰，我很快和他敲定了采访时间。

在采访前我将他写的攻略放在我脑中的3D地图上"沙盘推演"了一圈，感受是大体方向OK，但是有些部分不太具有可操作性。例如排除等待时间，观众可能无法在一天中游览那么多场馆，园内交通换乘是否还有更快捷的方式等等。

带着这些疑问我采访了他。与其说是采访，我觉得更多的像是一种讨论。我一方面请他推荐一日游、二日游、三日游的线路和重点场馆，另一方面和他讨论推荐中不合理的细节，并提出更优化的方案。在经过两个晚上的采访后，我已经和他做出了好几套出游方案。这些方案不仅是适合一天、两天和三天的日程，同时还具备各种主题，例如时尚游、科技游、亲子游等等。

当这篇采访成稿后，我已然成了世博达人，各种的观览方案都已了然于胸。事后，每当有亲朋好友问起世博游览的事宜，我总能立刻给出一个详细的方案，并附赠许多实用小贴士。

2010 年的 5 月，当我真正站在世博园里，将脑中的 3D 立体图与眼前矗立的各大场馆"影像重合"时，真有种 Dreams come true 的心情。而正是得益于这次采访，我为我自己也制订了游览计划，在别人一天只能排队参观几个大馆的情况下，我一天就参观了四十多个馆。

大学生名企实习职商考察

2010 年度生活服务报道·优秀奖
刊发日期：2010 年 8 月 30 日
作　者：巫　慧　缪晨霞　许海玉　许晓静
　　　　廖　菁　范　烨

职商 (career quotient)，职业智商，简称 CQ，是工作时智商与情商的综合体验。职商是一种包含了判断能力、精神气质、积极态度的综合智慧，关乎自我与工作、现状与发展的契合度。

职商高的人通常表现为，人际关系良好，工作态度积极，有较好的人格魅力，为人处事正面、阳光，其职业发展较为顺利，能够较好地应付职场中各种复杂局面。

在世界 500 强企业的职商测试中，团队合作能力是必不可少的考量要素。几乎所有企业在谈及对求职者的要求时，都会谈到团队合作能力。而通讯企业构建的是一个网络，网络上的每个环节都需要密切配合、衔接，团队合作显得尤为重要。

暴晒、雨淋、长时间站立、被人拒绝，几天的时间，实习生感受到了天气冷暖和人情冷暖。"校园调查让我体会到了以前从没有体会过的酸甜苦辣，不管是完成一份 问卷的兴奋与喜悦，还是同学们那一句'不好意思'，善意的摆摆手让心中一暖，都是我们难得的经历。"北京邮电大学大三学生曹依诺说。

北京联通北分公司在这次实习中录用了十三位大学生，将他们分在综合部、信息导航中心、VIP 俱乐部实习。

经过一天的参观和培训后，联通实习生接到了各自的任务：信息导航中心产品策划推广部的九名同学分成两组，分别针对校园基础通讯产品和校园增值产品进行市场 调研；综合部的两名同学针对联通新推出的产品和服务撰写稿件，配合市场部等做校园营销的宣传推广工作；客服部两名同学则通过送祝福短信等形式对 VIP 客户 进行亲情关怀。

两周以后，北京联通对参加此次活动的实习生给出了高度评价：很勤奋，善于思索，能用所学尽心尽力开展企业交给的工作，出勤率高，能密切合作，满意度非常高。

（报道正文略）

政府邀垃圾焚烧厂反对者赴日考察

2010年度生活服务报道 · 优秀奖
刊发日期：2010年2月21日至3月5日、3月10日
3月20日、4月12日
作　　者：李天宇　李立强

　　明日，北京市市政市容委官员、专家、市民代表及媒体记者一行，将赴日本考察垃圾处理的新技术。受邀的市民代表是一直反对建阿苏卫垃圾焚烧厂的网友"驴屎蛋"。此前，他和他的志愿团队经过数月研究，向市市政市容委递交了一份四十多页的垃圾处理建议方案。

　　"驴屎蛋"：律师，阿苏卫垃圾处理场附近居民，活跃在奥北志愿者社区，反垃圾焚烧的领头人士，发表过"论阿苏卫烟囱的倒塌"、"奥北不相信眼泪"等知名帖子，将作为市民代表参与赴日考察。

"驴屎蛋"

■ 对话

"看日本市民怎么倒垃圾"

　　昨晚，记者联系上了"驴屎蛋"，他说，这个春节，他是忙得团团转，

一方面社区居民和其他区域的居民听到消息后都来电话询问，另一方面，他和志愿者团队也开会研究考察事项，此外，他也为考察做了大量的准备，包括恶补网络和电脑知识，便于随时将所见所闻传递给居民们。

做足功课已列出二十二个问题

新京报：你为考察都做了哪些准备？

"驴屎蛋"：装备上，有摄像机、照相机、电脑等，要上传图片、视频。整个春节在恶补建博客和微博。

新京报：软件上呢？

"驴屎蛋"：功课上做准备，搜集各方面的资料，罗列出问题，已经列出了二十二个问题。

新京报：对律师来说这有点难度？

"驴屎蛋"：是的，我学文科的，电脑都不大熟，垃圾焚烧涉及物理、化学等，我不可能学，只能从宏观的基本概念上，国情、政策上学习，处理方式上了解，看有无可借鉴的，我的观点一直是：专家的问题给专家解决，我们不懂，我也不装懂。

"垃圾游"想看的东西太多

新京报：那你到日本后都想看什么听什么？

"驴屎蛋"：最想看的，最想问的，现在满脑筋都是 RDF（垃圾固型燃料），这也是我们提出来要去了解的一个新技术。究竟是什么，最急迫想去看现场，我想日本不会为了我们去看而造假。

我想看他们每天的垃圾车怎么运输，怎么分拣，到最后产出燃烧棒。还有它的处理量有多大，能扩大到多大，也就是技术的伸缩性、稳定性。

新京报：这个技术有哪些值得看的？

"驴屎蛋"：前期分选，以及烘干、高压压缩，也是一个流水线，据说有几个问题处理得好，譬如没有臭味。国内也有实验，但一直没解决臭味问题，这就是我们感兴趣的，究竟臭不臭，我们就是带着这些问题去的。如果那个厂比焚烧还臭，肯定不行。还有一个就是处理量能不能达到北京要求的垃圾处理量。

新京报：你之前谈过，垃圾处理不仅是一个技术问题？

"驴屎蛋"：是的，我很想知道，对垃圾处理、焚烧，日本政府和相关法律的规定，垃圾处理是一个系列，不仅是一个技术问题。美国、日本、欧洲也在烧，为什么人家没有上街游行。百姓反对的是污染，如果中国焚烧的水平和技术、监督机制和管理有欧美的水平，配套的法律和赔偿机制跟欧美接轨，那我想没有人会反对。

新京报：这不是几天或者几个月能做到的？

"驴屎蛋"：对，所以我还想看日本市民的分类意识，譬如在东京的银座，看垃圾桶怎么设置，用长焦镜头看居民怎么扔垃圾，走到社区，打开垃圾桶看装了什么，早上居民怎么倒垃圾，据说日本的垃圾分类做得很好，我想去体会人家的氛围，所以这个"垃圾游"还是很值得期盼的。

新京报：垃圾焚烧也是重点，有什么打算？

"驴屎蛋"：除了 RDF 等新技术，还会看焚烧，我们要看焚烧大国到底怎么烧的，我也想问问焚烧厂附近的居民，他们对垃圾焚烧厂建在家门口怎么想的，有没有什么顾虑，对日本政府是什么心态。要看的东西太多了。

居民和政府携手才能双赢

新京报：你怎么看待外地的反垃圾焚烧活动？

"驴屎蛋"：现在全国的背景是，垃圾焚烧已经变成一个敏感词，对立双方从争论发展成恶意的人身攻击，政府和百姓都在不理智的状态下，对抗一般以政府的妥协告终，但形成恶性循环，垃圾围城不是政府的问题，也不单是百姓的问题。所以必须理性。

新京报：但很多人认为这种方式有效，因为最终赢了？

"驴屎蛋"：政府妥协了，但结果是迁址，对一部分人来说是赢了，但对别人来说呢，还是输了，所以市民赢或者政府赢都不是赢，都是悲剧，政府赢是悲剧，因为抗议被压下了，市民赢是把垃圾场换了个地方。我们认为要充分沟通的理解，携手面对，才能达到双赢，政府和百姓都赢，希望北京走出一条这样的路。

新京报：对考察的成果有何期待？

"驴屎蛋"：我们肯定不是去游山玩水的，所以不管最后的结论是什么，很乐意看到居民和政府停止无休止无技术含量的争吵，在理智的状态下沟通，共同研究，找出一条解决垃圾围城的路子。

蒙面相见：汽车无偏见测试

2010 年度生活服务报道·优秀奖
刊发日期：2010 年 8 月 30 日
作　　者：崔卓佳

目前，国内汽车测试主要是有单车测试和多车对比测试，记者或试车手的主观因素比较多，而且普通消费者没有参与，报道面很窄。而本次采用将车伪装，以读者身份向大家介绍一款车，能够相对比较真实的告诉大家这款车如何，也能更贴近读者。这种伪装测试在国内报纸类汽车媒体也是第一次，取得了不错的反馈。而后又进行了第二次无偏见测试。

Blind Test：盲测或无偏见测试是市场调研中进行产品测试时的常用方法。在测试过程中，将被测试产品的品牌、名称、包装或其他可以识别的内容隐藏起来，不给被访者过多的提示。让被访者在没有偏见的前提下对一款产品做出客观评价。

在汽车行业中，这种测试也经常被采用。由于品牌、造型设计等很大程度影响着消费者对商品的感性认识，盲测在一定程度上可以反映被测车型在动力总成、悬挂、操控等核心产品力上的真实情况。

很多时候，判断总是容易被某些先入为主的因素所左右。

车的评价也一样。

（报道正文略）

与签证官面对面

2010 年度生活服务报道·优秀奖
刊发时间：2010 年 5 月 24 日、5 月 31 日、6 月 7 日、
6 月 14 日
作　　者：巫　慧　缪晨霞　许晓静　廖　菁
范　烨　许海玉

2010 年，留学仍然是无数中国学子的梦想，而各国留学政策的调整

也让英美等热门留学国的签证政策变得让读者捉摸不定，尤其是身在校园内消息相对闭塞的留学大军大学生们。因此，今年我们尝试与北京大学、北京外国语大学等重点高校联系，将各国的签证官们直接请进校园，以期能为当代大学生提供最贴心、最直接的服务。

活动从准备到执行历时两个多月，经过与几大留学热国使馆的多次沟通与协商后，使得美国、英国、澳大利亚等热门留学国的大使馆签证官同意支持活动。活动每周一次，每次一个国家主讲，吸引了各校大学生外的大量读者（家长）参与。

（报道正文略）

新京报

品质源于责任

第六章

评论写作奖

李泽厚易中天对话：警惕民族主义与民粹主义合流

2010 年度评论写作·金奖
刊发日期：2010 年 9 月 18 日
作　　者：赵继成

『颁奖辞』

　　真实记录两代"潮人"的对话，不回避敏感话题，娓娓道来中筑起思想高地。尖锐而不张扬，深刻而不激进，可读而不庸俗。

李泽厚

著名哲学家，上世纪八十年代知名学者，曾任中国社会科学院研究员，德国图宾根大学、美国威斯康星大学、密歇根大学、科罗拉多学院、斯瓦斯摩学院客席教授、客席讲座教授等职。1988 年当选巴黎国际哲学院院士，1998 年获美国科罗拉多学院荣誉人文学博士学位。著作《批判哲学的批判——康德述评》、《中国（古代、近代、现代）思想史论》、《美的历程》等影响巨大。

易中天

著名文化学者，厦门大学人文学院教授、博士生导师，著有《艺术人类学》、《帝国的终结》、《先秦诸子百家争鸣》、《费城风云》、《我山之石》、《中国智慧》等。

今天，恐怕没人不知易中天，但李泽厚呢？曾有文记载，李先生南下做客某书店，青年学子奔走相告："太好了，李泽楷要来了！"

人们真是善于健忘。李泽厚先生《美的历程》一书在上世纪八十年代是何等受追捧，这位当选巴黎国际哲学院院士的中国人，曾是当年知名度最高的学者。

我们真的已走过李泽厚这座桥？

9月12日，在李泽厚先生家中，他与易中天进行了一场对话，谈古论今，纵横捭阖。

谈孤独　　**不喜欢扎堆、抱团**

易中天：先生有孤独感吗？

李泽厚：当然有，而且比较强烈。人本是社交动物，有社交的本能和欲望，但我的个性是不太喜欢与人交往。我有三个先天性毛病，与此个性恶性循环：一是记不住面孔，这已有专文讲过；二是记不住声音，别人打电话我总要问"哪位"？有次包括我儿子，所以他现在总是先报上名来；三是记不住路。在五六十年代则被扣过三个帽子，当时是很严重的，一是不接近群众，二是不靠拢组织，三是不暴露思想。一个是个性问题，一个是不符合革命时代要求的问题，两者性质不同，但也有联系。

我曾在香港呆过一年，离开后没主动和任何人联系过，我在台湾呆了大半年，离开后没有任何联系，在国内在美国也都大体如此，这是个性，从小见不得生人，总往后躲，大人骂我"出不得世"。几十年散步都是一个人，连太太也不让陪。

易中天：我能体会。我为什么问这个问题，因为我自己也有这个问题。

我其实不喜欢扎堆、抱团，参加什么组织和团体，反倒喜欢一个人呆着。至少，得有独处的时候。带个助理，走哪儿跟哪儿，我受不了；前呼后拥，人来人往，更受不了。

李泽厚：你现在是没有办法了，你走到哪里别人都能认出你来。我若这样会浑身不自在。几年来，我有了个"三可三不可"原则：可以吃饭不可以开会，可以座谈不可以讲演，可以采访、照相，不可以上电视。因为后者太正式，前者都属聊天，愿意聊什么就聊什么，随意得很。至于上电视，我想是"语言无味、面目可憎"。不像你，易中天，风趣幽默，还一表人才，哈哈！

谈哲学　　**书生要有责任感**

易中天：先生曾谈到对国内可能产生纳粹思潮的担忧，能否具体讲讲？

李泽厚：我今年七月份去欧洲走了一趟，专门到波兰看了奥斯威辛集中营，这个地方我一直想去看，以前特地去华盛顿看过奥斯威辛集中营的一些实物资料，这一次想到实地去看看，这毕竟是二十世纪最大事件之一。

看到的毒气室、焚尸炉比我想象的要小，在现代科技运用下却可以短时间内消灭几百万人，太可怕了。不仅是犹太人，还有苏联的战俘、共产党人、吉卜赛人。纳粹鉴别"纯雅利安人"和"非雅利安人"，还有一套"科学"的方法，如测量面骨等数据。

易中天：这是"人种学"的所谓"科研成果"。

李泽厚：当时我就想，一个邪恶的理论，而且是非常肤浅的理论，一旦忽悠了群众，和权力结合——希特勒可是通过选票上台的——可以造成多么巨大的灾难，由此可以推论出理论工作的意义，即反对邪恶的理论、思潮、思想非常重要。

我以前常说书生百无一用，现在倒认为书生还真要有点历史感和责任感，要对自己所写所说负责，不要把人们引入错误方向。现在有此危险。

易中天：以前有句话，叫"真理为广大人民所掌握，就会变成无穷无尽的力量，变成威力无比的精神原子弹"。

李泽厚：列宁也讲，"没有革命的理论，就没有革命的行动"。

海德格尔的哲学思想是在希特勒之前，我曾称之为士兵的哲学，是向前冲锋、向前行动的哲学，海德格尔哲学在"二战"时被纳粹以物质力量填补他那个面向死亡前行巨大的深渊，个体生命的意义成了罔顾一切只奉命前冲的士兵的牺牲激情和动力。我觉得他在政治上与纳粹的关系还是次要的，他的思想在深层次上很危险更为重要。

易中天：那有一个问题，为什么那么多人喜欢海德格尔？为什么那么多人喜欢"现代、后现代"？为什么如今的学术界如此抛弃西方古典哲学，不讲康德，不讲黑格尔？

李泽厚：中国学术界有一个大问题，就是赶国际时髦太厉害。

海德格尔在哲学上确实有成就，他把死亡问题提了出来，只有死亡对你是不可替代的，是独一无二的，从而这个时代最鲜明的特征即个体的重要性被分外突了出来，所以有吸引力。同时，启蒙在西方也确实遇到了困境，理性主义在西方产生了很多问题。我在美国生活，美国不是十全十美的，问题很多很大。于是好些人喜爱种种反理性的哲学以追求生存的意义。

谈思想　　**警惕民族与民粹主义**

易中天：先生怎么看自由主义和新左派？

李泽厚：《己卯五说》"说历史悲剧"文中我说过与这两派的异同。十年来，我的基本看法没变，但也有一些变化，那就是跟新左派的距离越来越远。

我和自由派有理论上的不同，比如我不同意"天赋人权"、"原子个人"等等，我认为这是非历史性的假定，我是历史主义者，不同意。也有实践上的不同，比如我从上世纪八十年代起就一直不赞成目前在中国搞一人一票的总统普选、多党、议会制，这样会天下大乱。

易中天：为什么不同意"天赋人权"？

李泽厚："天赋人权"是近代才提出来的，古希腊没有，原始社会更没有，封建社会也没有，因此我还是同意马克思的说法，工业社会经济的变化使得雇工、农民开始出卖劳动力进入市场，这才是前提，由身份制到契约制等等，由此衍生出包括人权在内的各种思想，所以，根本不是什么"天赋人权"，自由主义的这个假定如同专制君主的"王权神授"一样，在理论上不正确。

但某些不正确的理论在特定条件下可以有好作用，如"天赋人权"在启蒙、在开民智上就如此。所以我非常赞同自由主义强调的世界共同追求的价值必须坚持。对社会的批判目前重点也仍在反封建反专制，这非常需要，因为今天在经济迅猛发展成绩斐然之下掩盖了很多问题和某些领域内的停滞和倒退。

我不同意一些自由派认为的现代化就是美国化，我认为中国要走一条自己的路，这条路如果走好就是对人类最大的贡献。因为中国有 13 亿人口，如果完全美国化，对人类是个巨大的灾难。因此，当年新左派提出中国走自己的路，我非常赞成，但十来年他们要走的自己的路是照搬西方的"后现代、后殖民主义、文化相对主义"，后来又和新儒家、新国学结盟，高唱民族主义等，我就非常不赞成了。

易中天：有人还把我划进新国学，我到处声明我可不是，我是被强行划进去的。可是他们根本不听，还以为说你国学是抬举你。

李泽厚：有人还把我划进去呢。什么是国学？我的著作中从来不用这个词，因为这个概念本身不清楚。有些搞国学的人大讲"三纲"，公开主张专制等等，如果再和"中国可以说不""中国不高兴"等相结合，最容易煽起群众性的民族情绪，这很不好。

易中天：现在要是有人提和日本、美国干一仗，他们都群情激昂，都愿意。

李泽厚：均贫富、倡平等、一人一票直选总统的民粹主义和儒学最优、传统万岁、"中国龙主宰世界"的民族主义一相结合，其中包括新老左派、后现代与前现代的合流，假如变成主导的意识形态，便非常危险，它将对外发动战争，对内厉行专制。

民族主义加民粹主义，正好是"国家社会主义"，即纳粹，这是当前中国往何处去的最危险的一个方向，大讲"中国模式"就有这个危险。

谈法治　　**天赋人权理论上不对**

易中天：先生反对民族主义加民粹主义的"纳粹倾向"，我完全同意，举双手赞成。我也反对讲"国学"，反对所谓"儒家社会主义"，更反对定儒学为"国教"。中国道路，不是这么走的。但我感觉先生好像有点冤枉了自由主义，自由派也不都认为现代化之路就是美国之路。

李泽厚：同一个派别，人与人也不一样。必须具体人物具体对待，对自由派、新左派、国学派都应该这样，这里篇幅不够只好笼统而言之。

易中天：先生说根本就没有什么"天赋人权"，那么请问先生主张"什么人权"？

李泽厚："天赋人权"理论上是错误的，但现实中是有用的，作为策略可以讲，对人权有好处。

易中天：但如果我们想彻底一点，策略上可以讲，理论上也可以用，有没有替换的提法？

李泽厚：当然有，我一直讲我们每个人都有人权，这个人权不是天赋的，而是人类历史发展到一定阶段必须要有的。

易中天：可不可以说"人赋人权"？

李泽厚：当然可以。

易中天：那到底是"人赋人权"，还是"法定人权"？

李泽厚：这只是词的问题。

易中天：不，还是要分清楚。

李泽厚：我主张法治，所以上世纪八十年代晚期我不同意王元化他们提出"新启蒙"，因为现在不是要再煽起来一个启蒙性的群众运动，而是要把人权切实落实到制度上，也就是法治。从八十年代后期起，我一直强调法治，例如强调程序法，强调形式正义的重要，强调落实法治的具体措施，等等。

我看到一个材料，一个管政法的书记，最近竟然说，"那些法律条条不要管它"。这种思想是有来历的，1954年第一部宪法通过，到1958年，就有高层领导直接讲"不要什么刑法、民法，我们开会就是法律"，"法律束缚了我们的手脚"。

所以，现在讲人权、讲民主，主要是要通过法律确定各种具体的规范条例，并且坚决执行。我讲有三点必须做，第一要党内民主，第二要鼓励舆论监督，第三要独立审判，检察也要独立。中国太大，情况复杂，这些可以慢慢做，渐进，累积。现在的大学教授很多都在搞假大空的项目课题，以获取经费，这不能责怪教授，是体制造成的。反倒是好些媒体每天都在做，每天都在推动，所以我看重媒体。

谈大学　　**应重建"象牙之塔"**

易中天：这也是我十几年来想的一个问题。从大学学术量化管理那一天开始，我就决定走一条自己的路。我不要填那些表格，我不想说自己不想说的话，我不想写自己不想写的字，也不想申请什么别人规定的"课题"。

李泽厚：但没有多少人能像你这样冲出来，不容易。

易中天：不管是谁，也都要养家糊口过日子啊！所以，我还是坚持十年前的那句话：没有经济独立，就没有人格独立；没有人格独立，就没有思想独立。

李泽厚：也有人辛辛苦苦地在做学问，坐冷板凳，不管东南西北风，却非常清贫。

易中天：这样的人我很敬佩，但不是所有的人都能做到。正所谓"墨子独能任，奈天下何"？何况清贫也不等于一文不名，基本的生活总要有保障。陶渊明"不为五斗米折腰"，是因为还可以"种豆南山下"。一旦上无片瓦，下无立锥之地，餐餐饭都要靠别人施舍，想到庙里挂单都不行，有几个人能不被收买？人，总有扛不住的时候，除非下定决心饿死在首阳山。可是，就算你自己扛得住，老婆孩子呢？要不要管？

李泽厚：所以，现在应提出重建"象牙之塔"，这也要有巨大资金保证才行。

易中天：重建"象牙之塔"，十分必要。巨大资金保证，也很重要。但关键是"象牙塔"里的人，不能有"后顾之忧"，更不能"卖论求资"，靠出卖观点去获得"资金保证"。所以我强调"经济独立"。经济独立，不等于"富可敌国"，只不过是"不必看人脸色"。这跟"安贫乐道"不矛盾。一个人再清贫，只要那为数不多的钱是自己的，照样可以保持"人格独立"。

谈改革　　始终是"审慎的乐观"

易中天：现在有一个非常严重的问题，大量民间资金外流，移民成为一个新潮流，其中大量是精英。有人写文章，说现在是资本和思想在移民，我不知道剩下什么了，请问先生，希望在哪儿？

李泽厚：我的观点仍然是"审慎的乐观"，中国那么多人，不是每个人都可以跑到外面去的，哪怕是既得利益者，他们也不是一个人两个人，牵涉到的人那么多，不可能都移民，所以他们也并不希望社会越来越坏，因为也对他们不利。

应该想的是，即便在这样的情况下，我们还可以做些什么？这就叫"知其不可而为之"。

易中天：我再问先生一个问题，先生既不赞成自由主义的美国化，也不赞成新左派的纳粹化，那么请问，中国道路应该怎么走？

李泽厚：中国道路怎么走，我仍然赞成邓小平说的摸着石头过河，我认为目前应该提出"中国不应该往哪个方向走"。

易中天：太好了！先生的意思是说，重要的不是"中国往哪走"，而是"不往哪走"。我也赞成先生的小步前进，但问题是，你小步前进，如果触动到一些东西前进不了了，怎么办？

李泽厚：十年前，我就和新左派口头激烈争论过，他们认为中国会崩溃，不能加入 WTO，等等，我认为不会，一定要加入 WTO，现在他们已经完全改变过去的说法了。美国也有人说"中国崩溃论"，出过著名的书，但现在他们也无话可讲了。

易中天：我也认为不会崩溃，但就怕遇到一个硬要焚烧古兰经的牧师，咋办呢？

李泽厚：好像不烧了。因为对方提出不在 9·11 遗址附近建清真寺，他也不烧了。你看，总会有妥协的办法。但我不知道这个讯息是否准确，没去核对。所以，我始终是"审慎的乐观"，以前是，现在还是，只是有时"乐观"多一点，有时"审慎"多一点。现在经济大发展了，某些领域却停滞或倒退，经济领域中也有严重问题，所以要审慎。

谈国学　　"文化相对主义"错误

易中天：还有个问题，为什么思想界那么多人往左转？

李泽厚：贫富不公、社会矛盾凸显是很大一个原因，官商一体对社会伤害非常大，贫富分化过速过大确实要好好解决。

易中天：先生注意韩寒吗？

李泽厚：我知道这个人，我最欣赏的是他赛车，赛车是会丢掉性命的，但他成绩非常好，一定不容易，对这一点我愿表示敬意，其他不说，因为完全不清楚。

易中天：陈文茜骂韩寒知道吗？

李泽厚：不知道。

易中天：为什么一些人在左转？我认识的一个人，以前是彻底反传统的，他曾跟我说中国的传统包括唐诗宋词都要彻底否定，结果现在都转向了。

李泽厚：因为国学热嘛，经济发展了就以为什么都了不起，自卑又自大的民族情感嘛，鲁迅早说过。

以前反传统的时候，他们骂中国文化骂得一塌糊涂，对传统一概否定，那时候我写《中国古代思想史论》，多少人骂！现在国学热，我又挨骂，因为我不赞成搞这些东西。我把这叫做"蒙启"，把启蒙再蒙起来。

"文化相对主义"是错误的。文化首先是衣食住行的物质生活，梁漱溟说坐马车比火车舒服，可是你从北京到广州坐马车试试？八十年代有外国人对我说，你们中国不要发展汽车，骑自行车挺好，你们知识分子上山下乡也挺好，我说你愿意骑自行车从纽约到华盛顿吗？你现在还愿意夏天没有空调、冬天没有暖气吗？恐怕大多数人不愿意，这里没有什么相对。

我的"吃饭哲学"是批评文化相对主义的重要武器。十五年前我提出来现代化的四个顺序：经济发展、个人自由、社会正义、政治民主，首要的是发展经济，当时多少人骂我啊。

【记者手记】

好稿子，需要一点坚持
赵继成

如果没有易中天先生的一再坚持，这篇稿子就胎死腹中了。

易中天先生与李泽厚先生是老相识。易先生学术研究本行之一是美学，而李先生是八十年代公认的美学权威，两人在八九十年代因讲学等各种机缘曾见过面，但那个时候，易先生是晚辈，李先生风头正劲。

转眼间，李先生八十年代末去了美国，易先生因为《百家讲坛》成了文化红人。经历了十余年的起落转换，两人都期待着这次"北京会谈"。

帮助易先生具体联络和搭线的是一家杂志社记者。按易先生的本意，会面的现场，安排两家媒体的记者在场，一个是这位杂志记者，一个是我。之前因为汪晖抄袭一事，我与易先生有过交流，他信任我。

会谈的时间和地点敲定后，易先生打电话告诉了我。因为和杂志社记者也是老相识，我一时兴起，拨通了他的电话，先是感谢他牵线搭桥，又询问了一些具体的会谈细节。电话中，我发现，他对我的参与显得很意外，似乎完全不知道易先生的安排。

挂完电话，我有一点不安。果不其然，没过太久，易先生的电话来了，他说，这位杂志记者刚给他打了电话，说李先生因为身体原因，不喜欢太多的人在场，所以，提出不要再安排其他人参加。

易先生说，"这怎么办呢，我是非常希望你参加的"。但这是不是李先生的原话和本意，就很难讲了，毕竟，具体牵线和传话的人，是这位杂志社记者。

我说，如果这是李先生的本意，不勉强，实在不行，我就不参加了。

易先生沉默了一会，说，这样吧，到时候我带你一起去，你先在楼下等，我上楼见李先生，然后当面问他是否可以让你上来。

我说，好。

当天一早，我开车去西郊的宾馆接易先生，然后一起去王府井附近李先生的住所。杂志记者正在门口等，见我与易先生同来，稍显尴尬。

易先生对我说，先委屈你在车上等一下，一会等我电话。

目送他们进了胡同，忐忑不安，能不能见证今天的会面，我心里并没有底。

过了约摸十五分钟，电话响了，易先生让我上楼！

我一路小跑，屁颠屁颠地进了李先生的家门。

李先生格外热情，精神很好。易先生说，我跟李先生讲，有一位非常优秀的年轻记者，在楼下等，也想上来拜见，但不知道李先生的身体是否吃得消，结果，李先生说，"一点都没有问题，赶紧让他上来"。

李先生的夫人给我搬来凳子，我一遍遍感激李先生的邀请。

随后的一个细节，让我难忘。

易先生对我说，你也打开你的录音笔，我们刚才一共谈了三个问题，我再给你重复一遍，一是……二是……

也就是说，我可以一字不落地记录下这场对话了。

今天，回头再看这件事，最想感谢的，是易先生。媒体是个江湖，江湖自然有江湖的那点事，易先生坚持不懈地提供机会，是这篇稿子能够出来的关键。

易先生说，好作者是报纸最好的资源。而尊重和守得住易先生这样的好作者，更是媒体人必须做好的事。

海关按黄牛价给 iPad 估价征税

2010 年度评论写作·优秀奖
刊发日期：2010 年 11 月 19 日
作　　者：阳　淼

最近海关对 iPad 进行千元征税的事成为媒体关注热点。面对来自商务部、律师、消费者的质疑，海关总署的官员左挡右避，似乎理由很充足。但是仔细分析一下海关的说法，就会发现存在计价错误、征收随意、与国际法规有冲突之嫌，更与藏富于民、拉动内需的经济结构调整大方向背道而驰。

据新华社报道，海关总署监管司负责人黄熠在解释为何对售价大多在五千元以下的 iPad 征税一千元时说，"海关对 iPad 核定的五千元完税价格是在今年五月份确定的，当时市场上的售价高的可达八千元……试图让《归类表》和《完税价格表》实时反映市场上的各项变化是不太现实的。"

在苹果公司官网和苹果香港官网上可以看到，iPad 共有六款，最贵的一款 64G、3G 版 iPad，售价也不过 829 美元或者 6488 港元，折合人民币，不过 5500—5600 元之间。苹果 iPad 自上市以来，从来没有调整过价格。海关从哪儿调查的数据，说 iPad 售价曾经高达八千元呢？我们只知道，国内水货市场曾经出现过七千多的 iPad，但海关，总不可能因为一个黄牛炒作的价格，就定下一个严肃的税率。一定别的原因，虽然我们还不知道。

从我国签署的 WTO 承诺来看，海关对 iPad 征税也难说得通。WTO规定，计算机类货品要零关税。对此，海关给出的解释是，iPad 是随身物品，不是货物。但既然以盈利为目的的货物都免税了，为何自用的 iPad 反而要征税？这是不是意味着旅客只要说自己携带的 iPad 是代购商品，那么就可以免交一千元关税？

作为制造业大国和出口大国，中国从 WTO 协定中获益较多，但如果别的国家海关也来玩文字游戏，宣布中国制造的衣服鞋帽是个人自用物品，出台个"××号令"，造成的损失，恐怕比从 iPad 上剥下来的那点钱多多了。

查经济学教科书，关税的分类有：以增加国家财政收入为主的财政关税；为保护国内经济行业而征收的保护关税（反倾销税也在此列），和二者兼备的混合关税。海关总署有必要向广大纳税人说明一下，54 号令向个人随行物品征税，是为了提高财政收入？还是为了保护国内产业？后一点我们可以直接否定掉，因为国内还没有 iPad 的竞争产品。而为了提高财政收入，就要从一个个海外归来的人身上雁过拔毛，这种做法有欠考虑吧？

更为关键的，是我们从海关最近一些举动中，看到的这样一种让人担忧的趋势。今年九月，海关调整了进出境个人邮递物品管理政策，关税免征额度从现在的港澳台地区四百元、其他国家和地区五百元降至五十元。当时有人提出此举对海外代购行业有不利影响，海关方面的回应是代购商品属于货物，无论价值多少，都要照章纳税。而此次无论是对 iPad 的估价正好达到五千元征税点来看，还是将 iPad 定义为"非货物"的回应来看，似乎有这样一个"潜台词"：是货物还是物品其实不是重点，只要哪个能征税就是哪个。

还需要看到，国内随便调个价，都要开听证会；国外要加征一个税，那更是要进国会、议会的大阵仗。可这一切程序，在提高行邮物品关税前，出台 54 号令向个人随行物品征税前，我们的海关都视若无睹，还时不时引用几句"国际惯例"。

应该说，海关向 iPad 征税之所以引来社会的持续关注，并不是因为这件商品有多么大的影响力，而是大家通过此事看到了海关自由裁量权过大的问题。

如今物价猛涨，连最能靠规模优势抵消成本上涨的麦当劳都涨价了，"十二五"还有拉动内需的大任，海关却在这时候一次次单方面加税，无论从哪点谈，都与经济大势背道而驰。

加息不仅要看物价，更要看经济全局

2010 年度评论写作·优秀奖
刊发日期：2010 年 9 月 12 日
作　　者：马光远　于　平

统计局将原定于 9 月 13 日公布的 8 月份宏观经济数据，提前至 9 月 11 日，引发了加息的议论。

8 月份居民消费价格指数同比上涨 3.5%，与上月相比涨幅进一步扩大 0.2 个百分点，创下二十二个月以来的最高点。特别是，和 7 月份不同，8 月份居民消费价格指数创下年内新高，最主要的因素不是前期物价上涨的影响，而是新增的涨价因素，主要是农产品价格上涨，特别是食品价格全面上涨导致。

在这种情况下，很多人认为，由于推动居民消费价格指数上涨的最主要因素是农产品，随着季节性因素的减弱，加之今年粮食供应充足，第四季度物价会呈现逐步回落的态势，因此，没有必要动用加息的利器。诸如此类的乐观言论，之前我们听到太多太多。每一次价格上涨，农产品推给粮食，粮食推给蔬菜，蔬菜推给鸡蛋，鸡蛋又推给猪肉，猪肉推给天气和季节，最终的结论是不会引发通胀，但历史证明，这种乐观往往背离了事实。回到 8 月份的数据，表象看的确是由于农产品价格上涨导致，但这背后，8 月份，人民币贷款增加五千四百五十二亿元，同比多增了一千三百四十八亿元，超过了市场的预期，使得前 8 个月完成货币投放 5.7 万亿。也就是说，除了季节性等因素，货币其实是导致农产品价格上涨的主因。

在这种情况下，管理通胀的手段之一，当然离不开货币政策，不管如何，利率和居民消费价格指数不会一直倒挂下去。目前反对加息者的理由无非两点：一是农产品价格并非需求推动，加息改变不了目前物价的走势；二是认为宏观经济本身依然存在不确定性，加息对宏观经济的复苏不利。对于农产品的问题，前面已经论述。对于宏观经济，笔者认为，和那些总是坚持"不确定"观点的人不同，目前宏观经济的整体表现恰恰良好：规模以上工业增加值同比增长 13.9%，比 7 月份加快 0.5 个百分点，实现了今年以来工业增速连续下滑后的首次反弹，进出口依旧强劲，而固定资产投资和居民消费保持稳定的增长态势，第三季度 GDP 增长达到 9.5% 左右没有任何悬念。宏观经济的良好表现，恰好为防止通胀、利率倒挂和资产价格泡沫提供了绝佳的时间窗口。

而从目前宏观经济的最大隐忧看，增长显然不是问题，最大的隐忧依然是物价和以房价为代表的资产价格泡沫，而利率的长期倒挂只能引发更多的钱流入楼市，推高楼市泡沫，为楼市调控制造难度。如果说在第二季度，宏观经济的确有不确定因素，加息当时是两难选择，在目前情况下，笔者认为，为了防止楼市的再次报复性反弹和物价的相对稳定，加息其实成了必然的选择。在加息的问题上，我们不能看欧美，因为欧美依然深陷衰退的泥潭，而我们恰好面临通胀的压力和房价泡沫的巨大风险，在这个时候，顾左右而言他，对加息讳莫如深，也许会错失良机。

乐清事件何以引起轩然大波

2010 年度评论写作·优秀奖
刊发日期: 2010 年 12 月 29 日
作   者: 于德清

日前，浙江乐清一位村长钱云会被碾死在路上。现在，仍然有无数的网民和公众在"路边"等待、围观。他们不希望事件的真相也因为"交通事故"被碾死在路上。他们同样也期待，钱云会的死亡，终会得到合理的解释；真相从空中，从水中，不论从哪里，都会到来。

事件最新的进展是，昨日凌晨一点，温州市委召开专题会议，做出四条决定：实事求是，公正处理；由温州市公安局直接介入调查处理，并按刑事命案和交通事故两套程序分别展开调查、侦查；信息公开，对此事件的相关调查结果及处理在第一时间向公众公布，接受媒体及社会的监督；谁渎职、谁违法，依法处理谁，严惩不贷。

12 月 27 日，乐清方面曾迅速召开新闻发布会回应外界质疑。但是，三十分钟的新闻发布会，在村民疑似被封口、目击证人不在的前提下，发布会没有回答外界所有的质疑，更难以度过这场信任危机。

实际上，对乐清事件，当地政府的操作越公开透明，就会越早平息事件，而不致酿成更大的危机。所以，不必限制网民讨论、发微博，也不必限制媒体的报道和质疑，利用各种平台充分公开信息，传言自会止步。

现在，温州市委表示要客观公正地调查，而且要信息公开、接受媒体和社会的监督。这是正确的解决之道。只要，当地秉公执法、言路通畅、过程透明、接受监督，钱云会即便真是死于一场极其偶然的交通事故，社会和公众也能接受。不过，即便查清这是一起交通事件，也不应止步。应继续调查背后的拆迁征地，村民自治选举等情况。此外，也应认识到，钱云会之死引起轩然大波的深层社会原因。

钱云会之死成为公共事件，是因为，社会已积累了太多的"常识"。这种"常识"来自于更多地方政府征地、拆迁的不公，来自于很多上访者不但不能伸张公义，反而招致地方官员的打击报复；来自于一旦发生恶性事件，一些地方政府滥用警力，强压民意。这种"常识"的背后是深层的社会矛盾和官民信任危机。有关方面应当正视这一现实。

在乐清事件中，人们看到了一切符合"常识"的因素。民选村长钱云会，曾经为征地上访三次坐牢。这次事件发生后，当地领导"高度重视"，第一时间赶往现场，特警进村、"滋事者"被抓、村民通讯被控制。乐清的官员或许根本没有想到，在一个开放的互联网时代，地方政府越逃避、越封堵，就越是火上浇油，就越是刺激人们按照"常识"去思维、去质疑。当地政府也就越缺乏公信。

乐清事件也再次暴露出，在官民存在信任危机的复杂社会背景下，很多地方政府并不知道如何面对突发事件。遇到突发事件，政府官员应该学会尊重民意、耐心倾听民意，一点一点地去恢复政府公信。指望动用警力、封堵言路，不但无助于事件的解决，反而会进一步激化矛盾，将事情搞大，变成公共事件。

将钱云会之死从突发事件变成公共事件的，不是别的，正是当地政府的行为。当地政府不是用事实说服民众，而是强迫民众接受交通事故的结论。这不但没化解当地曾经存在的官民对立情绪，反而将这一情绪激发，并在社会范围内加深了官民信任危机。

解决突发事件的快捷方式，不是靠强制力量，而是，想方设法重建政府公信。

李炜光：将财税作为中国改革切入口

2010 年度评论写作 · 优秀奖
刊发日期：2010 年 10 月 23 日
作　　者：张　弘　赵继成

限制权力，最好的办法是从限制钱袋子入手，把钱袋管住了，别的权力就不在话下；预算仅有公开还不够，不能给个账本让公众自己看，那不是正确的态度；公开是一个机制，要用法律保证公民亲身参与预算，保证大多数公民看得懂预算。

在刚刚结束的中共十七届五中全会的公报中，再次提出"加快财税体制改革"。几年前，温家宝总理有关财税体制改革的一段讲话曾备受关注："一个国家的财政史是惊心动魄的，如果你读它，会从中看到不仅是经济的发展，而且是社会的结构和公平正义的程度。在今后五年，我们要下决心推进财政体制改革，让人民的钱更好地为人民谋利益。"

财税体制改革进展如何？难点在哪儿？本报专访著名财税问题专家李炜光。

（报道正文略）

新京报

品质源于责任

第七章

突发新闻摄影奖

江苏东海九十二岁老人父子抗议强拆自焚

2010 年度突发新闻摄影·金奖
刊发日期：2010 年 3 月 30 日
作　者：王　申

『颁奖辞』

　　回顾 2010 年所有的拆迁事件，九十二岁的自焚老人无疑是其中最震撼人心的一张面孔。摄影记者突破封锁、闯入病房，以白描手法，定格一种没有表情的痛苦，触摸一种无法言说的力量。

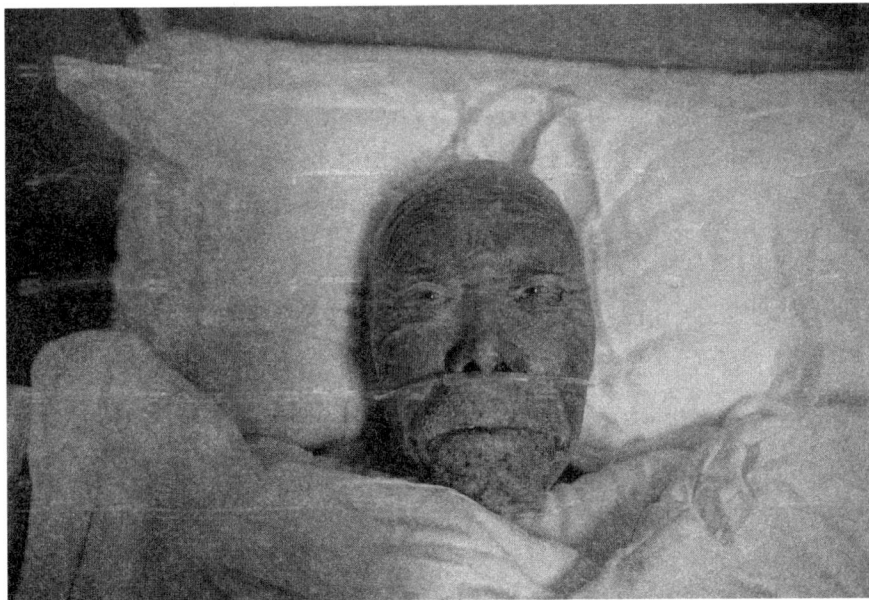

2010 年 3 月 29 日，江苏连云港市第一人民医院，东海自焚事件中被烧伤的九十二岁陶兴尧躺在病床上。为阻拦强拆，六十八岁的陶惠西和九十二岁父亲陶兴尧自焚，儿死父伤。

向"尊严"前进

王 申

我拍摄的江苏东海九十二岁老人父子自焚事件图片，微博当日转载四千多条，新浪上的新闻加图片的报道，当日可看到的评论达三万四千多条，影响巨大。

在微博上，很多人在继续关注这张图片，对于一些读者提的问题我也做了回答。

1. 有人问，这样的图片会不会对老人的心理造成侵犯？

老人见到我拍摄的时候，不住地说"为我做主"，眼中微弱的光线时隐时现。其实，有些时候我们宁可接受或者主张刺激的文字却对所谓"刺激"的图像唯唯诺诺；有些时候，直面现实比任何的修饰都有力量。

2. 有人问，王申是怎么进到病房，并拍下此照的？

在家属的带领下，我直接进了病房；在老人的要求下，我留下了这张悲愤的世纪老人的面孔。

真正的有思想的新闻图片，是事件本身的力量和摄影记者内心的人文情怀的化学反应而产生的。每天都在努力探寻真实，虽然力量微薄，但微薄却能伸张大义，这个大义是和所有良心碰撞形成的，并积蓄力量，向"尊严"前进。

大连油管爆炸 污染五十平方公里海域

2010 年度突发新闻摄影·优秀奖
刊发日期: 2010 年 7 月 18 日
作　者: 李　强

2010 年 7 月 16 日 18 点左右，大连新港附近中石油的一条输油管道发生爆炸起火。一千五百吨油入海，五十平方公里海域遭到污染。起火管道为直径九百毫米的原油储罐陆地输油管线，后引起七百毫米管线起火。燃烧产生气体主要为含硫和芳烃类气体，无剧毒。至昨日十七点左右，多数着火处已被扑灭，但现场仍有少量明火。

"被困"八十米烟囱　消防飞索救人

2010 年度突发新闻摄影·优秀奖
刊发日期: 2010 年 11 月 9 日
作　　者: 孙纯霞

2010 年 11 月 8 日, 丰台区马家堡东路附近, 三名中年男女爬上一座高达八十米的供暖烟囱顶端。经劝说, 一男子自行爬下, 但另外两名女子拒绝救援。最终消防员爬上烟囱, 通过飞索方式将两人救下。据知情人士透露, 两女子爬上烟囱是为纠纷讨说法。但警方并未证实此事。

抚州唱凯决堤

2010 年度突发新闻摄影·优秀奖
刊发日期: 2010 年 6 月 23 日至 6 月 27 日
作　　者: 浦　峰

2010 年 6 月 22 日，唱凯大堤外已经一片汪洋，村民在洪水里划船，不远处可见几个树冠。江西第二大河抚河唱凯堤当天发生决口，下游乡镇上万人被困，受灾人口达十万。6 月 13 日以来发生的强降雨过程已造成江西、福建、湖南等十省区遭受严重的洪涝灾害。

2010 年 6 月 23 日，江西抚州，一位男子在洪水中用自制木筏抢救一只幸存的猪。

抚州罗针镇，一位村民在清洗木门。受灾最严重的抚州临川区罗针镇，居民开始返家。

玉树地震　期待奇迹

2010 年度突发新闻摄影·优秀奖
刊发日期: 2010 年 4 月 17 日
作　　者: 赵　亢

←4 月 16 日，搜救仍在紧张进行。玉树结古镇坍塌的一座四层商住两用楼前，一位女孩双手合十为压在废墟里的人祈祷平安。

→4 月 16 日，一位肝破裂伤员急需用水，志愿者立刻找周围的人要水。

新京报记者　韩萌　摄

新京报

品质源于责任

第八章

特写摄影奖

北京单价地王一天刷新两次

2010 年度特写摄影 · 金奖
刊发日期: 2010 年 3 月 16 日
作　　者: 周晓东

『颁奖辞』

　　2010 年，房产调控政策一再收紧，北京地王纪录却一再刷新。透过竞标人痛苦出价的戏剧化表情，你看到了什么？楼市之痒，民生之痛，时局之困，调控之艰，一切尽在其中。

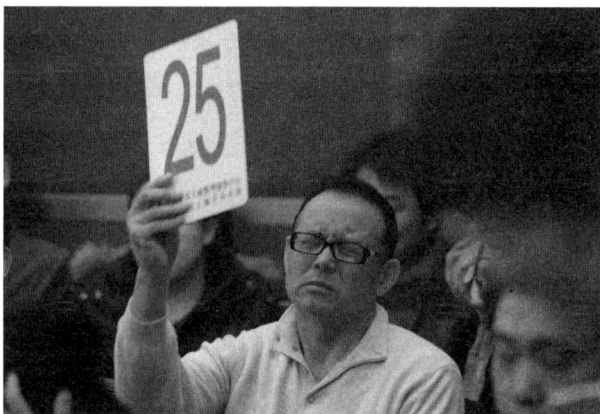

2010 年 3 月 15 日上午，"朝阳区崔各庄乡大望京村环境整治土地储备项目 1 号地"在北京国土局交易大厅进行现场竞价。经过八十四轮激烈角逐，远洋旗下的北京远豪置业有限公司以 40.8 亿元将其收入囊中，折合楼面价高达 2.7 万元／平方米，成为目前望京地区楼面单价地王。亦庄地块最终被中信地产以 52.4 亿高价竞得。此次竞拍公司多为国企，传隶属于中国烟草的中维地产此次频频举牌最终无一斩获。

苏丹：遥远的近邻

2010 年度特写摄影·优秀奖
刊发日期：2010 年 7 月至 8 月
作　　者：郭铁流

■ 组图介绍

　　2010 年 3 月到 4 月期间，本报记者作为中国扶贫基金会苏丹项目调研组成员，前往苏丹进行拍摄，用镜头捕捉了苏丹社会生活的方方面面。以系列图片展现一个更加生动更加丰富的苏丹。

← 2010 年 3 月 24 日，苏丹北方农村阿尼拉，一位老人不愿踩伤即将成熟的麦子，拎着鞋走过金黄的麦田。小麦是苏丹主要的农作物，许多地方都实现了机械化耕作，同中国一样，每到收割季节，就有流动的麦客驾着机械设备活跃在农村。

→ 苏丹著名景点，麦洛埃金字塔下，一名带枪警卫与当地老人交谈。

← 2010 年 3 月，首都喀土穆夜市上，叫卖服装的小贩。

↓ 苏丹首都喀土穆街头，一家照相馆前，两名刚取到照片的少女相互传看照片。自信与开放逐渐影响着苏丹的新一代年轻人。

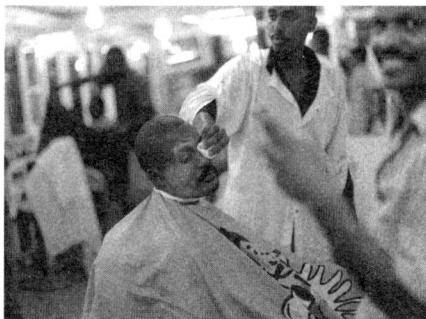

↑首都喀土穆，一家理发店。当地理发店男女是分开的。

↑当地人的骨牌游戏。

←首都喀土穆大学校园，几名女学生席地聊天，她们使用着当地年轻人最时髦的笔记本电脑。

关于苏丹的非专业报告
郭铁流

穷　　民众普遍的贫穷

我要是说苏丹是一个极度贫困的国家，一定会有人反对。苏丹中国商会的钱会长必然是反对者中的一员。在苏丹时，钱老板曾经操着一口江浙普通话，用淌着口水的腔调对我说："你不要以为苏丹穷，这个地方有的人富可敌国。"我相信钱老板说的是真话，也相信钱老板认识不少"富可敌国"

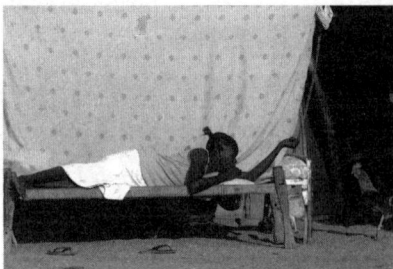

苏丹北部阿布舍农村，清晨一个妇女准备起床，当地人许多睡在屋外。

的人，但我在苏丹走了一圈后，还是认为苏丹非常的贫穷。

苏丹的首都喀土穆，从建设水平而言只相当于中国的中部地区县级市水平，只是规模要大些。除首都外，我到的其他州的首府，基本不能算是城市，顶多是较大的农村集市而已。农村与难民营，在我看来都可称为赤贫。

对于极度的贫困，我们并不陌生，极度贫困的具体呈现，全世界都是一样的，汉语中还有专门的词汇来形容，如"一贫如洗""家徒四壁"等。中国也有极度贫困的现象，比如西部一些个别地区，但像苏丹这么大的面积，这么高的比例，是当今中国人难以想象的。我还是用量化的方式来说明吧。我走访过的农村家庭，没有一家家中的家具、生活用具（电器基本没有）陈设，价值超过人民币一千元的；（房屋、土地、牲畜、生产工具不算在内）在难民营，没有见到超过人民币五百元的。

困　　　社会、经济的困境

有数据显示，苏丹经济持续高速增长，每年保持在8％以上，排在非洲国家的前列。数据显示了苏丹经济的客观发展，但我却不是很乐观。对于一个经济基础极度薄弱，甚至可视为零的国家，取得这样的增长起码在短时间内不能认为是经济状况的有效改善。

苏丹的麦洛维大坝由中水电承建，目前已经基本完工。大坝是苏丹政府执政的骄傲，成为竞选的法宝。对于苏丹而言，这是一座"进口"的大坝，大坝的一切材料（除沙石）都是进口来的，也就是说苏丹是一个连水泥厂都没有的国家。

在喀土穆，许多水泥电杆是长方形的。回国后我问了懂行的人，得知，圆锥形电杆在强度、寿命、成本、高度等方面都远远好于长方形电杆。圆锥形的水泥电杆生产工序中要使用离心设备，其实就是将未凝固的材料放入铸造容器中高速转动，是一种简单的工序。原理很简单，绝对不是什么难以掌握的技术，苏丹生产长方形电杆的原因，就是因为没有离心设备。

在苏丹，难民营被称为定居点或移民点，有许多人在这里已经居住了七八年。对于这个有着游牧血统的民族来说，在一个地方待上数年的确是算安定了。难民营中有水，有食物，虽说不上充裕，但也没有看见衣不遮体食不果腹的人。绝对不是西方描述的那种，堪比纳粹集中营的人间地狱。在与当地人的交谈中，听得最多的是没有工作、想找工作。我理解他们的现实困难是，没有改善生活的机会，而不是在为衣食着落而担忧。与民众相比，政府的麻烦和困难要更大些，要保证不渴死、

难民营中的两兄妹。

不饿死，还要维稳。

渴　　成为习惯的干渴

在苏丹时，我会随时陷入到缺水的恐慌中。具体表现为，每次出门前都要喝足了水，出门时总要检查是否带水，参加的活动中别人给的水不自觉地就塞到包中。我的这种非理性行为，主要来源于当地民众生活形态在我心中的投影，这种投影形成强烈暗示，就是我们常说的强迫症。

只要走出喀土穆，发现老百姓的活动大多同水有关。在农村，人们结队到水渠边打水、用毛驴运水，人群中常常会见到拎着水桶的孩子；在难民营，人们在水井前排着长队，据说打水每天要用好几个小时，是家庭生活中最重要的部分。

苏丹北方农村，几个男孩在荒漠中的小水塘玩耍。有数据称，在苏丹北部，沙漠化每年以十公里的速度向南方推进。

某日，留宿在一农户家中。一群人用一个杯子传递着一杯混浊的水喝。水是从村边的水渠里打来的，白天时我到水渠看过，人们在里面洗漱，牲口在里面饮水，水面还漂浮着看不出是什么的垃圾。

　　拿着杯子，翻译问我："这水你敢喝吗？"我说："敢，但我不喝。"翻译说："这里人们都是喝这样的水，饮水不卫生让这里的人好多都生了病。"我问："既然知道是水的问题为什么要喝啊？"翻译回答说："没有办法。"

　　我告诉他，办法是有的而且很简单。"水可以烧开了放凉喝，中国人就是这样做的，叫凉白开。另外可以消毒或过滤，最简单的消毒方法就是将水装在容器中在阳光下直晒，四个小时就能杀死大部分细菌。过滤也不难，制作一个过滤装置不会超过一头羊的价格（当地一头羊大约值人民币一千元），批量生产更简单，如果大家都想改变这一状况，生产家用过滤器还是一个商机啊。"翻译说："人们没有这个习惯。"我说："既然知道，这水对身体有害，喝这样的水是不好的习惯，改变这一习惯并不困难，而你们不愿去改变它，那就没办法了。"

　　谈话结束，他们没有一点被我说动的意思，依然继续抱怨没有洁净的水，依然传递着那杯混浊的水。事后，我想了许久，很多问题都不是技术层面能解决的，改变意识并行动起来才是关键。正如，给他们送去净水器是没有用的，还要让他们有用净水器的习惯。

西达尔富尔首府阿布扎难民营，一个女孩拿着空瓶找水喝。

　　龙　　中国人的天性

　　以前看过柏杨的一篇文章，说有一友人国外考察归来感叹："中国人到哪儿都是中国人。"大意是，中国人无论走到什么地方，生活在什么样的环境中，依然会保持着中国人的思维与行为方式，当然也保持着中国人似乎与生俱来的某些劣根性。在苏丹接触好多中国人，我一直在想柏杨的那句话。

某日，在喀土穆郊区，走访一家中国人开的农场。或许是大使馆推荐的缘故，老板接待很客气。老板是山东人，告诉我说，对面也是一家山东人开的农场（相隔二十米左右），两家都同时经营了好几年。我比较感兴趣，问叫什么名字？规模多大？种什么东西？等等。老板回答都是不知道，从各种因素推测，他没有必要说谎，或许这就是传说中的"老死不相往来"吧。当时我在酷热的非洲感到了一阵冰冷。

农场土地使用权的获得，是我比较关心的问题。老板告诉我，都是向当地人租的，每年一签合同。我问道，为什么不签时间长些的合同啊，这样不就更稳定些吗？老板向我解释，土地是有"地力"的，种上几年就可能不行了，产量就上不来了，这里的土地多得很，不行了就租别人的。

喀土穆郊区，一名中国企业家用小口径步枪将一只鹈鹕射伤后，冲上去将鹈鹕敲死。

前面提到过的那个商会会长钱老板，一次带我们下乡，车上放有一支小口径步枪。他称自己是苏丹第一个合法拥有枪支的中国人。一路上他多次架枪打鸟，好在枪法不灵始终没有造成伤害。路过一个村庄时，有好些鹈鹕停在村中心的空地上，这次他真打中了一只，鹈鹕没有立即断气还在挣扎，他提着枪冲上去，将受伤鹈鹕敲死。拖着重约十多斤的大鸟，他告诉我们说，这东西高压锅一炖好吃，能吃好几顿。

阿布舍医院的援苏医疗队有九人。我们需要给他们拍一张"全家福"，这是不可能完成的任务。显然他们不是一家，即便是在万里之外的非洲，九个中国人为了共同的目的干着一样的工作，有着大体相同的背景，但他们相互却是敌人。九个中国人，分成了两个大派还有若干小派。我们分别倾听了主要两派的说法，内容就不详述了，大体上都是对方卑鄙无耻，干的都不是人事，恨不得对方死上一百次。

在苏丹的中国人中，提到中石油没有什么好听的。有说中石油骄横霸道、财大气粗，甚至被绑架杀害的工人都是咎由自取。还有说，中石油的汽车走在路上会被当地人用石头砸，许多中国人的汽车上都要写明"这不是中石油的车"才安全。为此我特别留心，在苏丹期间从未见过这样的汽车招贴。我问过中石油的人，汽车是否被砸过，得到的回答是没有，我想起码不是一个普遍现象。或许中石油做的有许多不到位的地方，但为什么同在异国的同胞会给予这样的恶意假想呢？

这种恶意假想下的推测，有时候是非理性的，比如，不少中国人都说，中石油将苏丹首都的消费弄高了，苏丹人也痛恨中石油的人等等。他们还拿鱼价格来证明，原来只要两镑的鱼现在要卖十镑了。我无法相信，只有千余人的群体，能将一个六百万人口的城市消费拉高到什么程度。再说，即便是中石油有这样的能力，也是完全的市场行为啊，也是对当地经济的贡献啊，原来只值两镑的鱼现在值十镑了。我们不也是欢迎外国人来中国消费吗？

同在异乡，一个强大的中资企业，没有得到同胞认同，成为骄傲，而是被同胞诋毁甚至诅咒，这值得深思。

治　　苏丹式的民主

在苏丹期间，大选是当地最大的事。满大街的竞选广告，有执政党与反对党的交错张贴在一起，这种选战的架势与老百姓的默然形成对比。这个被西方称为世界上最独裁的国家，大选被认为没有任何悬念，当地人同样也没认为会有任何改变。而中资公司却做了些提前准备，比如医疗队储备了好几个月的食物，炼油厂基本停止了员工的外出等等。与当地的平静相比倒是泰国的局势显得夸张。

选举就是发动群众，就是用现实手段拉拢选民。一次在难民营的集会上，拉选票的人对前来集会的人说："我每次来，都送东西过来，这次又请大家吃羊肉，你们要记住一定要选巴希尔。"然后领着大家喊口号，还真管用。这种羊肉与选票的关系看似很可笑，但对于我这个连选票都没见过的中国人来说，还是觉得挺羡慕，起码他们吃到了拉选票的羊肉，他们的权利被人看重被人争取。

一次参加基金会与 BTO 的工作会议，提前离席的区长夫人走到了街上，让过了几辆出租后挥手招停一辆三轮车，上车前还与司机谈了价格。我简直不敢相信自己的眼睛，在中国哪怕是街道办事处主任的夫人，也是专车接送，即便打车也要留票报销。就这个问题，我问了使馆的翻译小刘，小刘说："这一点不奇怪，这边的官员还是相当地注意，媒体也很凶，常常不会给政府情面。"我想这就是权力受到制约的结果吧，在后来的采访中，常常会遇到比如某个学校、某个幼儿园，工作人员说不让进就不让进，陪同我们的官员一点办法都没有。

北达尔富尔一户人家的水杯成为小鸟觅食的去处。水杯上印有苏丹总统巴希尔的头像。

在达尔富尔遇到一群准备开医院的河南人。我问老板为何会有信心跑到如此生僻的地区来，如何解决繁琐的开医院各种手续问题？老板向我透露说，他的合伙人在总统府有关系，能直达总统。回到北京后，听到消息说医院还是开了，不过没几天就被查封了，原因是非法行医。显然，河南老板按照中国这一套运作方式来理解苏丹，我可以推算他的思维逻辑，结识高官——用利益捆绑在一起——凌驾于制度之上——出什么问题都用钱去摆平，结果苏丹不是这种玩法，河南老板吃了大亏。

"看不见"的世博

2010 年度特写摄影 · 优秀奖
刊发日期: 2010 年 5 月 9 日
作　者: 王 申

■ 组图介绍

　　这是一组带有梦幻色彩的图片，主题是备受瞩目的上海世博会。一千个人的心中就有一千个哈姆雷特。预计七千万观看人次的上海世博会，也将会产生七千万种观看方式。

5 月 7 日，英国馆"蒲公英"建筑前，扮演三脚树妖的剧团演员在"捉弄"游客。英国馆的设计是一个没有屋顶的开放式公园，展区核心"种子圣殿"外部有六万余根向各个方向伸展的亚克力杆，透过日光将数万颗种子呈现在参观者面前。

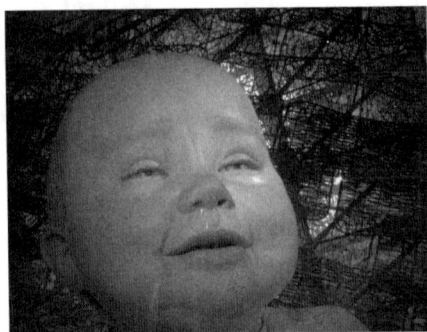

5月7日，西班牙馆，馆顶喷下的肥皂泡好像"小米宝宝"的鼻涕泡。这个坐高达6.5米的机器娃娃，原型是西班牙一个八个月大的婴儿。

5月3日，丹麦馆，头顶着妈妈的大遮阳帽，一个女孩走过螺旋坡道。以"梦想城市"为主题的丹麦馆，像一本打开的童话书，由两个环形轨道构成螺旋体。哥本哈根有"自行车之城"的美誉，丹麦馆内坡道铺有自行车道，并提供上百辆公共自行车免费借用。

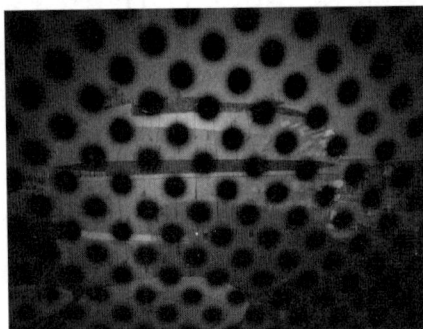

透过澳大利亚馆拍摄的新加坡馆。

国际气象馆外的花和池塘。

上海世博会，法国馆观看罗丹雕塑的人。

"看不见"的世博

王　申

2010 年 5 月的盛事因世博会而定格在上海黄浦江两岸 5.28 平方公里的土地上。

一千个人的心中就有一千个哈姆雷特。预计七千万观看人次的上海世博会，也将会产生七千万种观看方式。

"我"看到的世博，其实是别人看不到的世博，那是一种独特的关于人类的文化、科技和产业上的视觉盛宴和内心体验。

我看到戴着面具的男孩经过梦幻般的涂有白俄罗斯传统街市的绘画外立面。

我看到头顶着妈妈大大的遮阳帽的女孩子走过真实的丹麦小美人鱼，而这一切以前只能在童话中遇见。

我看到法国馆罗丹的《青铜时代》旁，男子交叉着双腿定睛在那雕塑的介绍之重，他的身形和雕塑如出一辙。

我看到秘鲁馆的神秘，是那西装男子揭开幕布的一瞬。

我看到"酷"英国馆的"蒲公英"带着"种子"飞扬，Mishief La-Bas 剧团的三脚树妖演员则拉开了公共演出活动的序幕。

我看到西班牙馆中硕大的"小米宝宝"和来自中国的三口之家融合成一家人，"小米宝宝"的梦想又何尝不是那画面中小女孩的梦想？

……

其实，更多的是我看不到的世博，那是你的世博，他的世博，人类的世博。

北京西北二百八十公里

2010 年度特写摄影·优秀奖
见报日期: 2010 年 4 月 11 日
作   者: 王 申

■ 组图介绍

　　中国北部，横陈着大批沙漠，从西面新疆到中部的内蒙古阿拉善到更远处的蒙古国西部，都被大批沙源地覆盖。沙源地究竟是何生态面貌？该如何治理沙源地？我带着疑问，深入离京最近的沙源地——内蒙古的兴和县探寻答案。兴和县被列入京津风沙源治理工程重点旗县。至今国家投入 1.3 亿，但当地荒漠化依旧严重。当地在防沙同时，还在大规模采矿，导致植被严重破坏，土地沙化。于是，兴和县陷入一个"防沙"与"滥采"的生存悖论。

　　这组照片拍摄于 2010 年 4 月初，直接目的是想通过图片告诉读者距离北京二百八十公里之外就已经出现沙漠了。但除了简单的景象拍摄外，我更想通过我的照片说出这里的人是如何应对沙尘的，他们的日常生活是怎样，最终想探讨为什么是如此景象。

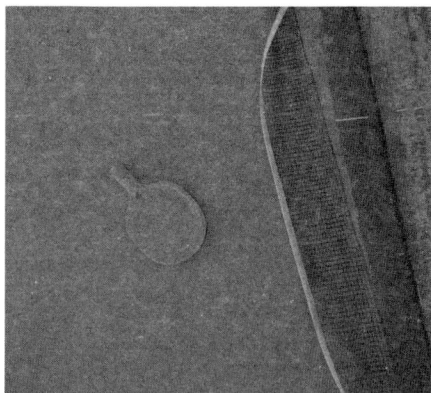

← 2010 年 4 月 2 日，内蒙兴和，乡政府办公室中落着沙子的乒乓球台和乒乓球板。

↓ 2010 年 4 月 2 日，兴和县石墨矿区河道中正在化冻的黑水。多年的采矿造成河道被矿渣堵塞，污水侵蚀农民耕地，农民只得离开家园。

↑ 2010 年 4 月 1 日，内蒙兴和生态项目区内，两只鹅走在村庄中。

→ 2010 年 3 月 31 日，内蒙古乌兰察布市兴和县店子镇，村庄里生病的老人戴着口罩在村中慢走，白色的口罩上留着黄色沙土的痕迹。

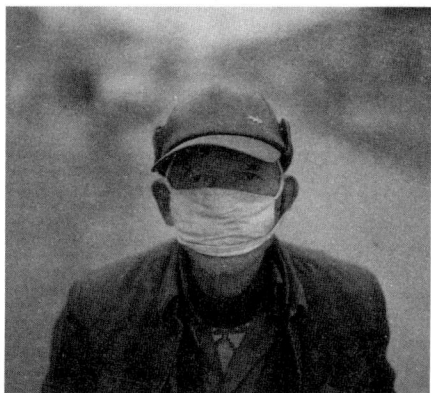

大堵局

2010 年度特写摄影 · 优秀奖
刊发日期：2010 年 9 月 21 日
作　　者：韩 萌 赵 亢 李 强

■ 组图介绍

　　2010 年 9 月 20 日晚高峰，北京全市一百四十余条路段拥堵，打破了北京堵车路段的纪录，也掀开了这场"大堵局"的序幕。北京有关部门对拥堵采取了多种措施，比如尾号限行、封存公车、提高停车费等等，但效果并不明显。也许，在公共交通没有全面发展起来前，拥堵是北京必经的阵痛？

2010 年 9 月 20 日晚 7 时许，国贸桥下由东向西的主路上，大量准备驶出主路的车辆由于辅路拥堵而挤在出口。

西大望路严重拥堵，车辆无法前进。一名司机下车向远方张望。

新京报

品质源于责任

第九章

常规新闻版面编辑奖

伊春空难：VD8387 的生死七分钟

2010 年度常规新闻版面编辑·金奖

刊发日期：2010 年 8 月 26 日

作　　者：李　强

『 颁奖辞 』

　　两个跨版，无论是制图、标题制作、稿件拆分、文本编辑，还是每块稿件小时钟的细节设计、催人心碎的现场图片，都达到完美表现。制图，精准、大气，逻辑清晰；小时钟设计，令版面活泼、生动；照片，动之以情。

　　重大突发灾难的次日，编辑没有浪费第一现场发回的每一点新鲜素材。清晰的逻辑解构，精细的制图、精准的拆分、动容的图片，将新闻事实与版面气氛演绎、烘托到极致。恰如鲍鱼熊掌遇到了食神，堪称完美。

■ 版面概述

　　8 月 24 日，21:31，从黑龙江哈尔滨起飞的河南航空公司客机 VD8387，提前四分钟飞抵伊春林都机场。七分钟后，VD8387 坠落在机场跑道，断成两截。8 月 25 日，确认遇难者四十二人。

　　两个跨版，制图，精准、大气，逻辑清晰；小时钟设计，令版面活泼、生动；照片，动之以情；文本编辑上，将含有丰富细节的稿件，做了精细拆分，分别从坠落、搜索、救援、救治、寻亲等五方面做了全方位的立体报道。

8月24日
20:51 21:00 21:09 21:35 21:38 21:41 21:50 22:10 22:55 3:00 8月25日

VD8387 的生死7分钟

21点31分客机出现在伊春机场上空，21点38分塔台呼叫机组没有反应

8

◎ 21:38
坠落 有人喊先救孩子

◎ 21:41
搜索 市长专用车参与

◎ 22:00
救援 消防员含泪营救

◎ 22:20 日
救治: 医生赶路300公里支援

◎ 25日
寻亲: 靠手表认出哥哥遗体

温家宝网聊：知蜗居滋味

2010 年度常规新闻版面编辑·优秀奖
刊发日期：2010 年 2 月 28 日
作　　者：李大明

■ 版面概述

　　2010 年 2 月 27 日，全国两会前夕，温家宝第二次与网民对话，两个多小时回答了十八个热点话题。同一天，智利发生 8.8 级地震。翌日的见报头版，只导读了这两个稿子。

　　温家宝网聊是当仁不让的头条选择，导读内容打破常规，选择了开场白、大学生就业、三公消费作为主题，将核心语言第一时间呈现，蜗居滋味紧扣房价热点。在智利地震的导读上，选择了一副大图，冲击力强。突出处理了 8.8 级的震级，并且采用地震波的方式强化视觉效果。

北京西北二百八十公里

2010 年度常规新闻版面编辑·优秀奖

刊发日期: 2010 年 4 月 11 日

作　　者:王　诺　裴　旋　王　申

■ 版面概述

　　2010 年三四月间,强沙尘暴袭击京城。这是一组表现京北沙患的图片。北京西北二百八十公里，京北沙源地内蒙古兴和县的环境堪忧。用图片组合成一个"土"字，选取不同景别色调的图片展现版面节奏，展现疏离感和延伸感。由于这组图片写意的味道更重，所以将图片整体的氛围通过编辑手段展现，再配以点睛的标题，细节的图说，地理方位的地图，新闻背景的链接。

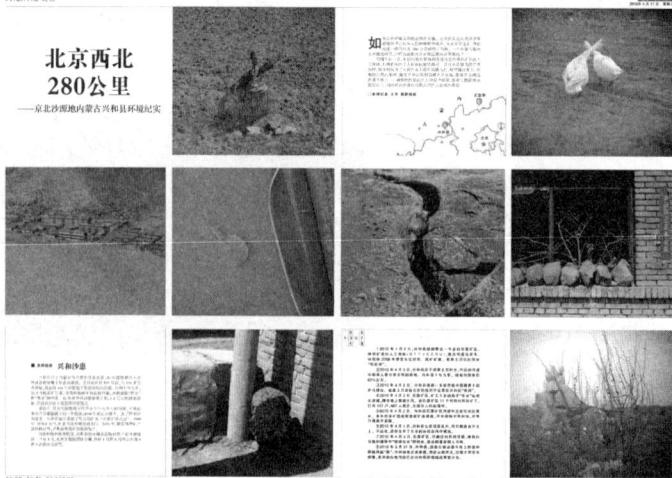

钢铁产能"越限越多"探因

2010 年度常规新闻版面编辑·优秀奖

刊发日期：2010 年 7 月 15 日

作　　者：何晨曦　张　奕　叶　绿　田　铮　赵　斌

■ 版面概述

《钢铁产能"越限越多"探因》逐条列举近六年来的钢铁产量调控政策，每次政策均提出限产要求，但限产从未成功过。在展现政策与现实冲突的同时，提出了为什么越限越多的疑问。制图以反映了钢铁产量节节攀升的现状，配文则以圆桌会议方式，让专家、企业主及分析师解读我们提出的疑问。一个宏观疑难问题经过细碎化处理，变得简洁易读，而且为问题的解决提供了有价值的建议。

大兴灭门案　李磊三次"求速死"

2010 年度常规新闻版面编辑·优秀奖
刊发日期：2010 年 8 月 13 日
作　　者：唐伯文　李　东　王殿学

■ 版面概述

2009 年 11 月 23 日晚，李磊将父母、妻子、妹妹和两个儿子杀害。五天后，在三亚被警方控制。2010 年 8 月 12 日，大兴首起灭门案在北京市一中院公开审理。检方指控，李磊杀害六名亲人，犯有故意杀人罪。庭审中，李磊表示认罪，并平静讲述了作案过程。

北京首起灭门案，关注度极高，首次开庭，专题版面打破以往的常规报道思路，将庭审实录放在版面上，如实还原了很多细节。此外，抓住关于缺少物证这个关键点进行展开，超越了一般的庭审稿件思路。

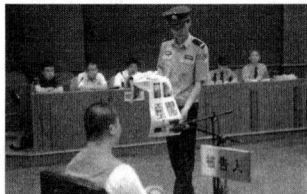

一次思维碰撞的创新

唐伯文

2009年底，李磊灭门案轰动京城，本报从最初便紧盯事件进展，记者想办法从各种渠道挖消息，还原事件过程和李磊这个人，究竟是什么原因使他选择弑亲？尽管我们无法下定论，但通过各方面的内容呈现，也不难明白长期的家庭积怨导致他走上这条不归路。

进入庭审阶段后，应该说各家媒体所掌握的材料和资源都差不多，想要胜出，只能在新意上下功夫。

对于李磊，相信读者都想了解他在法庭出现时是什么样子，对于公诉人的提问如何回答，包括他的表情等细节都令人关注。因此，我们放弃以往庭审稿件主稿加焦点问题的惯常操作模式，尝试将整个庭审实录原汁原味地上版，这种方式抛却了记者在文字表述时可能会带出的主观情绪，让读者自己去体味李磊的每句回答，可读性更强，也更客观。

此外，采编在下午沟通时还发现有一个细节值得关注，就是凶器自始至终没有找到。按照一般情况，刑事案件没有凶器，没有现场目击者，整个事发过程完全是犯罪嫌疑人自己在讲述，能否定罪？发现这个疑问后，我们梳理了李磊案的现有证据、证言等，又采了李磊的辩护律师，采了检方，采了第三方律师，最终得出结论：现有证据可证实李磊故意杀人。

除去核心内容，我们也没有疏忽外围延展。从灭门案事发到李磊庭审，经过了将近一年的时间。一年里，民事索赔也在进行，李磊究竟有多少钱，能否支付赔偿？事发地清澄名苑的房子会不会受连累而跌价？小区的安保又有什么样的改变？这些问题也在稿件中进行了交代。应该说，对于李磊案的关注一直在持续，整个事件报道完整、可读。它可以说是本报庭审稿件操作的一次创新，也是主编和相关记者、编辑一起思维碰撞的成果。

井下生活六十九天　三十三名智利矿工重见天日

2010 年度常规新闻版面编辑·优秀奖
刊发日期：2010 年 8 月 28 日、10 月 14、10 月 15 日
作　　者：储信艳　白　飞　谢　来　张　乐　陈　璐
　　　　　吴　妮　任业刚　方李敏　颜颖颢　马　晶

■ 版面概述

三十三名智利矿工，从最初的劫后余生，到最后的成功获救，漫长的六十九天，挑战人类极限，彰显人性光辉。他们是怎么活下来的？救援的细节是怎样的？矿工们被救后将来的生活又将如何？智利矿工救援对我们有什么借鉴之处？两个多月的时间内，智利矿工事件成为全球的焦点。

8 月 28 日，本报首次刊发"智利被困矿工"的整版关注，引起同城媒体的跟踪报道。本报随后持续报道智利矿工事件，关注事态的点滴进展。直到 10 月 14 日正式援救开始，本报集中发力。凭借前期的积累，本报在两天内运用多个版面，配合大篇幅精彩制图，详细解读矿工井下生存经历和救援过程，关注矿工的个人经历，提出了智利救援对我国的可借鉴之处。

整个系列报道酣畅淋漓，时效性、策划思路、稿件质量、版面效果俱佳，获得了良好的社会反响。

矿工将被困数月 智利"营救总动员"

矿工已得知需数月后才能获救;录像显示矿工冒海天冠时开会,打牌放松,心态乐观

矿工大营救

获救矿工的 69 个井下日夜

纪律严明,三班倒工作清理碎石,积极健身,常写家书拍视频

矿工重见天日别忘护肤

矿工心理创伤难预测

新京报

品质源于责任

第十章 评论编辑奖

微博大义

2010 年度评论编辑·金奖
刊发日期: 2010 年全年
作　　者: 李耀军

『颁奖辞』

　　一个阅读率最高的栏目,一个最能代表"2010"的栏目,一个拆掉门槛让每个人走进来说话的栏目、一个让新媒体翻墙进入传统媒体颠覆评论空间的栏目。当然,这也是一个需要编辑整天挂在网上、独具慧眼、沙里淘金的栏目。

■ 版面概述

　　微博大义是 2010 年评论部新设的评论栏目,每周五期,每期千字左右,从微博上选摘。开设一年来,以尖锐的观点,鲜活的可读性,短小的形式,成为新京报阅读率最高的栏目之一。读者反馈很好,有效地改善了时事评论版的生态。

用风月的方式谈风云，用风云的形式谈风月

李耀军

"微博大义"是 2010 年 3 月份创立的，当时我在评论部，做文娱时评版。报纸每年的年初都要改版，评论部主编王爱军说，这次要搞搞新意思，他提出设立一个微博评论栏目，作为这次评论部改版的拳头产品，所以爱军应该算这个栏目的创始人。由于别的编辑工作量比较大，我算个闲人，而且当时正处在"围脖控"时期，就把这个任务交给了我。

我们就开会研究，商量这个栏目的定位、尺度、名字。比版面的正常评论尺度略大，多一些趣味，用个人化的视角和语言，去点评新闻事件。这样一种定位，在后来被戴自更社长概括为"让风月人物谈风云，让风云人物谈风月；用风月的方式谈风云，用风云的形式谈风月。"我还在新浪微博上搞了个征集栏目名字活动，网友们提供了几百个名字，记得"微言大义"的支持率很高。跟所有的有奖征名的结果一样，"微博大义"这个名字是王爱军提出并确定的。

于是我的"主持人"生涯开始了。我先把我微博里关注的人进行分类，任志强、潘石屹、郑渊洁这些"话唠"，以及闾丘露薇、老罗这样的意见领袖归入"牛人们"。我的全国媒体同行归入"媒人们"，新京报自己人分入"报人们"，姚晨、谢娜这样的叫"艺人们"，机构叫"非人们"，这样阅读起来比较有目的性。那些说话比较有趣，又关心时事的博友们，成了我天天都要见的网友。

在我的心目中，张泉灵和王冉是"微博大义"栏目的金童玉女。张泉灵的 140 字，凝练简洁有深度，角度出人意料，尺度又领先半步，而且具有极强的幽默感，每次选她微博，我都有要见见真人的冲动。王冉跟张泉灵的风格很像，只是关注经济商业领域和企业多一些，当然这个

领域尺度可以更大，所以我用王冉老师的微博，应该是排第一的。他们评价问题的角度，都让我拍案叫绝，思路真好！连岳的趣味性更强一些，他写的是格言体，富于哲理，利于传播，上座率也比较高，但政治风险要大一些，被和谐率也很高。

"微博大义"栏目每天约见报六七条，八百字左右，但一般会准备两千字的微博，这还不保险，我经常会在半夜十一点多被编辑紧急呼叫，说快毙光了，请求支援。最后能够见报的，往往是比较温和的、中庸色彩的那些微博，例如李开复那样的。

2010年的新京报新闻颁奖典礼上，"微博大义"被评为了编辑金奖，巧合的是，上台给我颁奖的是新浪网的总编辑陈彤，我叛逃新京报的那年，曾在新浪网工作两个月，如今归来，却还在做着新浪微博的栏目，这是很有意思的事。

"空中四合院"是如何成功"闯关"的

2010 年度评论编辑·优秀奖

刊发日期: 2010 年 2 月 24 日

作　者: 于　平

■ 版面概述

本版的社论和观察家所选题材重大，紧扣热点。来信选题两篇紧贴民生，另一篇则独具慧眼。

社论作者为北京市高院行政庭法官，观察家为海南大学法学副教授，均为专学素养极高的作者，两篇稿件均为独家。

整个版面的文章，标题精致有力，文风厚重与鲜活搭配适宜。"空中四合院"社论影响巨大，甚至引发了一场权力公关。观察家栏目的"裸官"评论，在网络上引起网友热议。四篇稿子立论扎实，没有任何漏洞。

"叩问中国楼市"系列评论

2010 年度评论编辑·优秀奖
刊发日期：2010 年 4 月 8 日至 6 月 23 日
作　　者：阳　淼　常惠芳

■ 版面概述

2010 年年初起，地王频出、房价猛涨，加剧了中国的资产泡沫化。4 月，楼市迎来第一次调控，被称作"史上最严厉"。中国楼市究竟怎么了？怎么办？调控能见效吗？是我们组织这个系列评论时试图弄清楚的问题。

学界、业界以及评论界一些人士纷纷投稿，剖析楼市存在的深层次问题、调控政策存的软肋，提出可通过金融制度创新来帮助楼市走向健康，呼吁大力发展廉租房、公租房、限价房等保障性住房来保证民生，等等。

一共四十篇文章，气势前所未见，这四十篇文章不仅帮助我们看清了楼市泡沫的"本相"，更预见性地指出了中国经济面临的困惑，即后来提出的"两难"问题。

易中天　我们为什么不认错

2010 年度评论编辑·优秀奖
刊发日期: 2010 年 7 月 17 日
作　　者: 赵继成　王爱军

■ 版面概述

　　"'汪晖抄袭'事件"是 2010 年最大的文化事件之一，当所有人都呼吁汪晖站出来回应时，汪晖依然沉默，作为一个公共知识分子，其态度令人诧异。在此之时，我们约著名文化学者易中天教授，从中国的传统文化角度，谈谈中国人为什么不认错的问题，他把中国人的文化和政治心态写到了骨头里，也为汪晖事件的发展又添了一根稻草。

　　作者权威，作品独家，易中天先生作为当下最为炙手可热的文化名人，直接介入汪晖事件，本身就非常有看点。稿件刊发后影响巨大，仅易中天新浪博客上就有二十多万点击量。

于建嵘 给官员讲课要从事实开始

2010 年度评论编辑·优秀奖
刊发日期：2010 年 11 月 27 日
作　　者：赵继成　张　弘

■ 版面概述

　　2010 年最大的媒体创新是微博，而学者于建嵘通过微博，曝光了地方县委书记"没有强拆，你们知识分子吃什么"这句话，一时网络上板砖横飞。我们策划了一期微博与访谈互动的形式，以微博作为由头，专访微博当事人，讲述微博写作背后的故事，并深度剖析和评论社会问题，形式非常有新意。

　　本期访谈，各种要素搭配合理，既有微博，有访谈，还有一篇独立的第三人观察稿，起到画龙点睛的作用，还彰显了相对独立的、中立的价值判断，让稿子更有可读性，更有公信力。

新京报

品质源于责任

第十一章

专题新闻版面编辑奖

两会微博系列报道

2010 年度专题新闻版面编辑·金奖
刊发日期：2010 年 3 月 4 日至 3 月 14 日
作　　者：李欣悦　汪庆红　郭　超　等

『 颁奖辞 』

以虚拟的新媒体传播形式包装真新闻，将碎片化的信息，通过专业的新闻采访和编辑，形成有思想、有深度的阅读。版面特色鲜明，选题热辣活泼，编辑有如"导演"，开创互联网时代的两会报道模式。

■ 版面概述

2010 年全两会，因为新技术的出现，导致新闻出现碎片化倾向，这个就是微博。

面临如此碎片化的技术工具，两会微博报道小组将会场内外的具体鲜明、有个性的语言、戏剧性的故事等，用微博方式反映在版面上。

新技术微博的出现，新京报不盲从，创造性地发挥传统媒体自身优势，用实际行动否定了传统媒体在网络时代即将落寞的断言，同时也为传统媒体在网络时代的报道打开了思路。

拥抱新技术，为我所用

汪庆红

2010 年两会召开的时候，国外的推特在国内有了"变种"——微博。谁也没有想到，这个小东西，彻底解构了当年的两会新闻。对于传统媒体，如何借鉴其他媒体展现的优势，为我所用，发挥自身长处，这些问题，在接到用微博的形式反映两会的任务时，一直在脑子中，无法驱散。

为了搞清楚微博的优势到底在何处，查了一些有关推特的资料，也在纸上把推特的结构简易示意图画出来，但一无所获。

焦虑让人难受。经过将近三天的思考，推特的特点逐渐清晰：每一个人都可补充贡献新信息，每一个人的补充可能都是递进的，每一个人都是在前一个人的基础上的跟进，每一个人都是平等的……

问题就是：每一个人都在补充的时候，都是递进的。

如果还不明白的话，可将这个与采编的过程加以对比：每一个补充者，都将前面的信息完善，然后后一个人再出现校正，依次循环。

回头来看看采访过程。记者获得起初的报料后，会使用各种手段进行证伪。然后，在编辑部的指导下，探索报道的各种可能方向。

比较一下，两者的特点很相似，推特的过程也是个证伪的过程，采访也是。那么相同的东西，人家有海量网友的支持，而传统的采编在数量上和部分信源的质量上，没有任何优势。

可是，再仔细对照一下，微博的问题就暴露了——它中间充斥着很多未经证实的信息，而由于无人专门负责核实，这种海量信息，在信息时代的价值会大打折扣。

微博的劣势，其实就是传统纸媒的优势——采编核实证伪能力。

就这样，在与其他几个合作同事商量后，一个清晰的操作模式产生——采纳，包括微博在内的所有报料，有选取地安排记者采访，核实微博上两会信息和两会会场上真正发生的事情。

针对微博有时出现的话题不够聚焦，我们的小组在所有报料中进行排除，选取一些相对独家、争议性较强的话题或者新闻，进行采编加工。

有了这些详细的对照，其实剩下的问题就是按照传统媒体的操作模式前进。这里面，有几点可以总结的东西与大家分享。

首先，做独家，促成热点。如果做两会微博，不能通过独家采访，促成热点，一切就是空话。比如，当时会场上有个记者回来告知，有个委员想提一个行政区划扩充的想法，小组就结合这个委员的想法，对其他两会上的人进行采访，获得很多意见后，再补充一些网友中有水平深度的看法，这个微博很快成为热点。它经过了专业的采访过程，就成了热新闻。

其次，还可以通过场外喊话，将原本冷下来的热点再加热。周正龙因为"华南虎"事件，一直对处理有自己的理解。他希望通过两会这个场合，为自己翻案。开始的时候，所有人都很担心，这不是两会上的新闻，不能操作。但如果坐下来仔细想想，所有的两会不就是让大家发表自己看法的时候吗，为什么周正龙就不能？为了解决结合点，编辑故意将栏目设定为场外来信，通过这样的操作，吸引了读者的关注和讨论，也引发了新一轮关于冷热点的探讨。

最后，抓住会上的热点。2010年两会上出现了如取消嫖宿幼女罪、加征房产税等诸多热点话题，由于在前面大篇幅展开，又不适合，放在微博中通过一定参与人数的讨论，就可以设定话题谈论。

回顾整个的微博两会报道尝试，其实可以归结为一句话：当媒体新技术、新形式来临的时候，我们要拥抱它，但更要冷静地分析，做出自己独立的判断，这样才能真正地理解新技术的真谛，也才能真正做到将其为我所用。

G20 特刊 ——GO 厉害

2010 年度专题新闻版面编辑·优秀奖

刊发日期: 2010 年 11 月 7 日

作　者: 陈令山　苏　红　方李敏　白　飞　陈　璐

储信艳　吴　妮　任业刚　谢　来　张　乐

马　晶　颜颖颛　裴　旋　孙家丽　翟红刚

高　畅　林军明　许英剑　郭　宇

■ 版面概述

报道 G20 峰会的专题"GO 厉害！"，是继 2009 年首次推出"G20 秀"专题后，又一次的再接再厉、厚积薄发之作。专题以"全球经济共治"为主题，紧扣政府、社会、商界三者的互动关系，勾勒出新兴经济体和老牌大国的实力消长宏图，辅以就业形势、通胀动态、货币硝烟等工笔描摹，配搭军购、电影产业等特色亮点，最后以苹果逆势上扬，触摸人类创新的兴奋点收篇。整个专题热情、洋气，视角独特，冲击力强，做出了与中国力量相匹配的气场。

让国际新闻题材接民生地气
方李敏

2010 年 11 月 11 日至 12 日，G20 峰会（又称"二十国集团峰会"）在韩国首尔召开。在《地球周刊》上操作这个严肃，甚至貌似无趣的题材时，峰会尚未召开。

《地球周刊》封面编辑的安排，是四个编辑，每人一期，轮着来。幸运的是，11 月 7 日的《地球周刊》封面按排序，由我操作。于是，我也就理所当然地拿到这个专题的统筹和策划的机会。

从一开始，我就预感到它将是我个人以及我所在的团队在 2010 年年底冲击新京报年度新闻奖的拳头作品。

兴奋和庆幸之后，就要想着落实到具体的专题操作方案上。毕竟是十六个版的报道，就意味着从源头开始，想得越细致、越琐碎，就越能保证最终产品的质量。

难点显而易见：G20 是硬邦邦的题材，怎么将它软化？寻找怎样的切入点，去贴近读者？以何种方式去包装，去吸引读者？

长期操作国际新闻的经历让我总结了一些经验，例如，国际话题亲近读者的路数，无非就是两条：要么八卦，要么生活化。而 G20 与第二条吻合。

那些居庙堂之高的各国领导人，恰如群龙聚首，坐而论道，以期运筹帷幄，决胜于千里之外。他们虽然谈的是汇率、全球金融安全网、国际金融组织改革和发展等宏观话题，但根子却连着老百姓的菜篮子和米袋子。

由此，整个专题以民生为基点，以接地气的方式，按照"发展篇"、"就业篇"、"通胀篇"、"货币篇"、"赤字篇"、"军购篇"和"创新篇"依次铺开。

与此同时，我们在专题开篇时安排版面将这二十国的基本情况，用数据表现出来。数据代表着理性和说服力，体现 G20 专题报道的专业性；还将历届的 G20 峰会的大体信息整理出来，形成一个有序的脉络，利于读者从整体上理解 G20，毕竟它代表着全球话语权从单一地由发达国家掌控，走向新兴市场国家力求与发达国家平起平坐的格局。这样的格局，有中国的参与，同中国人的生活息息相关。

记者在撰写此类报道时，也力求用细节和故事去切入，而不是简简单单地堆积数据和观点。特别的专业话题，我们邀请了财经作家迟宇宙和北京电影学院教师王煊执笔撰文。

当每个版内容确定后，接下来考虑的就是包装问题。

其实，包装，就是顺其自然，进而水到渠成。

每个版就围绕篇章的关键词来描绘，这给了文字编辑和美术编辑极大的创作自由度。例如，"发展篇"利用一个人举着大旗登楼梯来表现，而楼梯和大旗则为各种编辑手段预留了施展空间；"就业篇"利用饭碗的形状来包装整个版面，很形象，很有趣。

最后，鞠躬感谢国际新闻团队和美编团队让我在 2010 年拥有了成就感。

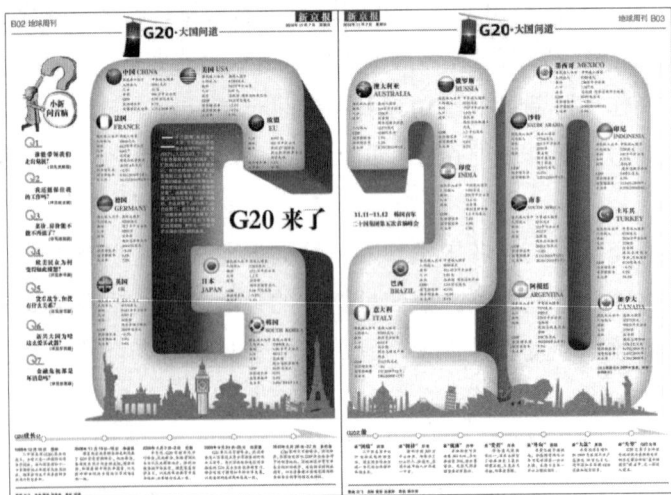

居民"小金库"为啥跑不过国库

2010 年度专题新闻版面编辑·优秀奖

刊发日期: 2010 年 3 月 5 日

作　　者: 赵建中

■ 版面概述

近十年来，城镇居民人均可支配收入增长 1.6 倍，而国家财政收入则增长六倍左右。居民财富增速为啥总也跑不过国库？本专题以此开宗明义。

在 2010 年全国两会策划之初，收入分配问题和税负问题，就作为最民生的议题进入我们的视线。但如何摆脱俗套，在两会报道中独辟蹊径？我们只能在操作上进行创新。

专题虚拟了一位二十二岁的青年，我们为他计算了从收入、生活、娱乐到置业、投资，所需要缴纳的

五花八门的税种，很容易引起读者共鸣。专题中，不仅有案例，也有权威专家的点评，还援引了福布斯杂志每年例行推出的全球税负痛苦指数，让专题的新闻点，在内涵和外延上都有很强的贴近性和可读性。

你交了多少税

赵建中

万税，万税，万万税。随着纳税人意识地不断生长，有网友这样不留情面地"编排"中国税制。

尽管财政部长在 2009 年全国两会时曾提到，所实施的结构性税收减免已减轻企业和居民负担五千亿元，但社会上关于减税的呼声仍然不绝于耳。显然，不是中国税负太高，就是减得还不够。

就在 2010 年全国两会召开前几个月，《福布斯》杂志又火上浇油。在其发布的 2009 年全球税负痛苦指数排行榜中，中国税负痛苦指数为 159，在六十五个国家和地区中排列第二，仅次于法国。这个其后遭到中国官方多次反驳、抨击的排行榜，当时再度引发减税热议。

因此，在中国新闻部策划 2010 年全国两会报道、梳理热点话题时，"减税"自然而然地进入了我们的视野。

通过查阅资料，我发现这样一组数据："近十年来，城镇居民人均可支配收入增长 1.6 倍，而国家财政收入增长六倍"。于是，问题出来了，老百姓的财富增长速度为什么跑不过国库，甚至根本不在一个量级上？这等于是让举重运动员和刘翔赛跑，越落越远。

要缩小这个差距，增收只是一个方面，更重要的应该是大规模减税。光让举重运动员掌握"七步上栏"的技巧还不够，必须放下杠铃的压力，减负前行。

距离两会召开还有一个星期时，在中国新闻部主编赖颢宁的小玻璃间里，召开了一个碰头会。赖颢宁、记者李静睿和我，一起商量减税专题的思路。

尽管问题已明确，但操作上如何摆脱俗套？若采取简单的"解释式"

报道方式——抛出问题、提出解释，恐怕还是和读者隔了层墙，难以引起读者共鸣。而我们的目标，是让读者感同身受。

争论中，李静睿忽然提高声音发问，你都交了多少税？这一下子把赖颢宁和我问住了。诚然，都说税多，那么一共有多少种税？都说税重，那么一共交了多少税钱？问题听着简单，但由于税种繁杂，并没有哪个较真的媒体真正掰手指算过，大多数普通人也都对此一知半解。如果，减税专题从这两个回归本源的问题着手，必定会吊起读者的"胃口"。

第一个问题，简单，只是资料整理的过程；而第二个问题，则又引起一番讨论。我们怎么建模，即怎么选取个案？由于年龄、职业、消费能力的不同，也导致交税的情形千差万别。攻其一点，又不及其余。

最后，我们选择的是折中方案，即虚拟一个理想化的角色，一位二十二岁青年，收入、生活、娱乐以及置业、投资都步入正轨，且处于平均水平。这样一个个案，实则就是许多个案的叠加，也是大众的缩影和代言。不过，我们不仅要将减税这个重大的时政题材由深及浅，贴近受众，同时还要由浅及深，提供权威的解释性内容。李静睿就捉到了一条"大鱼"——中国税务学会副会长安体富。这位专家不仅揭示了国内行政收费过多的弊病，还提到，新增 GDP 的 1/3 都交了税，而如此重税背后承载的公共服务质量却比较低。因此不仅要减税，还要让个人缴税与政府提供的公共产品对应起来。这种理性的建言，将专题推向纵深，也为专题提升了品质。

报道方向和方式确定以后，实际操作就显得简单多了。在版面呈现上，主标题进行了大胆的设问，同时我将漫画、图表、插图等元素进行了混搭，让版面显得更为活泼、悦读。专题一经推出，得到了领导和同事的好评，在网络传播中也引发了网友的热议。

今天再次回顾这个专题，时间已经过去一年多，其间"十二五"规划提出从国强向民富转型，政府工作报告提出民富优先，个税法也启动了新一轮修改。这个社会正在缓慢地蜕变着，如果非要为税加一个愿望，我希望是"税税平安"——纳税人税有所值，税费使用合情合理。

三国群英传

2010 年度专题新闻版面编辑·优秀奖

刊发日期：2010 年 5 月 7 日

作　者：金　秋　李世聪　刘婷婷　刘　玮　黄维佳
　　　　吴冬妮　甘　丹　李蝴蝶　焦　薇　邓　宇
　　　　何文暹　徐德芳

■ 版面概述

中国古典文学四大名著，2010 年全部重拍，新《三国》于 6 月登场，关注度极高。

该专题版式简洁但简单，符合读者阅读需要，如人物曲线图设计巧妙，清晰，对剧情可谓一目了然。独家专访到导演、全部主演及动作导演数十人，独具创意地做成时空对话，突出文本创新，让演员和历史人物对话，例如陈建斌对话曹操、陆毅对话诸葛亮，带出幕后信息和角色解读，趣味性强。

此外，在版面的整体设计上，采用了古本章回体小说包装，每标题和罗贯中词句与特刊 logo 和谐统一，让报道在可读性之外，更富美感。

香港旅游团在菲律宾遭劫持

2010 年度专题新闻版面编辑·优秀奖

刊发日期: 2010 年 8 月 24 日、8 月 25 日

作　　者: 张乐　马晶　颜颖颛　谢来　田北北
　　　　　白飞　陈璐　李大明　等

■ 版面概述

2010 年 8 月，香港旅游团在菲律宾遭劫持，举国震惊。事件从上午持续到晚上，记者一边关注事件直播，一边撰稿，完成了对这一起惊心动魄的劫持事件的最为完整的还原。本报在事发当晚全国独家联线到居住在劫持案现场不远的目击者，最为生动直观的讲述了许多独家细节。当天的报道还率先突出了劫犯的人物特写，最直接的揭示了案犯的作案动机和背景，让报道更为立体。第二天的后续报道，突出了质疑和事件还原，让事件全貌及其背景更为清晰。

新京报

品质源于责任

1Q84 密码

2010 年度周刊（副刊）版面编辑·金奖
刊发日期：2010 年 6 月 5 日
作　　者：方绪晓　武云溥

『 颁奖辞 』

　　面对一本非常热销，却又非常不容易阅读的小说，《书评周刊》以重写一篇小说的魄力，化繁为简，把原作中的故事重新编排，使之生动易读，并且保留原作的文学魅力。该专题展示了一流的想象力，一流的创新手法，一流的文本写作。

■ 版面概述

　　《1Q84》无疑是 2010 年度最热销、最有影响的小说之一，无论是在日本，还是在中国。在当代作家当中，村上春树一向是奇迹，既具备畅销的魔力，又具备文学的魅力。

　　本专题用了极具创新性的方式，以重新写一篇小说的形式，把《1Q84》中的故事重新编排。

【记者手记】

杰作需要创新的解读

武云溥

2010 年 5 月底，书评周刊编辑部拿到了即将上市的村上春树《1Q84》前两卷的中文版。

作为当下日本顶级畅销作家，村上春树的文学水准和市场号召力都足够强悍，而且在中国也有庞大的读者群。三卷本长篇小说《1Q84》又是村上沉寂多年潜心创作而成的"巅峰杰作"，中文版首印数就高达百万册。这些因素都决定了本报《书评周刊》必须关注此书，而且需要精心制作专题。

当时我和编辑方绪晓商量，关于《1Q84》引进中国的版权争夺战，以及译者由林少华换成施小炜的争议，此前数月已经在全国媒体炒得沸沸扬扬，本报文化新闻也做过追踪报道。那么《书评周刊》再从这个角度切入就不新鲜了，我们应该寻找深度解读作品的形式。而常规的书评专题操作手法，不外乎采访作者、译者、出版方，再辅以有分量的书评约稿，这个模式在《1Q84》面前又遇到障碍：村上春树是罕见低调的作家，几乎从不接受任何媒体访问，采访难度很大。如果请译者和出版方来谈，又是其他同类媒体在面对这个热门选题时都会考虑的策略，我们的创意何在？

　　基于以上考虑，我们决定转向对文本的分析：《1Q84》采用了村上春树惯用的双线叙事手法，男女两个主人公的视角穿插起来推动情节进程。在小说中还充满了大量对现实的隐喻和影射，1995年震惊日本的奥姆真理教制造的东京地铁沙林毒气案，是村上这部小说的灵感缘起，而这些对中国读者来说是有些隔膜的。再加之村上作品自上世纪八十年代引进中国以来已有数十部，《1Q84》的人物和语言设置，又与之前的许多作品有关联，称它是一部饱含"密码"的小说，名副其实。

　　所以，我们决定采用改写全书的做法，将原作用第三人称叙述的男女主人公天吾、青豆的故事，用第一人称视角拆开，包装成两人相互写给对方的"情书"。在这两篇书信体文章做成的"筐"里，又装进了书中其他情节，包括日本历史和宗教的解释。这样就把复杂而棘手的内容，变成了易于阅读和理解的文本，这就是"《1Q84》失落的密码"。

　　光有这些还不够，《书评周刊》在引领阅读趋势方面的专业性也必须有所体现，更何况是面对一部翻译著作，异域文化的特质，需要更专业的解读。编辑约到了旅日学者毛丹青对村上文学的多篇解读文章，由我将其整合成一个整版的"《1Q84》流行密码"，算是回答了"村上春树何以畅销"这个基本命题。

　　以上操作思路也包含了对版面表现形式的考虑：两封书信加一篇书

评，恰好可以分解在三个版面里。在"失落的密码"部分，我们又采用了假联版，用手绘插画勾勒出书中主要人物和场景：一黄一绿两个太阳，被隐藏幕后的邪教教主操纵着；小小人、空气蛹、吃菠菜的狗和男女主人公的形象，分散在版面各处，共同构成了 1Q84 的世界。这个版面的设计是我在动笔写稿之前就想好的，自己手绘了一张草图，交给美编赵斌来绘制，稿件的篇幅和段落划分也根据这张图的结构来安排，最后出来的效果是很理想的。

从编辑设定选题思路，到记者写作，再到视觉设计，通常"三步走"的操作流程，在"《1Q84》密码"这个专题里平行推进、流畅协作，我想这是该专题能获得成功的独到经验。至于颁奖词盛赞的文本创新，我在领奖时说了，更该感谢的是村上春树先生，是他为我们提供了如此优雅而富有内涵的杰作，给了我们更多创新的可能。

"世界最大科学实验"亲历记

2010 年度周刊（副刊）版面编辑·优秀奖
刊发日期: 2010 年 12 月 19 日
作　　者:徐德芳　金　煜

■ 版面概述

　　由欧洲粒子物理研究所（CERN）兴建的、位于法国和瑞士边境的大型强子对撞机（LHC）是目前世界上运行的最大规模的科学实验。志在解答包括"宇宙起源"在内的一系列重大科学谜团，是世界物理学界乃至整个科学界的"圣地"。

　　经过长时间策划准备，我们派出记者，在 CERN 蹲守半月，观察科学家的工作与生活，深入了解 LHC 的运作与科学意义。该专题通过多个角度的描绘，将 LHC 以及 CERN 当前的重大突破、实验构成、工作开展进行了全方位的解析，并深入了解了中国科学家在这个重大科研项目中的工作与地位。

3·15 体育假货档案

2010 年度周刊（副刊）版面编辑·优秀奖

刊发日期：2010 年 3 月 15 日

作　　者：田欣欣　何文暹　艾国永　曲　飞　肖万里
　　　　　韩双明　包宏广　王春秋　赵　宇　张　磊
　　　　　田　颖　孙海光　张　宾　郑　淇

■ 版面概述

3·15，这个日子与百姓息息相关，生活中有假货之害，体育圈概莫能外。这份"狠毒"的特刊，将体坛假货呈现，助球迷甄别西贝货。

年龄可以改，成绩可以假，哨子可以黑吹，比赛可以假打。凡此种种，在编辑创意策划包装下，给读者呈现的，是体育假货橱窗，一目了然，入木三分。

这不是一个玩笑

包宏广

多年以后，面对那份发黄的旧报纸，田欣欣一定会想起兄弟们在笑谈中撞出火花的那个遥远的下午。当时，体育部总共有十几个人，大家都还以兄弟相称，这在新京报多少算个另类吧。在四楼那个沉闷逼仄的小会议室里，一周一次的《赛道周刊》选题会如期进行。和往常一样，每人五个选题五花八门包罗万象。对了，那是个星期三。

综观体育部，田欣欣是最丰满的一位男人。在那些选题稀里哗啦被抖落时，他如同往常一样慢条斯理地说了一句话——"不如，我们做个3·15特刊吧。"后来的事实证明，这不是一个玩笑！

"三一五？"话音一落，会议室里就像油锅中掉进一滴水一样炸开了。短暂的惊讶之后，大家反应过来了。下一周《赛道周刊》见报当日，就是2010年3月15日。好吧，就这么着吧。为什么要做这样一个特刊？这不是问题。我们见惯了各种体育界的丑闻，假球黑哨横行霸道，篡改年龄已然成风，服用禁药路人皆知，公开作弊无遮无拦，冒名顶替理直气壮，阴阳合同欺下瞒上……读者知道吗？知道一点儿但很不系统。那就干脆一勺烩，全部端上来，借着3·15这个特殊的日子，将中国体育界各种类型的作假造假梳理好呈现给读者。

在阿丁的主持下，经过简单的碰撞后，各种元素基本就都有了。稿件主体是调查报告，然后有质监部门的验假报告，还有嘉宾点评，最后是防假措施。

写范文的任务落在记者张宾的肩上。因为，他是当时为止（也是迄今为止）体育部学历最高的。其实，学历只不过是个幌子而已，这家伙每次到财务报账，总有那么几个人民币大写整不明白——忘了交待，他是财会专业。尽管这经常被我们取笑，但张宾绝对是个最具有编辑思路的好导演。以成型的文章为证，他的导语意味深长，紧接着是背景音乐和字幕、片名，主体文章（即调查报告）用分镜头形式表现，每个镜头还配有同期声……同时，张宾又是撰写公文的高手，验假报告那部分包括产品名称、产地、鉴定报告、处罚结果等程式化的资料。如此形象，怎能不好看？

后期的包装中，阿丁的天才绝活用得出神入化，几乎每个版的标题都是他的手笔，如《球不假，赛假》、《哨不黑，人黑》、《报虚岁是中国传统》、《药是真的》等，诙谐幽默又不失真实，每个版上还配了一句耳熟能详的广告词，如"今天你喝了没有"，"你 OUT 了"等。美编林军明、裴旋和孙家丽创造的视觉效果更是锦上添花，如：档案袋、公章、法槌等。还有，那时候长发飘飘的曲飞，为征婚（江湖传言不可全信）写的两本书还没有付印。他操刀的封面评论，把这个充满调侃味道的专题拉回了现实——欺民之罪当如何论处？

2010 年的 3·15 是第二十八个"国际消费者权益保护日"，中国消费者协会副秘书长、新闻发言人武高汉表示，要让生产销售假冒伪劣商品的经营者"从舅舅家赔到姥姥家"。但现实是，和体育界的假货一样，我们日常生活中的假货并未因一年一度的打假而销声匿迹，反倒愈演愈烈。不说也罢！

回过头来看，这个专题远没有《奥运民工的劳动节》和《龚建平去世五周年祭》影响深远，它之所以能为大家记住，并非内容深刻，而是包装形式新颖独特。创新就是生命力，也是体育部安身立命的看家本领。

多年以后，田欣欣会带着媳妇邹欣回武汉老家看海，出自他和我们其他兄弟思路的新京报体育部名优产品一定会更多。

图说北大中文系百年

2010 年度周刊（副刊）版面编辑·优秀奖
刊发日期：2010 年 10 月 23 日
作　　者：方绪晓

■ 版面概述

　　2010 年是北京大学中文系建系 100 周年。专版以时间的线索，用人物为主角，贯穿出北大中文系百年的历程——从马神庙到红楼再到如今的五院，北大中文系贯穿了中国学术百年，除了学者，中文系还出作家、诗人、政治家、企业家……我们梳理部分中文系人，用图说的方式呈现百年北大中文系的人文景观。

新知周刊·图志

2010 年度周刊（副刊）版面编辑·优秀奖
刊发日期：2010 年 3 月 7 日，4 月 18 日、7 月 18 日
作　　者：刘铮

■ 版面概述

　　《新知周刊·图志》每期的版面主要有两种形式，一种是集合近期和科技有关的新闻图片，在一个主题下加以整合，加上一些有趣的文字；另一种是整版都是以一个主题整合的图片，这些主题通常，紧扣当时的社会热点和时事话题。在这些版面上，充分发挥"读图"的优势，但没有一张图片为了单纯的装饰作用而存在，都能从中"读"出一些信息。

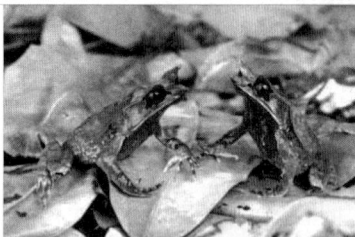

枯叶蛙

叶䗛

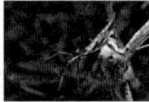

竹节虫

七道"拟态题"考验你

飞蜥蜴

兰花螳螂

新京报

品质源于责任

第十三章

特刊版面编辑奖

◎ 我们永远在路上

◎ 点经：三十四位经济人物猜想 2011

◎ 纪念曹禺特刊　苦闷的灵魂

我们永远在路上

2010 年度特刊版面编辑·金奖
刊发日期：2010 年 11 月 11 日
作　　者：文化副刊部　版面设计部

『颁奖辞』

　　　　这是 2010 年的"本报真相"，八连版的巨幅画卷，全面回顾一年来的重大新闻报道，让读者兴致勃勃地反思这一年社会生活的演变，并通过这些报道了解新京报的价值理念

　　　　鲜花永远在前方，我们永远在路上，办一份进步而美好的报纸。

■ 版面概述

　　新京报创刊七周年纪念特刊《我们永远在路上》，以八个版巨幅飞行棋的形式，全景呈现新京报 2010 年中操作的重大新闻报道。特刊以巨幅画卷，强大震撼的视觉冲击力，大力张扬新京报代表的媒体精神。

【编辑手记】

我们永远在路上

涂志刚

《我们永远在路上》特刊，是报社七周年庆典那天见报的，八个整版印在一张巨幅大报上，回顾新京报一年来的优秀报道，也是一种另类的年度大事记，视觉效果非常惊艳，每个看到特刊的人，说出的第一句话，都是"震撼"。

让人震撼的，除了巨大的篇幅，自然还有那条走不完的路，报人的路。曲曲折折前进之际，一年来大大小小的新闻，从墨西哥湾到伊春，从世博会到世界杯，从骗官的书记到骗百姓的养生大师，有悲伤、有兴奋、有愤怒、有无奈，一路走来，这事后不久的回顾，正是一段段正在发生的历史，我们每个人都参与其中的历史。报人的职业精神，也就在这历史的回顾中一一呈现。

作为一种回顾，我们当然希望在这条路上读出一点点文明与社会的进步，虽然这并不容易。看着满纸的肃杀，大多数人在"震撼"的第一反应之后，大概便是"沉重"了。我们当时讨论特刊的标题，最终把主题归于"道路"，把画面的焦点定格在一头翱翔的鹰，也正是期望这漫长的路途，终究能走向进步与美好，就像我们期望于新京报成为一张进步与美好的报纸一样。

说些美好的事吧。《我们永远在路上》最初的设计，并不是如今这样一张巨幅报纸。一开始，它只是一个任务，一个目标，要回顾一年的历史，要承载报人的精神，至于形式，包括做什么，怎么做，统统都没有。那时正值国庆假期，文化副刊编辑部人人回家想方案，上班后拿出来的，五花八门，有写成剧本，让新京报的卡通代言人小新去做系列侦探的，有设计成连环画，重现一年天下大事的。方案貌似都不坏，却总觉得少

· 270 ·

了点精神内核。最后是假期出门游玩早把任务忘得干干净净的武云溥从孩子们的强手棋里找到创意，设计出一条曲折前进的道路，以此象征新闻人戴着镣铐也要跳舞的精神。这方案大家都说好，不过在我们这些辛苦了一个假期的同事看来，武云溥这家伙逍遥自在，最后还拔了头筹，不免有些过分。所以后来终究找到一个机会，让他专门去做那些与创意有关的事情去了。你不是脑子好使么，那就让你多用用脑子，看累不死你——顺便说一句，这大概也是新京报的企业精神之一吧，这么多年已经融入我们这些新京报人的血液里面去了。

有了创意，后面的事情就简单了。我是那个干活的，跑上跑下，抓全报社的同事回忆这一年的经典战例，然后在八十个字的小小篇幅里面呈现出来。赵斌是另一个干活的，他的任务是画画，二十天不到，画一张八个版面拼在一起那么大的画，这么大个儿，如果拿去拍卖，大概能值几万块吧？赵斌最后只分到了八百块的金奖奖金，亏了。

点经：三十四位经济人物猜想 2011

2010 年度特刊版面编辑·优秀奖
刊发日期：2010 年 11 月 11 日
作　　者：经济新闻部　时事新闻　房产事业部　汽车周刊

■ 版面概述

　　作为《新京报七周年纪念特刊》的扛鼎之作，《点经——34 位经济人物猜想 2011》，既有三十四位经济人物预测 2011 年经济发展趋势的《点经》，又有九大行业发展前瞻。特刊关注社会发展的热点话题和热点行业，在 2010 年年末推出，是媒体中最早的一份"2011 经济社会发展白皮书"，在权威性方面被业内和读者所称道，也彰显了新京报的公信力和影响力。

纪念曹禺特刊 苦闷的灵魂

2010 年度特刊版面编辑·优秀奖
刊发日期: 2010 年 10 月 3 日
作　　者: 李世聪　李蝴蝶　徐德芳　黄维佳　甘　丹
　　　　　天　蓝　李耀军　张　静

■ 版面概述

　　2010 年是曹禺先生诞辰 100 周年。特刊以剧本的形式，遴选曹禺生命中的几个关键点，通过典型时间、典型事例、典型人物，多角度、立体化地反映了曹禺的人生转折和创造历程，表现这位戏剧天才曲折的人生和伟大的成就。

"戏说"曹禺先生的戏剧人生

天 蓝

　　虽然文娱人物的专题报道是新京报的强项，但如何突破以往人物传记类报道写作方法，以一种耳目一新，甚至鲜活的手法再现一代艺术大师的人生轨迹。这是我们此次着手做"曹禺百年"专题时，首要思考的问题。可以说，做这个专题，我们是以提出问题，解决问题的方式来进行的。首先，在2010年曹禺诞辰百年之际，各种文字性的纪念文章林立的时候，作为报纸，我们如何报道，才能向读者全面介绍这位戏剧大师的传奇人生，在还原人物真实面目的同时，也带来众多新的思考？这是我们提出的第一个疑问。我们发现如果只是普通的新闻类报道，或者通过综合采访写作常见类型的人物传记，都不足以满足我们的表达。于是，我们选择了一种从来没有尝试过的，或者说近年从没有一家报纸策划过的方式——既然曹禺是剧作家，不如我们就用剧本进行致敬。

　　想法有了，如何实现就是第二道难题。毕竟大部分参与这个专题的记者和编辑，都没有写作剧本的经验。那么，采访获得的第一手素材就是完成第二道难题的关键。在采访过程中，我们不仅请来曹禺的女儿万方和曹禺研究家田本相担任专题顾问，还接触了曹禺的另两个女儿、万昭、万欢，以及曹禺的老同事、北京人艺老艺术家郑榕、吕恩、苏民等，了解到曹禺中晚年时期鲜为人知的生活片段。通过走访曹禺故居、北京人艺博物馆，亲身感受曹禺时期的生活气息；而通过采访曹禺研究专家田本相、宋宝珍等，包括阅读田本相的著作《曹禺传》等书籍，我们还了解了许多曹禺年轻时的故事包括收集到其各个历史时期的代表照片……

　　剧本写作，有很强的专业性。既然采访素材已经就位，写作方法就是第三道难题。通过多次讨论，我们分配了工作，每人负责一幕戏，并

第一幕

雷雨天津卫

第一场

第二场
全家团聚

第三场
"曹禺"梦场

第二幕

日出清华园

第四场
处女作发表

第五场
《雷雨》时代

第六场
雷德大先生

第三幕

原野流亡中

第一场
四排德群英会

第四幕

北京人之惑

第一场
"四日长"照顾大儿

第二场
排练地设计

确定了以曹禺最为经典的四部话剧《雷雨》、《日出》、《原野》和《北京人》为每一幕的标题。因为标题的引申含义，正好映射了曹禺几个重要人生阶段的经历和境遇。记得当时有了这个想法后，万方也大为赞赏。她曾告诉记者，在报纸上用剧本的形式来展现曹禺，她还是头一次看到。而且曹禺之所以一直令人怀念，最主要因为他的作品在舞台上经久不衰。因此我们能想到以他的作品为主题来创作，万方认为我们抓住了纪念曹禺的意义所在。

这次纪念曹禺专题，可以说我们在同类型的报道中打了一个漂亮仗，艺术圈好评不断，很多专家更是将剧本收藏。甚至学者李辉等人还认为这个剧本再精心打磨，完全可以搬上舞台。《苦闷的灵魂》开创了两个第一和两个之最：第一部由媒体人创作，将曹禺的人生轨迹以剧本的形式呈现在报纸上的作品；第一部由媒体人完成，并且发表在报纸娱乐版面的剧本。全国"曹禺百年"纪念活动中最有创意的作品；日报类文娱新闻策划最大胆的一次尝试。也许从专业角度说，这次文娱新闻部创作的这部剧本，矛盾冲突还不够尖锐，戏剧性还有欠缺。但我们做了一个非常有意义的事，同时证明了新京报自身的优势。

专家点评：

以戏说戏，别开生面地回顾了曹禺先生的戏剧人生，让人看过难忘，重生感动。

——吴朱红（北京人艺副研究员、导演）

新京报曹禺专题很特别，角度和信息量都好；多年，不，很多年以来，曹禺被以共和国各高校现代文学专业为代表的人们长期庸俗解释，是时候还曹禺剧作的本来面目了。

——牟森（著名独立戏剧制作人、编导）

这是我看到的献给百年曹禺大师最好的礼物，不仅仅是她有崭新的文体和良苦的用心，关键是有后辈人的贴心交谈，这是大礼物。新京报的朋友们给了我们一部曹禺大师亲自登场，而得以使观众欢呼感悟的戏，这真有台上台下的双重幸福。

——邹静之（著名编剧）

剧本《苦闷的灵魂》让我看到了一个有血有肉，有情感，可以触摸，甚至是有温度的曹禺。它写出了曹禺的人性，很有创意。

——濮存昕（北京人艺副院长、著名演员）

【编辑手记】

曹禺百年，我们更怀念梦想
李蝴蝶

我一直认为一个不断追求梦想的人，一定是个幸运的人，因为在路上总会遇到同样与自己一样充满梦想的人，大家在一起就能把梦当做一块褐煤，让寒夜充满暖意。我就是这么一个幸运的人，因为在北京我真的就遇到了像我一样的人：金秋、李耀军、天蓝，还有阿顺。而点燃那块褐煤的火柴就是曹禺先生。

时间真快，1910—2010 年，曹禺先生一晃已经诞辰百年了，而我做戏剧才不过几年的事情。当金秋跟我说这个专题计划的时候，在内心里激动了一小下。金秋说，整个专题要以话剧的形式来包装，文字按照传统剧本来写。这应该是我见的最有创意的策划了，不过难度真大，用一个两万字的剧本来讲述一个戏剧大师的戏剧性一生，还要克服重重障碍，顺利地得以表达，真不是说做就能做的事。

怎么办？金秋说，用酒办。

几天之后，酒桌上围坐着的各位大佬开始讨论。

李耀军，文化评论园，牛逼哄哄，一门心思要改行做编剧；天蓝，京城第一戏剧记者，美得让人不敢正看，但有一颗文艺的心；阿顺，《你在红楼我在西游》的编导，有理想的靠谱青年。先喝后聊，曹禺先生的一生就这样分段分配到了这些后生晚辈手里。

那时定下了专题的结构：四幕话剧，每幕以其著名的剧作命名——《雷雨》、《日出》、《原野》、《北京人》。我记得那时候参与这个项目的还有当时做戏剧编辑的甘丹，还有实习记者张静，还有默默陪我们胡吹的编辑李世聪、吴冬妮，还有怀着身孕做版的编辑黄维嘉。这样的好日子真想多几次。

就这样，大家捧着田本相写的《曹禺传》、曹禺的经典剧本，以及前期的采访资料，开始列提纲、找写作点。这期间，整个创作组每次碰头讨论都少不了酒。两个月后，稿件慢慢地集中到我的手上来了。

改稿的过程中，我觉得最对不住的就是阿顺。他写了两场曹禺中学时代的戏，洋洋洒洒，最后为了服从结构，保留的部分不超过原稿三分之一。我边删边想，阿顺，为了曹禺你就忍了吧，这下手是狠了点儿，但改不好结构戏就骨架松散，对不住以结构著称的曹禺大师。

最让我意外的是天蓝，她写的那段爱情戏，细腻婉约，看得我心花怒放，像发现一块宝；最让我宽心的是李耀军，他的剧本"处女作"献给了曹禺，有模有样地写了一段曹禺、巴金、萧乾"文革"中的虚拟对话。不过这一段精彩对话被金秋忍痛删了。

剧本全部改好了，我已经筋疲力尽了，然后，把所有的上版编辑工作都交给金秋了，他像导演一样在版面上用标题、图片"搭建导戏"。做版的当天，他和封面编辑徐德芳与美编林军明商量，把专题封面做成了一张十分写实的旧戏剧海报，我跑过去看了一眼，上面写着"四幕话剧《苦闷的灵魂》纪念戏剧大师曹禺诞辰 100 周年专场"，心想，我们的这部戏就要上演了，一个梦想就快实现了。专题刊出后，万方、濮存昕等业内人士评价，这个专题，也许是献给曹禺先生最好的礼物！

现在想来有个遗憾，我初来京城，作为山东人却只有一瓶啤酒的量，常被笑话，历经酒局直到专题刊出也没练到两瓶，有些惭愧。曹禺先生，你让我们实现了一个梦想，在这敬你一杯，先干为敬！

新京报

品质源于责任

第十四章

版式设计奖

◎ 世博探秘
◎ 记忆南非
◎ 时尚发生史图鉴
◎ 央视大火案审判拉开序幕
◎ 智利矿工大大营救

世博探秘

2010 年度版式设计·金奖
刊发日期: 2010 年 3 月 22 日
作　　者:书　红　倪　萍　赵　斌　林军明　郭　宇　顾乐晓

『 颁奖辞 』

以全景插画艺术回顾世博会的历史，以巨幅制图呈现世博展馆
面貌与精彩看点，以多元化的视觉元素应用，以全方位的版面设计
技巧，以气势恢弘的大拉页印刷，造就一份值得收藏的报纸精品。

■ 版面概述

2010 年 5 月上海世博会开幕前两个月，推出的世博特刊，设计形式独
具一格，整体上采用贯穿始终的画卷式设计，艺术再现"世博之路"；以巨
幅制图呈现本届展馆展品与精彩看点，图文并茂，具有欣赏与收藏价值。

恢弘再现"世博之路"

倪　萍

《世博探秘》特刊是 2010 年后的第一个大特刊，得到报社领导的高度重视与支持。在美编和北京专刊编辑的几次沟通碰撞中，决定把原来两个大整版的世博遗产做成一系列插图在每个版面上呈现，最后拼接而形成十五个版的世博遗产图。

世博遗产系列插画

它以全景插画艺术回顾世博的历史，画长 367.5cm，是新京报创刊以来第一幅巨幅插画。画面根据世博会一百五十年的历史，截取其中重要的历史场景片段（比如对世博历史有重大贡献的世博会，以及中国人参加世博会的历史片段）通过跨越版面的十余幅图片图解，用线描的形式来还原世博演变历史，让读者在顺次翻看报纸的过程中也依次读到了世博的历史故事。这一系列的插画在版面的最上方呈现出来，形成十五个版面的巨幅插画，版面整体感、艺术感地再现了"世博之路"。

世博大拉页

开始诞生把原来的展馆的版面做成八个版面的大拉页这个想法的时候，编辑部担心内容上不够实现这前后十六个版面。因为在前期的策划中是按照二十四个版面进行的，而要做大拉页，就增加了八个版面。所以制作大拉页的想法差点夭折。但是在经过美编与编辑部的几次沟通后，决定还是要把场馆图以大拉页的形式呈现。

大拉页以50cm（高）×150cm（宽）以及三维立体形式展现上海世博园内的各个展馆，并提供参展国家、参观路线、方位指示、重点展馆特色等重要信息，旨在让读者一目了然。并且用信息制图的形式，直观、科学地报道世博会。使新闻性、艺术性、使用性和知识性，在版面上取得完美的平衡，带给读者全新的阅读体验，并且具有欣赏与收藏价值。

由于过于宏大的制图，我们担心机器运行不过来，在组版时都不敢保存大像素的图片。只有在完成所有的流程后，才保存大像素的图片出版印刷。即使在组版完毕后，也要把版面打印出来，拼在一起，才能一一核对版面上的信息。这个时候包括对版面上文字的大小，图片的摆放位置都会来回斟酌，是因为要形成一个整体感可阅读的报纸。

这次《世博探秘》取得的成功，是部门与部门共同沟通合作的结果。《世博探秘》创造了新京报创刊以来版式设计两大之最，一是世博遗产的插画是最长的插画；二是首次采用八个版的大拉页制图，创造最大的制图。

《世博探秘》以全景插画艺术回顾世博的历史，以巨幅制图呈现世博展馆面貌与精彩看点，以多元化的视觉元素应用，以全方面的版面设计技巧，以气势恢弘的大拉页印刷，造就一份值得收藏的报纸精品。

记忆南非

2010 年度版式设计・优秀奖
刊发时间: 2010 年 7 月 12 日
作　者: 俞丰俊

■ 版面概述

　　2010 年南非世界杯的收尾特刊, 版面设计的灵感来自一款经典游戏——贪吃蛇。绿色代表的球场, 层层递进, 罗列出每日世界杯的比赛结果。表格与图形设计结合精巧, 细节处理精致, 令人眼前一亮。

时尚发生史图鉴

2010 年度版式设计 · 优秀奖
刊发日期: 2010 年 12 月 31 日
作　者: 倪　萍

■ 版面概述

　　这是为新京报 2010 时尚权力榜特别报道制作的压轴版面，是对传统中国服饰、妆面以及史上时尚的图解。版面以手绘人物形象作为视觉中心，将时尚物品按首服、上衣、下裳和足衣进行分类。主图人物形象杂糅了中国历代服饰中的核心元素，与大量配图一起，合力完成了对中国碎片化的时尚史的拼贴式还原。

央视大火案审判拉开序幕

2010 年度版式设计·优秀奖
刊发日期：2010 年 3 月 24 日
作　　者：李铁雄

■ 版面概述

央视大火自 2009 年发生以来备受瞩目，时隔一年后的案件庭审，也成为公众瞩目的焦点。这个块版面使用单线条来暗示新址大楼，抓住了新址特点，贵在真实而生动。

智利矿工大营救

2010 年度版式设计·优秀奖
刊发日期: 2010 年 10 月 14 日
作　　者: 孙家丽

■ 版面概述

　　智利被困矿工在第六十九天后，终于被成功营救。如何立体地报道出整个事件，难度大、版面有限，包括时间空间上的限制都制约着最后见报效果。本版以新闻制图的形式来把内容整合。文字排列有序，构图巧妙，细节丰富，让观者深入到内容中去，把营救事件推向高潮。

新京报

品质源于责任

第十五章

插图漫画制图奖

"世博鉴"系列制图

2010 年度插图漫画制图·金奖
刊发日期: 2010 年 5 月
作　者: 林军明　郭　宇　赵　斌　许英剑

『 颁奖辞 』

　　美编以记者的身份深入一线采访，用信息制图的形式，直观、科学地报道世博会。新闻性、艺术性、实用性和知识性，在版面上取得完美平衡，带给读者全新的阅读体验。

■ 版面概述

　　2010 年 5 月，上海世博会期间，专版"世博鉴"通过制图的形式连续报道，将平日很少接触的比较难懂内容图文并茂地展示在读者面前，使内容轻松易懂，提高读者的阅读兴趣。

　　制图美编配合记者在上海世博会实地采访，搜集大量信息，并和后方美编、编辑及时沟通，用 3D 或者平面等多种形式，巧妙地配合版面设计，科学准确地还原了复杂的内容。

美术编辑"变身"记者
林军明

　　时光飞转，转眼间距世博会采访已经一年多了。2010 年的 5 月 3 日，我作为美术编辑开始了前后两次为期二十多天的世博之行，这也是我工作这么多年来第一次"变身"记者外出采访，激动之情难以言表。我大学期间所学专业即为展示设计，年少多志，那时候最大的梦想就是参与世博会设计，这次采访也算是为曾经的梦想做个交代。

　　世博会最大的收获是见识了各种璀璨多姿的文化，有越南的祭祖仪式，有泰国的宗教习俗，还有马尔代夫、新西兰的岛国文化。而这次文化之旅也改变了我原本头脑中对某些国家的刻板印象。举个例子，一直以来，印度尼西亚留在我头脑中的坚固印象是与中国文化的格格不入。而在印度尼西亚馆，我却看到了与中国类似的皮影戏，以及与中国京剧脸谱类似的面具。这些面具既有中国传统元素，又有非洲原始图腾的影子。文化的交融足可说明。也许就是在漫长的人类迁徙和来往交流中才使得这些文化元素慢慢积淀，成为如今的印尼文化。

　　世博会的口号是"城市，让生活更美好"，所以各馆也着重展示本国的环保理念，比如，城市实践区里，有餐厨回收系统展示；船舶馆里，展示了潮汐能发电系统；石油馆里，展示了开采石油时将被压缩成液体的二氧化碳埋在地下的设想；马德里馆里，为了将河岸边的绿地还与市民，高速公路被建在地下。其竹屋设计也别具一格，利用竹子做外墙，冬暖夏凉；德国馆，则展示了污水回收系统。

　　当然，对未来科技的展望也是世博会的一大重头戏。在船舶馆里，可以看到海上城市的模型。船舶成为海上生产基地，可以种植农产品，发展畜牧业，自给自足；航空馆里的灾难预警系统，则通过地面、地下与太空三维一体共同组建灾难预警系统。还有其他各种科技设想，让人叹为观止。

世博会是各国展示自己的舞台，在这场展示中，参观者能够很容易地在对比中感受到各国之间的相似与不同。记得在马德里馆里，有一个廉租房的展示，而令人惊讶的是这些廉租房的设计者中有很多国际知名的设计师。他们都乐于参与设计，而且大都是无偿设计。因为廉租房将是大批量建设，关系到低收入者的生活质量。反观国内，不免感到遗憾。

　　在这次世博之行中，我们力争为读者呈现一系列最全面细致的世博报道，而这些报道也被读者称为"世博的小百科全书"。这是我们最大的收获。世博会虽然已经过去，但却是我人生中难以忘却的记忆。

新京报　世博日报〈新知〉　特别报道 A21

二氧化碳开采石油示意图

二氧化碳也能开采石油

专家称我国1/3石油需利用二氧化碳开采，目前大庆、华北等油田已在试验

1 何种油田适合二氧化碳采油？

2 二氧化碳采油有哪些难点？

3 地下埋二氧化碳是否有危险？

"收集二氧化碳成本很高"

EXPO 2010

时尚语文期末考试试卷

2010 年度插图漫画制图·优秀奖

刊发日期: 2010 年 12 月 31 日

作　　者:许英剑

■ 版面概述

　　这是配合新京报时尚权力榜特刊的插图，表现了从猿人到当今中外服装史的进化过程，选取了比较有代表性的造型并配上幽默的设计对白，活跃了版面的气氛，吸引了读者的兴趣。

世博史插图

2010 年度插图漫画制图·优秀奖
刊发日期: 2010 年 3 月 22 日
作　　者:赵　斌

■ 版面概述

　　作为 2010 年上海世博会的特刊,系列插图根据世博会一百五十年的历史,截取其中重要的历史场景片段,比如对世博历史有重大贡献的世博会,以及中国人参加世博会的历史片段,通过跨越版面的十余幅插图的描绘,让读者在顺次阅读报纸的过程中,也依次读到了世博的历史故事。

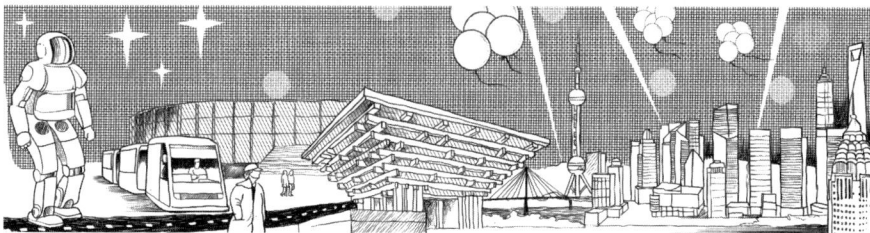

我们永远在路上

2010 年度插图漫画制图·优秀奖
刊发日期: 2010 年 11 月 11 日
作　　者: 赵　斌　许英剑　林军明

■ 版面概述

    2010 年 11 月 11 日，是新京报创刊七周年，整个特刊用插图的形式串起了 2010 年一年新京报所做的重要报道和取得的成绩。版面长达 1.5 米，从构思到成品，历时将近一个月。色彩明快，构图流畅，刻画细腻，引人入胜。

小人物的世界杯

2010 年度插图漫画制图·优秀奖

刊发日期: 2010 年 6 月 11 日至 7 月 12 日

作　　者: 鲁　嘉

■ 版面概述

　　2010 年南非世界杯期间推出的《小人物的世界杯》专栏，讲述小人物的世界杯故事，插图色彩明快，线条流畅，构图不拘一格，整个版面处处散发着文化气息。

新京报

品质源于责任

第十六章·营销策划报道奖

◎ 2010年北京标杆地产特刊

◎ 新京报2010时尚权力榜

◎ 中国最美50人盛典

2010 年北京标杆地产特刊

2010 年度营销策划报道·金奖
刊发日期：2010 年 12 月 17 日
作　　者：房产事业部

『 颁奖辞 』

　　一千二百万！这是 2010 年广告收入最丰厚的行业活动和特刊。在房地产市场跌宕起伏的 2010 年，广告营销能力再创新高难能可贵，但更值得嘉奖的还是媒体的行业洞察力、影响力和社会责任、服务品质的标杆力量。

■ 版面概述

　　2010 年第五届标杆地产特刊，打破传统的只为参加企业及项目采写的模式，对今年房地产整体市场进行了回顾和展望。九十六个超大版面，一气呵成，得到市场、读者的共同认可。

　　特刊整体实收达一千二百万，是新京报标杆有史以来实收最多的一次地产活动。此外，活动对参与楼盘和企业进行了严格把关，所有参选的企业都具有市场的认可度，几个有过严重投诉记录的楼盘和企业被本报拒绝参选，做到了立场公正。

扬起一面"旗帜"

张晓蕊

2010 年进入 12 月，天气更寒了，但房产事业部一群年轻人的心却是火热的。因为圣诞节要来了，元旦假期要来了。辛苦了一年，对假期美好生活的憧憬如一面面小旗帜，已经在每个人的心中，按捺不住地飘扬了一下。

"我们又要做标杆地产特刊了，这次再弄点有意思的吧。"12 月初的一次评报会上，房产事业部主任张学冬，笑呵呵在评报之后抛出这样一句话。笑容灿烂，不过挤得小眼睛像太阳下欲睡的波斯猫。

坐在会议桌周围的"虾兵蟹将"们心里没那么轻松，大家心知肚明每年年底的标杆地产特刊都是一场硬仗，不过，打完这一仗，就标志着这一年工作的完美收官。

团队中的老编辑们听到标杆地产特刊，立马打开话匣子："去年我们做的是新高度……""今年调控，楼市变化很明显……"要怎样怎样做的讨论七嘴八舌地进行了几分钟。面对房产事业部内的"老油条"们，几个团队新记者听得有些茫然。

"我们的主题是'旗帜'。"当学冬说出这句话的时候，或是还未理解，或是已有想法，大家沉寂了几秒，对于这个词语，各自不同的"遐想"飘出脑海。

想到 2010 年的楼市，一波三折，调控下，引领行业发展需要的是旗帜似的标杆房企、标杆人物。而想到 2010 年的我们，房产事业部初创，带着在新京报二次创业的情怀，探索、磨合、进步。在楼市变局中，都市平面媒体房产新闻领域的竞争也日趋白热化，若想占据高地，插上自己的一面旗帜，已不是易如反掌之事。

在走过的 2010 年，我们直面对手，选题、出刊形式不断被模仿；也在对手寻求超越的竞争中，感受压力，不断创新。"虽然我们一直被模仿，但从未被超越啊！"忘记了谁抛出的一句广告语，小小地满足了一下我们常打胜仗的虚荣，也勾起了斗志。

在选题会上，《旗帜》被分解为多个版块，以政策、人物、事件的盘点为主线。虽然《旗帜》只是一本营销特刊，但部门内对这一本一年一度的特刊的重视程度不亚于任何一次新闻选题的报道。

在形式上，《旗帜》新增了图片盘点版面，以 2010 年各个时点，不同人物、场景的表情直观地勾勒出一年中楼市的跌宕起伏。十大政策以及十大人物的盘点犀利精准，对成交市场、土地市场的报道也拒绝枯燥，文本要求可读性，以代表人物讲述一年的行业故事。

《旗帜》特刊出刊共九十六个版面，其中超过一半是内容版面。部门内平均每个记者的采写任务将近十个版面，编辑统筹、协调、做版，付出的劳动也只多不少。经过熬夜写稿和四脚朝天的做版历程后，有人累得呆若木鸡，有人"晕倒"在自己家的床上。

不过，当厚厚的一本特刊在评报会上"啪"地扔在会议桌上的时候，什么叫掷地有声、什么叫成就感，每个付出辛苦劳动的人心中都有自己的感触。

2010 年的《旗帜》为地产行业的发展标明了方向，也让新京报房产事业部在同类媒体竞争中，将自己的旗帜插在了新高地。大战得胜之后的欢愉，也令每个人心中的小旗帜飘扬起来，当然还有安心过节的幸福感。攻城略地，越战越勇，扬起一面旗帜，我们来年再战。

新京报 2010 时尚权力榜

2010 年度营销策划报道·优秀奖
刊发日期：2010 年 12 月 31 日
作　　者：北京杂志

■ 版面概述

　　作为年度最大制作，新京报 2010 时尚权力榜前后历时近三个月，动用大量人力物力。旨在系统盘点、评鉴 2010 年各方时尚力量，评选四大奖类十八个具体奖项，其中十三个品牌奖，五个人物奖。

　　摩登公社邀请了强大的评委团阵容，包括媒体领袖、社会名流、专业人士、影视明星等共二十三位业界知名人士。特刊亦为新京报带来欧米茄、万宝龙、雅诗兰黛、施华洛世奇、欧莱雅等高端广告，2011 年 2 月举办了隆重的颁奖典礼，确立了新京报在时尚领域的影响力和媒介地位。

中国最美 50 人盛典

2010 年度营销策划报道 · 优秀奖

刊发日期: 2010 年 4 月 9 日

作　　者: 文娱新闻部 《名汇 FAMOUS》杂志

■ 版面概述

　　中国最美 50 人盛典暨《名汇 FAMOUS》杂志创刊酒会，云集了包括范冰冰、海清、黄晓明等众多国内当红明星，以及华谊兄弟总裁王中磊等娱乐行业人士资深从业人员参与。活动从前期最美 50 人的评选，举办酒会邀请明星名人参与，到活动现场的环节设置及最终版面上的呈现都做到了尽善尽美。

新京报

品质源于责任

第十七章

策划系列报道奖

◎《干杯》特刊

◎ 赴美 IPO 专题

◎ 国美控制权之争

◎ 京冀开建环首都经济圈

◎ 世博探秘

《干杯》特刊

2010 年度策划系列报道·金奖
刊发日期：2010 年 6 月 11 至 7 月 12 日
作　　者：体育新闻部　版式设计部　摄影图片部

『颁奖辞』

　　　　从"指南录"特辑，到"南飞"巡礼，从一百个人的"不杯不亢"，到"干杯指南"，再到连续一个月的"干杯"特刊，将纸媒报道世界杯的优势，发挥到淋漓尽致。燃烧激情，放纵才情，这是报道，更是狂欢。

■ 版面概述

　　2010 年世界杯首次落户非洲，全世界的目光齐聚南非。新京报干杯第二季，打造和延续口碑的最佳载体。

每天二十四个版的篇幅，在新闻量和新闻时效上全面胜出。在创意和文本以及版面等多个方面，超越了上一届，更超越了同城媒体。二版、专栏、微博版面成为读者必读的栏目，特色策划版面也深受读者球迷喜爱，新京报前方记者还在南非独家采访了余华、池莉等作家球迷。

【记者手记】

南非，太阳照射下的彩虹之国
赵　宇

离别时总要带有些许伤感，这是中国人的人情世故，哪怕是装出来的忧伤。世界杯前，这个太阳照射下的彩虹之国对于我来讲，完全是陌生的。

来到约堡后就被旅行社关在一个位于郊区的大院子里，私自出门是被禁止的，原因是这里治安太差，路上被抢的事时有发生。

世界杯开赛前，我曾乘车去了趟黑人聚集区索维托。虽然没有下车深入探访，但发现这里远没有外面说得那么可怕。黑人兄弟们在路边闲来无事地晒着太阳，他们或是依墙而站，或是席地而坐，好奇地盯着往来的车辆，没有歹意，有时会朝车里的人不断招手，"嘿，朋友，欢迎你。"

如果没有世界杯，恐怕没有这么多人挤进南非，彩虹民族会像往常那样继续着自己平静的生活。他们顾不上外界的赞誉、批评，"妖魔化"对于这个国家来讲早已司空见惯。他们有自己的生活方式，日出而作，日落而息，南半球冬日的朝阳和晚霞，分外妖娆。

世界杯的大幕在一个周边设施还未完全建好的球场上拉开了。在球迷广场上，我见到了黑白人种的拥抱。在这里，没有隔阂与歧视，有的只是欢笑、泪水、掌声、尖叫，以及非洲民族特有的舞姿。

南非人管自己的球队叫 BAFANA BAFANA，这是祖鲁语，意为"小伙子"。走在街头，只要你对南非人说这个词语，他们会立刻笑着和你拍手，

"在这里，我们都是南非队的球迷。"

一个世界杯让南非人民，乃至整个非洲大陆融合在一起。此时此刻，贫穷、饥荒、疾病、战乱都已抛在脑后，非洲人享受着自己的足球狂欢节，就像广告词里说的那样——现在是非洲时间！

这是一个富有狂热激情的民族，这是一个饱受磨难的民族。上百年的殖民让这里的人们没有自由，长期的种族隔离制度让黑人失去了做人的尊严。在罗本岛监狱，我看到了种族隔离者对自由倡导者们的鞭挞与折磨，这里的英雄，不止曼德拉一人。

在南非的这四十天，我了解的不仅仅是一届不那么精彩的世界杯，而是这个陌生的民族。从各个方面来讲，这个国家和这个民族都不具备举办世界杯的条件。不过，四年一届的足球盛事依然如期而至，第一次在非洲大陆举办，第一次在冬天进行。

纵然各种不如意在开赛后蜂拥而至，但这也无法抵挡世界杯的顺利进行。当世界杯的大幕徐徐落下时你才发现，这是一次多么成功的世界杯。南非人向世界展示了自己特有的文化，人们脑海中对于南非模糊的印象也开始逐渐变得清晰。

南非人举办的不是比赛，他们需要的也不是世界杯，而是像世界杯这样的一个对外展示的平台，这个平台融入了世界各个角落的文化。

1998 年，我在电视机前观看了自己的第一届世界杯；2002 年因高考错过多数比赛；2006 年大学毕业，几乎观看了所有比赛；2010 年，我来到了比赛现场。

和刚到时的兴奋与喜悦相比，大幕落下后多了一丝伤感和落寞。来到南非，你未必会爱上这个国家，但一定会喜欢上这里的蓝天白云，以及午后的阳光。

我知道，我在以后的日子里注定会怀念在南非经历的这四十天。也许有一天，我还会回来。那时的南非会是什么样？

世界杯再见，南非再见。

为赶路的人干杯

曲 飞

杯者，盛酒之器皿也。当然，你也可以用它来盛水，但那意境就要差得远了。

世界杯也是杯，虽然它的造型并不像一只通常意义上的杯，但每隔四年此物一出，世间必有无数人为之推杯换盏，通宵达旦。此时如果杯中盛的是水，就未免太过寡淡无味。左手遥控器，右手啤酒瓶，斜倚沙发上，醉眼看球星，这才是理想的看球状态。盖因足球与啤酒一样，都是属于大众的，最廉价的狂欢。

是故，新京报体育新闻部制作的世界杯特刊，以《干杯》名之，意图用一份做工精良的新闻特刊，为世界杯这个大众狂欢节献礼，为读者提供佐饮之情趣、看球之指南。这一编辑制作思路，早在2006年的德国世界杯上即已奠定。

这次"干"南非世界杯，在基调上要与前作保持一贯，但细节上又要枢机自出，做足南非的特色、自己的特色。本次的《干杯》特刊，最有别于前作之处就在于更突出了"酒"的元素与概念。

世界杯开赛前我们制作的观赛手册《干杯指南》，就借用了金庸《笑傲江湖》中那段著名的品评酒与杯的妙文，用书中的八种酒杯的概念来包装世界杯的八个参赛小组。而《干杯》正刊，更是酒气十足，各个版面的设置，都围绕这个概念。例如：评论版，命名为"青梅煮酒"，取义"论英雄"；人物版，展示世界杯赛场上每日最值得关注的高光人物，得意者"饮者留名"，失意者"醉卧沙场"；专题版，以独家视角原创文字"自斟自饮"；前线版，我们的特派记者赵宇，在治安状况堪忧的南非第一线冒着被不法分子劫财劫色的危险，四处走访，采撷猛料逸闻，"闻香而动"；

专栏版，集纳各路名家，激扬文字，效法古人"汉书下酒"之豪情；宝贝版，"醉眼看花"花也醉……

而对参与者来说，最难忘的体验当属做最后一场比赛的截稿版，一般是四个（含封面）。因为时差，世界杯每日最后一场比赛结束时，已是北京时间凌晨四点多，对于早报来说已属印刷时间的极限，说生死时速，真是毫不为过。

但正所谓"没有困难创造困难也要上"，针对这个版的困难，我们通过大量的前期工作来克服。在开赛前的会议上，稿件条目内容都已议毕定妥，各位编辑多年浸淫，对比赛走势的判断、重点人物的关注，基本了然于胸。比赛中，各位记者也都各司其职，运指如飞，往往下半场中段就能交稿，仅留下最终比分以备修正。最终，有赖各位精诚团结三军用命，不但从容完成了报社"比赛结束后五分钟内完工"的死命令，而且基本做到哨响签版，几无片刻迟延。由于做版时忙得浑然忘我，收工时往往"不知东方之既白"，时任体育新闻主编的酒徒王谨，将这个版面命名为"当浮一白"，既是即景，也道出了签掉这个版时的畅快心情。

天下无不散之筵席，南非世界杯结束至今，不觉间已过了一年。青山依旧，而当时每日一同战斗一同干杯的战友加兄弟们，连我在内，已有数人离开。虽已分道扬镳，莫道歧路无为，我们——为赶路的人干杯。

赴美 IPO 专题

2010 年度策划系列报道·优秀奖

刊发日期: 2010 年 11 月 23 日

作　　者: 经济新闻部

■ 版面概述

2010 年赴美 IPO 企业明显增多,专题全面地反映了中国大陆企业赴美上市情况,采访对象不但包括上市公司及分析师,还有纽交所的中国代表,在媒体同类报道中明显占优。在对比赴美上市与国内上市不同的同时,也对这些企业做了分类介绍,为读者投资提供了参考。

国美控制权之争

2010 年度策划系列报道·优秀奖
刊发日期: 2010 年 8 月 13 日、9 月 15 日
作　　者: 经济新闻部

■ 版面概述

　　著名家电卖场国美电器老总突然被抓，由此引发了公司资金危机、控制权之争，成为现代公司治理的一个经典案例。

　　国美电器 2010 年 8 月 5 日宣布对公司间接持股股东及前任执行董事黄光裕进行起诉，而黄光裕方面则呼吁投资者支持重组董事局。9 月 28 日，国美股东投票大会宣布，黄光裕方面提出的五项议案中，除第四项议案，即取消一般授权得以通过之外，罢免陈晓等其他四项议案均未获通过。专题还原了陈晓"篡权"的始末，展示了"陈黄"决战的过程、结果、现场。

京冀开建环首都经济圈

2010 年度策划系列报道·优秀奖
刊发日期：2010 年 11 月 11 日
作　　者：北京新闻部

■ 版面概述

河北开建环首都经济圈，紧邻北京，事关很多北京人的切身利益。进入 2010 年 10 月份以来，河北事关北京的新闻频出，提前派三路记者，赴河北在北京周边建设的三个新城进行探访，采访到了很多事关民生的鲜活新闻。

专题抓住 11 月 10 日举行的"京冀加强合作座谈会"这一契机，推出"环首都经济圈"策划性报道。对河北常务副省长的专访，为整体报道起到了画龙点睛的作用，有了高端访谈，加上权威解读，报道更充分、可信。

世博探秘

2010 年度策划系列报道·优秀奖
刊发日期：2010 年 3 月 22 日
作　　者：北京杂志

■ 版面概述

　　作为 2010 年世博系列报道的开篇大型报道，《世博探秘》特刊向普通读者开启世博知识普及的大门，了解世博会的历史，带给世界生活的变化以及中国和世博会的历史故事，以及今年世博会最大的看点和科技亮点。

　　特刊主要为读者解决三大问题：

　　1. 世博会是什么？普及世博历史文化知识，梳理解读世博为人类生活留下的珍贵遗产，展现世博对于人类文明的意义和价值，引导公众加深对于世博会的认知。

　　2. 上海世博会看什么？围绕上海世博会主题"城市，让生活更美好"，解读本届世博会的价值取向、主体内容与创新之处，向读者推荐本届世博会的亮点与最有价值的看点。

　　3. 上海世博会怎么看？实用的观展指南，参与世博的多种途径。

集体智慧锤炼的精品

范　烨

说实话，做一个大型特刊真的很累，累心、累脑子、累身体，要不停地推敲策划，想着记者采访中可能出现的各种问题，想着用怎样的创意来呈现一个好的主题。就像做城市实践区那部分内容的编辑许晓静说的那样，她躺在床上还一直想着怎么样把那些图片更好地和文字有机地结合。最终，当最后一个版被领导盖上了章，当所有的创意都在纸面上呈现，而且呈现得那样好的时候，你就会觉得那种成就感代替了之前的疲倦、烦躁与不安。相信每个做大特刊的编辑记者都会经历这样的煎熬与快乐，并且在下一个特刊来临时继续着这样的循环。

《世博探秘》特刊从策划到最后签版，历时一个多月，几乎专刊部的所有人都加入到特刊的制作工作中来。策划修改了三稿，我们希望通过三个层次递进展现世博会的魅力，即什么是世博、世博会看什么、怎么看世博，在每一个层次中又体现了不同的展现侧面。当我看到最后的定稿策划时，发现后面缀着十几个世博局领导和工作人员的电话，我想这应该是其他部门的同事把他们的资源共享了过来吧，虽然其中有很多电话我们的记者最后打不通，但还是非常感谢他们的支持。

部门内部和部门间的积极沟通很重要。期间正好记者曲筱艺要去上海做旅游采访，刘旻让她借这个机会，顺道去探班世博会的建设现场，争取能够采到一些关键人物。曲筱艺虽然没能进到世博园里，但采到了人，拿到了一些第一手的照片及资料，还为报社省下了采访的路费和住宿费，一举三得。

曲筱艺回来后，部门再一次开会，听她的采访反馈，并且在其他记者采访的基础上再次调整了一些采访方向。后来我在看各个版面最终的稿件时，发现有些人是我们当初设想要采访到的，有些设计师是我们没有想到能够采到的，但记者们都做到了。人说细节决定成败，我想每个人的职业精神也是决定成败的关键。

　　和美编的沟通从特刊策划之初一直贯穿到签版的一刻。从版式、制图、封面，美编从一开始就积极地介入，比如说十六版的大制图，那张正反面整体面积为日常版面十六倍的特大制图，用三维效果制作的场馆以及细节的处置，是一次新的尝试，要把每个经典场馆都通过三维效果制出来的话，将是一项非常浩大的工程。编辑巫慧说："如果有足够的时间，这张图可以有无限完善的空间。"很多做报纸的人希望自己的作品能够对抗时间，我们希望这张图制出来，很多人会把它作为世博会的一部分珍藏起来。

　　当然做特刊，还需要有推倒重来的勇气。在最后一天快签版时，林军明制作的封面被毙掉了，他与书红从下午五点半开始，重新设计创意，最终呈现出一张以橙红色为底，一棵世博之树为主体的封面。

　　最后印出来的报纸上，每个版面的下方印着责编和美编的名字，但是实际上每一个版已经分不清到底有多少人的灵感和想法融入了进去，也分不清这一个版经过多少次调试才变成了最后的模样。也许正是这么一个由很多分不清和道不明的努力组成的集合体才是个好作品吧。

新京报

品质源于责任

第十八章

年度新闻大奖

◎「新圈地运动」系列专题报道

"新圈地运动"系列专题报道

2010 年度新闻大奖·金奖
刊发日期: 2010 年 11 月 2 日至 5 日、11 月 25 日
作   者: 深度报道部

『 颁奖辞 』

　　新拆迁条例尚未出台，"新圈地运动"又侵袭农村。原本是保护耕地的"增减挂钩"政策在有些地方却被唱歪了经——许多农民被赶上楼，甚至被打上楼。编辑部敏锐地抓住了这一选题，多路记者赶赴山东、河北、安徽、四川采访，连续推出个案调查、政策解析、和专家访谈。系列报道刊发一周后，温家宝总理主持国务院常务会议，部署整治"增减挂钩"试点，严禁违背农民意愿强拆强建。

■ 版面概述

　　"新圈地运动"系列专题报道，是长期关注土地问题时发现的一个社会热点现象。2010 年 8 月，山东诸城取消所有旧村建制，五个行政村集中合并居住，对此组成专门报道组开展专题报道。农民集中居住，宅基地换楼房是当下二十四个省市进行的改革和尝试，但是在采访中发现，一些地方违规扩大试点面积，在全市甚至全省实行集中建新村，拆旧村，因为多数农村新建的房屋被拆，大宅基地换成窄小的楼房，搞的民怨沸腾。

系列报道对国家《城乡建设用地增减挂钩管理办法》进行质疑，连续四篇核心调查报道和三篇专家对话，共计三万多字，对这一《办法》漏洞所造成的现象进行调查和展现。

11月底，《参考消息》首次在其第八版对系列专题报道的第一篇进行转载。见报十天后，国家总理温家宝召开国务院常务会议对此进行了专题研究和部署，要求国土部对《城乡增减挂钩管理办法》进行修改。

"消灭农村"背后土地财政之手

■ 核心提示

一场让农民"上楼"的行动，正在全国二十多个省市进行。

拆村并居，无数村庄正从中国广袤的土地上消失，无数农民正在"被上楼"。

各地目标相同：将农民的宅基地复垦，用增加的耕地，换取城镇建设用地指标。他们共同的政策依据是，城乡建设用地增减挂钩。

记者调查发现，这项政策被地方政府利用、"曲解"，成为以地生财的新途径。有的地方突破指标范围，甚至无指标而"挂钩"，违背农民意愿，强拆民居拿走宅基地。演变为一场新的圈地运动。

宅基地转化后的增值收益，被权力和资本"合谋"拿走。农民则住进了被选择的"新农村"，过着被产生的"新生活"。

专家指出，这是一次对农村的掠夺，强迫农民上楼并大规模取消自然村，不仅与法治精神相违背，对农村社会也将带来巨大负面影响。

10月，走在山东、河北、安徽等地，会发现一些高层小区在农村拔地而起。

在河北廊坊，2006年被评为河北省生态文明村的董家务村，如今已成一片废墟，大片新修的村居在铲车下倒塌，刚修好的"村村通"水泥路被铲平。

山东诸城市取消了行政村编制，一千二百四十九个村，合并为二百零八个农村社区。诸城七十万农民都将告别自己的村庄，搬迁到"社区小区"。

如今，像诸城这样的"拆村并居"，正在全国二十多省市进行。

今年8月在海口举行的"城乡一体化：趋势与挑战"国际论坛上，中央农村工作领导小组副组长陈锡文指出，和平时期大规模的村庄撤并运动"古今中外，史无前例"。

此前，今年两会期间，陈锡文指出，在这场让农民上楼运动的背后，实质是把农村建设用地倒过来给城镇用，弄得村庄稀里哗啦，如不有效遏制，"恐怕要出大事。"

拆村并居风潮

各地规模浩大的拆村运动，打着各种旗号，例如城乡统筹、新农村建设、旧村改造、小城镇化等。也有对应政策推出，诸如"村改社"、"宅基地换房"、"土地换社保"等等。

各地都在规划着，要在一个很短的期限内，将域内农村"大变样"，民居改楼房。

这样的运动热情，与各省市对国土资源部（下称国土部）一项政策的"欢迎"密切相关：城乡建设用地增减挂钩。

2006年4月，山东、天津、江苏、湖北、四川五省市被国土部列为城乡建设用地增减挂钩第一批试点。

国土部 2008 年 6 月颁布了《城乡建设用地增减挂钩管理办法》（以下简称增减挂钩办法），2008、2009 年国土部又分别批准了十九省加入增减挂钩试点。

按照国土部文件，"增减挂钩"是指，"将拟整理复垦为耕地的农村建设用地地块（即拆旧地块）和拟用于城镇建设的地块（即建新地块）等面积共同组成建新拆旧项目区，在保证项目区内各类土地面积平衡的基础上，最终实现增加耕地有效面积……节约集约利用建设用地，城乡用地布局更合理的目标。"也就是，将农村建设用地与城镇建设用地直接挂钩，若农村整理复垦建设用地增加了耕地，城镇可对应增加相应面积建设用地。

该政策得到地方政府盛情欢迎，各个省市、各级政府均成立了以主要领导牵头的土地整理小组。对应的地方政策、措施也纷纷出台，目的明确：让农民上楼，节约出的宅基地复垦，换取城市建设用地指标。

去年，河北提出在全省开展农村"新民居"工程。据介绍，"新民居"与山东"村改社"一样，都是在增减挂钩框架内，增加建设用地指标。

据河北省国土资源厅透露，到 2012 年，保守估算，新民居工程将为该省增加建设用地五十多万亩。

土地财政的"稻草"

在城乡建设用地增减挂钩之前，尝到土地财政甜头的地方政府都在辛苦"寻找"土地中。

近年来，我国耕地保护与经济发展用地的矛盾发展到很尖锐的程度。如何"找地"，也成为各地国土部门的首要任务。

以河北省为例，2009 年需要新增用地约为十二一万亩，但国家指标十七万亩。如何填补四万亩的缺口，成为河北投资项目落地的难题。

"增减挂钩"一经出台，立即成为各地破解土地瓶颈的"金钥匙"。

城乡建设用地增减挂钩，必须获得国土部批准，得到相应周转指标后，才能开展。指标是"借"，三年内要以复垦的耕地"归还"。

根据媒体报道，去年3月，河北、辽宁等十三个省份新获国土部"增减挂钩周转指标"15.275万亩，当年国土部还有第二、第三批指标下达。

河北申请到1.2万亩指标，成为解决土地缺口的一个有效途径。

山东肥城市国土资源局局长翟广西说，肥城每年用地需求三千至四千亩，每年的用地指标仅四百至五百亩。他说："如果不是增减挂钩试点，我这个国土资源系统的'生产队长'真就为难了。"

山东诸城市土地储备中心主任安文丰称，将农民全部集中居住后，保守估计，诸城将腾出八万亩旧宅基地。通过土地级差，政府每年土地收益有两三亿元。

被夺宅基地的农民

根据国土部的试点管理办法，增减挂钩严禁违背农民意愿、大拆大建。但在一些地方，强拆民房、强迫农民"上楼"的事例已有发生。

管理办法要求，要在农村建设用地整理复垦潜力较大的地区试点，现实中，不顾实际情况，"一刀切"拆并村庄的做法非常普遍。

管理办法还要求，妥善补偿和安置农民，所得收益要返还农村，"要用于农村和基础设施建设"。但在有些地方，政府拿走宅基地利益的同时，甚至还要求农民交钱住楼房。

在江苏省邳州市坝头村，村庄被整体拆迁，当地建了数十栋密集的农民公寓，要村民补差价购买。

因补偿款购买不起足额面积楼房，坝头村三十五岁女子徐传玲去年10月自杀。今年1月，当地强制农民上楼，十多人被打伤住院。

今年1月18日，坝头村村民王素梅告诉记者，她的丈夫被拆迁队打伤，后又被村干部拉到湖边要求立即签字，否则沉湖。

就在近期，山东也发生了殴打农民的暴力事件。

除被要求交出宅基地之外，今后，农民要获得宅基地将成为难题。在全国多个地方，宅基地上建筑不再批准动"一砖一瓦"，也不另批宅基地。村民如有住房需求，需要拿宅基地住房换楼房。

失去宅基地的农民，还将面临生活、生产方式转变。对于长期从事农业生产的农民来说，生活成本增加和耕种不便，成为最现实问题。

增减挂钩是"无奈选择"

中国农业大学教授郝晋珉参与了"增减挂钩办法"的制定工作。他认为，国土部开展此试点也是无奈的选择。

"经济发展用地要保证，耕地和粮食安全也要保证，空间就这么大、土地就这么多，该怎么解决？"郝晋珉称，经过多方比较选择，增减挂钩是比较有效的解决办法。

2004年，国务院《关于深化改革严格土地管理的决定》提出"鼓励农村建设用地整理，城镇建设用地增加要与农村建设用地减少相挂钩。"

2006年，国土部确定了首批城乡建设用地增减挂钩试点省份。2008年底，国家四万亿经济刺激方案出台之后，国土部也推出了一系列制度，其中最为重要的，是加大了城乡建设用地增减挂钩周转指标。

国土部土地整理中心副主任郧义聚说，大规模"借出"周转指标，是国土部的策略，是为应对近两年用地压力和许多不可测因素。

今年7月，在大连召开的国土资源厅局长会议上，国土部部长徐绍史称，解决地方经济发展对土地需要的迫切问题，主要方式之一，就是增减挂钩试点。

国土部官员在该座谈会上通报称，增减挂钩从一定程度上满足了地方对经济发展带来的用地需求。

"这也是没有办法的事情。"国土部法律中心首席顾问杨重光曾对媒体说，要保持住宏观经济发展，就一定会造成土地需求的紧张。

今年 6 月 26 日，国土部总规划师胡存智在"中国房地产 2010 年夏季峰会"上透露，通过增减挂钩，大约有两千七百万亩的农村建设用地，将纳入城市建设用地当中。

截至今年 6 月底，国土部新批了增减挂钩试点第三期十八个项目。与第一期和第二期不同的是，国土部将周转指标下达给了省，由省确定试点项目报国土部批准。

"漏洞必须堵住"

今年 5 月底，国土部的九个调研组，对现有二十四个增减挂钩试点省份进行了快速调研，发现了不少问题。

试点要求指标"三年归还"，那么，到 2009 年底，第一批试点周转指标应已全部归还。但第一批试点仅拆旧复垦 5.58 万亩，约占下达周转指标的 80%。

在 6 月份的一次部长工作会议上，国土部部长徐绍史说，当前的挂钩试点中，还存在地方在批准试点之外擅自开展挂钩，以及违反规定跨县域调剂使用周转指标等问题。

徐绍史再次强调，增减挂钩后的土地级差收益，要返还，用于改善农村生产生活条件。

国土部土地勘察院副总工程师邹晓云曾对媒体表示，在增减挂钩指标的使用上，存在一定漏洞，本末倒置，导致地方政府以获得建设用地指标为唯一目的，"这样的漏洞必须堵住"。

2008 年初，国务院办公厅就下发通知，要求严格执行有关农村集体建设用地法律和政策。其中国办关注到，一些地方利用增减挂钩试点，擅自扩大建设用地。

记者在各地调查也发现，有的地方利用"挂钩"政策，再次占用耕地，并扩大建设用地范围。

在 6 月份的会议上，徐绍史强调，下一步周转指标将被作为各省年度用地计划指标的一种，纳入各地用地计划统一管理。各地再也不能将周转指标作为"天上掉的馅饼"。

温家宝总理曾说，"在土地问题上，我们绝不能犯不可改正的历史性错误，遗祸子孙后代。"这是温家宝 2007 年为确保十八亿亩耕地红线所说的一句话。

对于各地圈走农民宅基地、大拆民居的做法，中央农村工作领导小组副组长陈锡文在今年两会时就疾呼要"急刹车"。

在今后的"十二五"期间，如何在保障农民利益前提下，真正城乡统筹发展，将是摆在各地政府面前的一个严峻课题。

三位农村专家剖"圈地"原因

■ **访谈**

近日，在全国开展的拆村运动引起社会极大关注。这场拆村运动的政策背景是，国土资源部 2006 年推行的"城乡建设用地增减挂钩"试点。随着这一政策推出，地方上违背民意的强拆在日益增多，曲解政策现象时有发生，地方的土地财政冲动愈发高涨。

本报邀请三位农村专家于建嵘、郑凤田和李昌平，详细剖析诸多违规现象的深层根源。专家形成一致观点，问题不在政策本身。他们分别认为，财政体制缺陷不能保证地方政府为民服务、宅基地财产权的不明确、宅基地未能按市场化流转等问题的存在，最后导致农民土地权益被剥夺。

农村不大拆大建怎么发展

李昌平，十七年乡镇工作经验，现任河北大学中国乡村建设研究中心主任；最早提出新农村建设应该"合村并居"、"宅基地换房"。

"现在整个财政体制把乡镇搞得没钱花，而土地收益成为基层政府主要财政来源，所以就要以地生财。"

拆与建，必经之路

新京报：你在前几年就提出新农村建设应该大拆大建，你为什么那么说？

李昌平：我们要发展城市化，要搞新农村建设，当然要盘土地。土地整合后，城镇发展得快，农村也发展得快，这个是必经之路。

新京报：你怎么会有这个想法？

李昌平：上世纪八十年代，我还是乡镇党委书记，开始从事村与村换地，中心村和边远村之间换地，节约出来土地办厂，这样乡镇企业

才发展起来，并逐步形成小城镇格局。随后我也形成了这个概念。

新京报： 但很多专家认为不该大拆大建。

李昌平： 我认为，该拆的拆，该建的建。中国要把九亿农民变成只有两三亿农民，要把几百万个自然村变成八九万个中心村，不拆不建怎么可能。这种情况下，我们怎么搞公共服务，怎么搞城乡一体化。

政府不该借拆挣钱

新京报： 但一些地方政府为推动城市化进行强拆。那是否说明你的想法有问题？

李昌平： 我认为拆建的总体思路、方向是对的，但一些做法错了。

新京报： 哪儿错了？

李昌平： 在城市发展、农村发展中，政府不应该成为经纪人。政府要在这里挣钱，肯定就会产生很多矛盾。

新京报： 什么样的矛盾？

李昌平： 比如诸城，政府为挣钱，搞房地产开发，开发商为了挣钱，什么事都干得出来。所以只要政府想在这里面挣钱，肯定会出现利益分配问题，就会跟农民产生矛盾。

新京报： 政府应该扮演什么角色？

李昌平： 政府只是服务者角色，不能去挣钱，在农村土地整理过程中，关键是政府角色的定位。我曾写过一篇文章题目叫"政府下海，农民上楼"，就是批评政府当经纪人，不就跟官员下海一样了。

财政体制缺陷成症结

新京报： 你在农村调研中，有政府甘心扮演服务者角色吗？

李昌平： 我曾去吉林德惠市调研，当地政府只为农民服务，没有挣钱，还贴钱，农民集中居住后节约出很多土地，建了养殖小区，并实现农业机械化耕作，农民非常满意。

新京报：政府老贴钱，发展能长久维持吗？

李昌平：肯定不能，老贴钱，谁还去做呢？这就是中国现在的矛盾，如果基层政府成了经纪人，可能啥事都能做，但也可能啥事都做成坏事；而不挣钱，基层政府又没积极性，啥事都不做。

新京报：症结在哪儿？

李昌平：财政体制的问题。如果乡镇都有钱花，那可能就不做经纪人，就去做服务了。现在整个财政体制把乡镇搞得没钱花，而土地收益成为基层政府主要财政来源，所以就要以地生财。

新京报：那么国土部的"城乡建设用地增减挂钩"政策本身也没有问题？

李昌平：不是占地或者增减挂钩有什么错误。增减挂钩没错误，应该说增减挂钩出台后，我们更应该把这个事做好。现在相反的做不好，就是因为政府的行为变了，变成了经纪人。

新京报：应该怎么解决？

李昌平：现在中央要研究的就是这个问题，要把政府的定位定准。中央财政要给地方财政一定的保证，那才能让基层政府定位在服务者角色，土地整理才能做好。

庭院经济非改不可

新京报：有专家认为，让农民"上楼"会对庭院经济、家庭养殖等带来不便，你认为呢？

李昌平：集约土地，这是趋势。以后农民家家户户种地将会改变，吉林德惠现在只有5%—10%的人在种地。他们建了现代养殖园，家庭养殖也根本不存在。

新京报：是因为庭院经济将不被社会所需要？

李昌平：农民也是人，也需要有个人畜分家的居住环境。十年前60%

的农户还养猪，现在是只有 20% 的人在养猪。这就是变化，我估计再过十年，80% 的人都不种地了。便于机械化耕种的平原地区，就不会家家户户去种了。

新京报：你认为现有的农村体制将要改变？

李昌平：可以这么理解。1985 年开始，农民进城打工越来越多。所以说小岗村联产承包责任制的作用到 1985 年就已经没作用了。

新京报：你认为农村奔小康应该怎么做？

李昌平：应该增强集体功能，加强农民共同体的建设，可以搞社区建设和治理。

新京报：以前的人民公社就是集体经济，最后农民的积极性并不高，现在这么做，不是开历史倒车？

李昌平：这个说法纯粹是一派胡言。邓小平 1992 年的讲话，说农村有两次飞跃。第一次飞跃是把农民从人民公社里解放出来，解决温饱问题，第二次飞跃是搞集体经济，搞合作经济。

一家一户的农业是最原始最落后的农业，朝合作经济、集体经济的方向走是前进。

节余土地收益归民

新京报：但为什么现在一些农民不愿意"上楼"，也不愿意交出自己的宅基地？

李昌平：这个问题分两方面讲。一是农民内部，各家各户宅基地大小不一，所以矛盾大，拆迁不顺利。二是政府压缩农村宅基地后，收益分配没让农民参与。

新京报：这个问题该怎么解决？

李昌平：压缩出来的地依然应归农民，政府不参与分配，由农民自己来分配，这样问题就解决了。

新京报：怎么才能引导或规范地方政府多顾及农民利益？

李昌平：中央要让地方政府吃饱，要让地方政府变成公共服务者，而不是让地方政府成为企业。中央要用服务性的政府指标去考核地方政府。

农民宅基地不是唐僧肉

郑风田，中国人民大学农业与农村发展学院教授、博士生导师、副院长，长期关注农村土地权益问题。

"中央有关部门应该尽快明确和赋予农民宅基地以完整的物权，同时，积极试点，探索宅基地进入市场的流转办法，确保农民土地权益不受侵犯。"

一些地方只占地不复垦

新京报：目前一轮"农民集中居住"、"宅基地换房子"的举动，有人称为新圈地运动，你认为呢？

郑风田：当然是，不管以什么名目，其核心都是在侵吞农民的宅基地权益，都应该打住，毕竟农民的宅基地不是唐僧肉。

新京报：这场圈地运动的动力是什么？

郑风田：核心的原因很简单，就是城市建设用地指标紧缺，耕地的18亿亩红线又不能突破，于是都打起宅基地的主意。

新京报：据你们调研，"农民集中居住"这种做法始于何时何地？

郑风田：始于江苏，2001年前后，苏州、无锡等地富裕乡镇出现农民集中居住试验，当时是为了改善农村居住环境。后来江苏全省推广。此后，随着"新农村建设"，全国很多地方都有类似做法。

新京报：你如何看待国土部的"增减挂钩"政策？

郑风田：这本来是为增加耕地的一项积极措施，但在操作中，由于政策漏洞，农民宅基地权益变相被侵害。

新京报：政策存有什么漏洞？

郑风田：本该是先复垦，再占地。但由于政策允许先占地，三年内复垦归还，导致了很多地方只顾占地，不按时复垦归还。

新京报：各地执行时还存在哪些问题？

郑风田：有的擅自扩大试点范围，有的违规跨县域调指标等，大多违反规定的最终指向都是农民宅基地。

"已出现上楼致穷"

新京报：就农民集中居住而言，是利大还是弊大？

郑风田：这个是需要仔细分析的，就我国目前的现状来说，强制推进集中居住违背了经济发展的一般规律。世界银行研究指出，人均GDP小于五百美元时，农民以分散的自给自足经营土地为主，当人均GDP大于一千美元时，农民土地的商业运作和市场价值才能开发体现出来。

新京报：现在我国农民是否合适集中居住？

郑风田：目前，我国庭院经济和家庭畜养还是重要收入来源，如果强行推进农民集中居住，就会妨碍农民的生产生活。

新京报：会影响农民收入？

郑风田：是的，农民住上公寓楼，收入会减少，支出却在增加，水要买，菜要买，不少地方都出现了农民"上楼致穷"的现象。

地方不执行中央文件

新京报：现在农村居住分散，形成很多空心村，集中居住可以节约土地，这不是好事吗？

郑风田：这要因地制宜，根据经济发展情况，尊重农民意愿。

新京报：现在城市用地紧张，农村节余的土地与城市进行增减挂钩，这是否合理？

郑风田：这应该通过市场的方式来解决，而不是简单挂钩。

新京报：你认为这是土地收益归谁的问题？

郑风田：长久以来，在民间就一直有宅基地继承的传统。某些地方仅仅支付房屋拆迁补偿收回农民的宅基地，造成了对农民土地财产权的严重侵害。

新京报：事实是农民一搬走，宅基地收益归了政府。

郑风田：我们要弄清楚一个问题，就是这里采取的是"置换"，而不是征地，大家是通过置换让自己住得紧凑些，自己做了付出才有了节余的土地。

新京报：现行政策对农民权益有无明确规定？

郑风田：有，2010年的中央一号文件就明确规定："有序开展农村土地整治，城乡建设用地增减挂钩要严格限定在试点范围内，周转指标纳入年度土地利用计划统一管理，农村宅基地和村庄整理后节约的土地仍属农民集体所有，确保城乡建设用地总规模不突破，确保复垦耕地质量，确保维护农民利益。"

新京报：为什么中央文件无法保护农民权益？

郑风田：关键是地方不执行，而农民又不熟悉文件，这样在信息不对称的状况下，吃亏的是农民。

宅基地补偿普遍不足

新京报：现在各地的"集中居住"等做法中，普遍存在什么问题？

郑风田：普遍存在着地方政府对宅基地补偿不足。

新京报：具体怎么表现？

郑风田：主要表现在：一是只对农民"合法确权"的房屋面积给予安

置补偿，对超出的面积仅仅按成本价补偿，有的甚至不给予补偿；二是对宅基地不给予补偿，或只给予"合法确认"面积补偿；三是安置房一般还是集体土地产权证，不能直接上市交易，如果要变为可上市交易的房产，还必须补缴一部分土地出让金；四是补偿标准偏低，农民得到的补偿与同类同地段的商品房价格相比，与土地拍卖出让的价格相比，差距悬殊。

新京报：该怎么解决？

郑风田：从国家角度，中央有关部门应该尽快明确和赋予农民宅基地以完整的物权，给农民发放统一的、具有法律效力的宅基地证书，同时，积极试点，探索宅基地进入市场的流转办法，确保农民土地权益不受侵犯。

"圈地风刹不住"

新京报：圈地情况能否遏止？

郑风田：肯定会有增无减，现在又提出小城镇化，必然又要占用土地，占补平衡、增减挂钩不会结束。

新京报：该如何保证农民利益？

郑风田：在宅基地腾退时土地收益要保证，农民上楼后要解决他们的生计问题，现在很多政府都不解决，顶多给上个社保，也不承诺就业。政府可以引进项目，给农民创造就业机会，他们也不必进城打工。

新京报：有些地方提出"宅基地换保障"，你怎么看待这个提法？

郑风田：这不合理，享受社保是每个公民的权利，不能以牺牲宅基地为前提。不明白的还以为农民真的得到好处占到便宜了。

圈地是城市对农村掠夺

于建嵘：著名学者，中国社会科学院农村发展研究所教授，社会问题研究中心主任。

"农村土地制度中存在着政府的行政权力强制侵蚀民权，这一本质性问题。如果不限制某些官员在征地时拥有的无限权力，很难从根本上解决问题。"

征地拿走差价两万亿

新京报：当前以各种名义圈走农民宅基地，换取城市建设用地指标的现象，你怎么看？

于建嵘：可以看成是，城市对农村的又一次掠夺。

新京报：据我们调查，有些地方在劝说农民上楼，但也有采取强制手段的。

于建嵘：由于利益冲动，很多地方都把侵占农民土地作为获取利益和政绩的重要手段。有资料显示，近二十年来，农民被征地约一亿亩，获得的征地补偿费与市场价的差价约为两万亿元。

改革开放以来，至少有五千万到六千万农民彻底失去了土地，他们有的成为城市居民，但还有近一半没有工作，没有保障，引起纠纷。

新京报：土地纠纷的形式有哪些？

于建嵘：一是不经农民同意强迫征地，二是补偿过低，三是即使补偿低还发不到农民手中，四是补偿款被贪污挪用。

因土地产生的还有其他纠纷，但主要还是因征地和占地引发。

新京报：土地纠纷带来了什么样的后果？

于建嵘：影响社会稳定。土地问题已占全部农村群体性事件的65%，已成农业税取消后，影响农村社会稳定和发展的首要问题和焦点问题。

土地是农民的生存保障，而且土地问题涉及巨额经济利益，也就决定土地争议，更具有对抗性和持久性。

沿海地区纠纷突出

新京报：土地问题这个新的焦点，有什么特征？

于建嵘：我在社科院就此做过专题研究，是社科院农村发展研究所国家社科基金课题组和国家软科学重大项目课题组联合做的。

首先是，冲突的当事方和以前不一样了。以控告方来说，在抗税的时候，没有一个村级组织参加抗争，都是农民自发进行抗争。现在，村民联名仍然是最为主要的形式，不过一些村级组织已成为了重要的控告方。

这主要是由于一些非法征地等争议中，有的村级组织与农民的利益表现一致，村级组织有可能成为维权主体。

新京报：那被控告的一方呢？

于建嵘：也有很大变化，在农民税费争议中，被告方主要集中在乡村两级组织。其中乡镇政府是最主要的被告，市县很少成为被告主体。但在土地问题上，农民的控告对象已到了县、市、省，甚至到了国土资源部。这是过去没有的。

新京报：据你们的调查，哪些地方的土地纠纷更严重？

于建嵘：主要在沿海发达地区，浙江、山东、广东、福建等地比较突出。这些地方农民，主要的控告对象是县、市政府，争议多是围绕征地展开。

而在中部地区的安徽、河南等地，控告的对象主要是乡镇及村级组织，争议也是围绕侵犯农民土地承包权展开，比如土地分配不公等。

新京报：农民因为土地维权的主动性，与以前有什么变化？

于建嵘：农民抗税最重要的一个方式就是让政府找不到人，但失去土地的农民会主动走到你面前。

农民维权方式升级

新京报：你们的研究方式是通过与农税时期的比较得出的，现在的冲突激烈程度与以前比如何？

于建嵘： 激烈多了。在税费争议时代,最主要的抗争方式也就是上访、相互宣传等,但在土地纠纷中，农民动辄就到县、市政府部门门口或被征土地上静坐、游行示威甚至到高速公路、铁路上静坐。

冲突变得激烈，与警察的冲突也时有发生。农民抗税时，中央是明文规定禁止使用警力的。但在土地纠纷中，我们看到经常有地方政府动用警力对付抗争的农民。

新京报： 看到过你提的一个说法，说现在农民维权是"以法抗争"，为什么提的是"以法"而不是"依法"？

于建嵘： 这个我专门写过文章，"以法抗争"是美国加州大学伯克利分校欧博文教授提出的，"依法抗争"是香港中文大学李连江教授提出的。

"以法"是直接意义上的以法律为抗争武器，"依法"是间接意义上的以法律为抗争依据。"以法抗争"是抗争者以直接挑战抗争对象为主，诉诸"立法者"为辅；"依法抗争"则是抗争者诉诸"立法者"为主，直接挑战抗争对象为辅，甚至避免直接挑战抗争对象。

在"以法抗争"中，抗争者更多地以自身为实现抗争目标的主体；而在"依法抗争"中，更多地以立法者为实现抗争目标的主体。

新京报： 在土地维权中，农民的主要诉求是什么？

于建嵘： 还是利益，只是要钱，不是要权。

土地制度侵蚀民权

新京报： 但城镇化是必然趋势，如何在城镇化与农民利益之间，达到一个平衡呢？

于建嵘： 执政者和专家学者,都在寻找农民失地、失业问题的解决方案。

主要措施有两个方面，第一就是要求国家权力机关加强征地管理，严格控制征地规模，禁止随意修改规划。第二是改进补偿方式，增加补偿，妥善安排好农民生计等。

这两个方案也存在问题。

新京报：什么问题？

于建嵘：这些措施，没有认识清农村土地制度中存在着政府的行政权力强制侵蚀民权，这一本质性问题。如果不限制某些官员在征地时拥有的无限权力，很难从根本上解决问题。

【记者手记】

"新圈地运动"并非一场轰轰烈烈的改革
涂重航

最初接触"城乡建设用地增减挂钩"制度是在 2010 年 1 月。

当年 1 月 8 日，江苏邳州两百多名社会人员在村支书的带领下为企业征地，一名男子被捅死在地头。

在对这起征地血案的调查中，发现邳州征地乱象，并第一次看到"城乡建设用地增减挂钩"的字眼。

这项制度是 2005 年开始在山东、湖北、江苏、天津和成都试点的。核心内容是农村减少建设用地，城市即增加建设用地指标。

邳州的做法则是钻了这项制度的空子。

为了获得更多建设用地指标，邳州为农民建起多层密集的"农民公寓"，强行让农民从宅基地上搬到楼上，由此引发暴力拆迁。

在那一次采访中，邳州滥用这项制度还不是稿件的重点方向。邳州作为"城乡建设用地增减挂钩"首批试点城市，利用这项制度拆迁的村庄也不多，当地违规征地多数还表现在其他违规行为方面。

那次采访结束后，我也一直在思考这个正在试点的制度。

整个村庄通过整理，节约出来耕地，以此换取城市建设用地指标。

这在城市建设用地日益收紧的形势下，会不会成为地方政府扩大城市的一种手段？

今年8月，山东诸城对外宣称撤销辖区内所有行政村编制，将原来一千多个行政村合并为两百多个社区，超过三分之二的村庄将被拆除，统一建造万人小区。

多家媒体把这种做法作为一种农村模式来解读。而我看到诸城的宣传时，又看到了"他们利用城乡建设用地增减挂钩为契机"的字眼。随后，我决定朝此方向做一番调查，看是否是诸城在为城市发展而牺牲农民的利益。

到了当地，我看到这里的农村多数是红墙红瓦，水泥路面，规划整齐。初以为这里已是通过整治的新农村，但村民们说，他们这些五十多年形成的棋盘式村庄，今后都要拆除，取而代之的将是高层住宅。

在诸城调查的同时，我发现全国各地都有这样的做法，并且老百姓在网上对此怨声载道。

河北是网民们反映比较多的省份。

河北省2009年提出万村整治计划，三年内改造15%的农村。这些改造的村庄都将搬进高层小区，并且规模普及到偏远的山村。

一场轰轰烈烈的"农民上楼"运动正在展开。

村民们为了捍卫自己的宅基地，各地都有上访和发生冲突的例子。

当时看到这些例子，我也陷入对制度的思考。

当地政府的说法口径大致相同：这是打破城乡两级分化，解决城乡矛盾的有效手段。

而我也觉得：这种制度是否算得上是城市化进程的一种"休克疗法"，甚至是改革必然要经过的阵痛？

我当时的思考是：一方面农村个体经济已不适应现代化农业的发展，需要向集中耕种，集约化生产的方式转变。这就需要农民集中居住，向城镇化的小区集中。让农民上楼或许是适应生产力发展的一种形式；另一方面，农民"一刀切"式的上楼居住，损失了农村固有的面貌，在这场"上楼"运动中，农民的利益普遍受到损失。

另外，农民的意见也不统一。

农村房屋破旧或是常年在外打工的人愿意用宅基地换楼房，而那些以种地为生的农民则不愿意失去自己宽敞的庭院。

究竟这是一场轰轰烈烈的改革运动，还是地方政府的利益冲动？缺乏农村经验的我，陷入一种迷茫。对于这篇稿件的把握也时左时右，找不到方向。而后，通过大量阅读一些农业专家的观点，特别是看到中央农村工作领导小组副组长陈锡文对此的言论，我感觉自己找到了方向。

记得当时是在去往山东的动车上看到陈锡文的文章。他曾在2009年两会上指出，应该警惕"让农民上楼"这种做法，地方政府实质上是看中"土地财政"的利益。

陈锡文在两会上大声疾呼要求禁止的行为，在我的调查中发现竟是遍地开花的局面。当时我感到这篇稿子的价值所在，要将这些地方政府压榨农民最后一道防线的例证曝光于世。

新京报的"新圈地运动"系列报道，由我们五名记者历时两个月辗转五个省完成。如果没有前期的铺垫，就不会有对此问题的深刻理解。

这也与同事们长期关注农村问题、拆迁问题和城镇化发展问题分不开。

这个系列报道最初只是我的一篇调查报道。经过部门讨论会后，编委刘炳路和编委领导提出将问题报道深入全面，经过他们的统筹指导，随后推出系列调查。

这个系列报道分为三篇调查和三篇人物对话。将地方政府利用"城乡建设用地增减挂钩"制度引发的"新圈地运动"的各个环节和表现形式深度剖析，结构缜密，调查详实。

文章的指向也并非单一为农民说话，而是直指制度的本身漏洞。

一系列文章对中央财政体制以及地方政府面临"保增长、保红线"双重压力进行了制度上的反思。

文章见报后，全国数十家媒体发表相关评论，也同时掀起一轮对"新圈地运动"密集的报道热潮。一些专业杂志还以论文形式予以转载，在业界也引起争鸣。

报道见报第二天，中央农村工作领导小组副组长陈锡文对新京报的报道表示了肯定。他在接受记者采访时说，新京报的报道将地方政府利用挂钩制度进行的错误做法基本全部阐述，这种多地开花的局面应该得到有关部门的重视和改正。

11 月 11 日，这个系列报道见报一周后，国务院总理温家宝召开国务院常务会议，专题研究"城乡增减挂钩"制度，并严厉纠正了地方政府的违规做法。随后，国土部提出修改《城乡建设用地增减挂钩管理办法》的决定。

这一天，也是新京报创刊七周年的生日，能通过真实报道推动社会进步，这是最好的生日礼物。

【编辑手记】

我们再也回不去了
宋喜燕

一

这其实是一场抢地运动。

政府建起高楼，让农民集中居住，拿走农民的宅基地，去交换城市的建设用地。滚滚的财源。

报道这样的事件，也算是惯常的工作。但我，从没这样，像这次一样动情，动情到固执。

我曾与同事不断争论，甚至发展到争吵。

同事说，拆旧才能建新，这也许是农村的一次发展机会。他说，农民种地、养牲口，赚不了钱，农村生产效率太低了。而政府，可以集约化生产。

我说，我就愿意养牛、养羊。我愿意养一年只为了宰了吃，那是我的自由。你凭什么改变我的生活，把我赶出家园，拿走我的土地？

这里有个根本，就是侵犯了自由。

谈自由，在现下常常显得有些矫情。其实这样激动到"矫情"的背后，是切肤之痛。

这切肤之痛，或因我的父亲、我的姐姐、我的诸多的亲人，都在农村生活。我怕他们流离失所，为他们的未来担忧。

或因我小时生活在农村，记忆里都是美好。

更深处，隐藏在心灵深处，是因为我的梦被打碎了。

二

我一直藏着一个梦，我想称之为自由选择的梦——当厌倦了城市，有一天要回到农村去。有一个大院子，种满花花草草。

早晨，我给花草浇水除虫；傍晚，它们给我一院清香。夏天，我看星星晒月亮；冬天，我听白雪融化，水滴顺着冰凌，滴答坠落。

有位老同事在 MSN 上说，他也曾打算着，老了回农村去。他想养鸡养鸭，种一院子的青菜。

我们的城市，太累了。

空气污浊着天空，用了各种化学元素的蔬菜粮食，摆上饭桌。噪音聒噪着日和夜。不断发生的社会故事，让我们的精神也慢慢中毒。

回到农村，回到记忆里的院落，也许只是想回到人间。

老同事是河北的，当我们的系列报道出来，他说，完了，回不去了。

是的，我们回不去了。

"新圈地运动"来了。农民被打出了家园，农村被拆得七零八落。

我觉得，这是一次全国性的浩劫。

做报道那会儿，同学从老家打来电话,说,你回来看看,又见大跃进了。他说,搞计生的、搞教育的,都去搞"城镇化"了,分片包拆迁呢。

同学说,这样打造的"城镇",就像给一个穷人穿上了皮衣,看上去很美,其实他里面光光冻得发抖,口袋里一个子儿都没有。

同学说,这一定会写入历史的。

村庄、庭院,要消失了。代替的,是方方正正、相貌一致的高楼。

也许有一天,我们所有的土地上,都生长着石头森林。

三

很多次、无数次,我梦里都身在农村。

梦里会有母亲。她挑水浇园,面目慈爱。园里有青色的果子。我是跟在母亲身边模糊的影。

母亲一辈子活在农村,死了,就葬在离家不远的山脚下。

山脚下还埋葬着我的二叔,我的二舅,我的姥姥和姥爷。更远处的山坳里,埋葬着我的爷爷和奶奶。

爷爷的墓地,是他自己挑中的地方。他说,北靠山,南临溪,风水好。春节的时候我去祭奠,太阳暖暖的,白雪皑皑,我觉得爷爷奶奶睡得安详。

我想着,有一天,我也要埋在这里。春节的时候,我还不知道当地政府在圈地。

稿子编发期间,我给姐姐打电话。说,你守好你的家,你的地。

她问我发生了什么。我给她解释。

她困惑。问了很多,还是困惑。

其实政策她不想搞那么清楚,她困惑的是,如果没了宅基地,亚伦以后考不上学,住在哪里。

亚伦是姐姐的儿子。他在学堂里安静读书,为学不好英语而苦恼。

他不知道,他读好了书,进了城,很可能找不到工作;读不好书,回农村,已经没了可以居住的土地。

回不去了。

我们都回不去了。

当土地不仅能长出庄稼,还能长出银子,农民和农村被"围剿"的命运,就开始了。

千千万万的农民,或带着凄楚,或带着麻木,或带着喜悦,被装入了高楼的一个个盒子。

千千万万的村庄,被推土机、挖掘机轰鸣着撕裂。

红墙绿瓦,高门大院,皆为粉尘;春花秋月,冬梅夏荷,灰飞烟灭。

我们,再也回不去了。